Um ato de bondade

POLLY SAMSON

Um ato de bondade

Tradução de
Heloísa Mourão

1ª edição

EDITORA RECORD
RIO DE JANEIRO • SÃO PAULO
2015

CIP-BRASIL. CATALOGAÇÃO NA FONTE
SINDICATO NACIONAL DOS EDITORES DE LIVROS, RJ

S187u Samson, Polly, 1962-
Um ato de bondade / Polly Samson; tradução de Heloísa Mourão. – 1ª. ed. – Rio de Janeiro: Record, 2015.

Tradução de: The Kindness
ISBN 978-85-01-10673-5

1. Romance inglês. I. Mourão, Heloísa. II. Título.

15-27164
CDD: 823
CDU: 821.111-3

Título original:
The Kindness

Copyright © 2015 by Polly Samson

Texto revisado segundo o novo Acordo Ortográfico da Língua Portuguesa.

Todos os direitos reservados. Proibida a reprodução, no todo ou em parte, através de quaisquer meios. Os direitos morais do autor foram assegurados.

Editoração eletrônica: Abreu's System

Direitos exclusivos de publicação em língua portuguesa somente para o Brasil adquiridos pela
EDITORA RECORD LTDA.
Rua Argentina, 171 – Rio de Janeiro, RJ – 20921-380 – Tel.: 2585-2000,
que se reserva a propriedade literária desta tradução.

Impresso no Brasil

ISBN 978-85-01-10673-5

Seja um leitor preferencial Record.
Cadastre-se e receba informações sobre nossos lançamentos e nossas promoções.

Atendimento e venda direta ao leitor:
mdireto@record.com.br ou (21) 2585-2002.

Em memória de meu pai, Lance Samson
(1928-2013)

WYCHWOOD

Agosto de 1989

Lúcifer voava ao seu comando sob a luz que se esvaecia, mergulhando quando ela o chamava e partindo novamente em direção ao lindo poente que feria o céu. Num primeiro momento, ela estava sozinha no topo: apenas ela, o pássaro e a vista. Era um daqueles dias agitados de verão, com ventos fortes e repentinos que sacudiam as penas do falcão enquanto ele a fitava de seu poleiro atrelado à luva.

Ela usava uma blusa vermelha comprida, jeans e sandálias, o cabelo se soltando do elástico. Uma bolsa de couro pendia do cinto e um apito, de um cordão em torno do pescoço. O falcão firmou as garras no pulso dela, o que fez uma tira de couro da luva se balançar. Ela sentiu o sopro das plumas em seu rosto quando ele decolou e o viu voar, o vento sob suas asas, dispersando os corvos como se fossem gotas sacudidas de um guarda-chuva.

Julia fazia o máximo para recompensar o pássaro, dando pequenos pedaços de carne para mantê-lo ativo. Ele pesara vergonhosos setecentos gramas na balança naquela manhã. Ela o chamou com o apito, dois assobios agudos, e lá veio ele, como um arco escuro de Cupido singrando os céus em sua direção.

Ela continuou andando pelo cume, Lúcifer firme em seu braço; o olhar selvagem não desviava do rosto dela até receber o sinal. Ela o lançou ao ar e o chamou de volta mais uma vez sem que nenhum dos dois soubesse que esta seria sua última dança.

A noite começou a esfriar. Ela quase esqueceu que Julian deveria encontrá-la ali, ou talvez apenas tivesse perdido a esperança. Ele estava ofegante quando chegou, ainda com o rosto vermelho por ter subido a colina correndo, a bicicleta e seu pneu furado deixados para trás. Tinha o ar de um garoto que havia atravessado três continentes para vê-la, o suéter amarrado na cintura. Jovem, cabelo caindo nos olhos e um andar hesitante, uma perna da calça jeans enfiada na meia. Ele não tinha coragem de beijá-la, explicou, sendo encarado daquele jeito pelo falcão no pulso dela.

O animal demonstrou indiferença, e ela o lançou ao voo. Eles se beijaram e, quando Julian, nervoso, parou para olhar o céu, ela tirou a luva e a enfiou na mão dele. Julia chamou Lúcifer com seu apito, movendo o braço de Julian para cima e para baixo, a tira de couro dançando, mas a ave apenas subiu mais, o vento instigando-a para uma caçada, tornando-a surda aos chamados. Julia disparou, praguejando, e Julian apressou-se a seu lado. Ela pegou a luva de volta enquanto o falcão voava em direção à sua presa. As mãos de Julian pousaram quentes na cintura dela e a ambos pareceu que os gritos do coelho não teriam fim.

Era quase meia-noite quando ela voltou para Wychwood. Teria ficado no alojamento de Julian até de manhã se não fosse por Lúcifer, maldito pássaro.

Julia estacionou o carro na rua, fez a ave sair de sua gaiola e prendeu suas patas. Lúcifer sacudiu as penas, um pouco irritado porque, por descuido, *alguém* havia, sem querer, dobrado seu manto.

Galhos caídos estalavam sob seus pés à medida que ela atravessava o bosque, o pássaro mau-humorado pesando em seu braço. O brilho acusatório nos olhos dele era a única coisa que reluzia sob as árvores. A escuridão caía, os galhos estavam imóveis: era possível ver Wychwood isolada na clareira, tão repentina quanto uma cabana dos Irmãos Grimm, com suas tábuas negras empenadas e janelas tortas. Ela viu imediatamente que uma luz estava acesa, embora tivesse certeza de que havia apagado tudo antes de sair.

Com o rosto branco como o de uma coruja, Julia passou pelo portão dos fundos, sussurrou alguma coisa para Lúcifer ao transferi-lo para seu poleiro no galpão e seguiu sozinha para a entrada da casa. Com o coração batendo forte, tropeçou em uma pedra solta nos degraus, empurrou a porta com o pé e foi direto para a cozinha. Ela suspirou, principalmente de alívio: Chris, seu marido, os cabelos grisalhos cortados bem rentes, as enormes calças de moletom cinza largadas no meio do piso, mexendo o conteúdo de um copo com uma colher.

Ela recuou.

— Por que essa cara de surpresa? — perguntou ele. — Eu também moro aqui, sabia? — Maggie, sua cadela lurcher, tremia ao lado dele, o focinho pressionado contra seu joelho. — Então, aqui estou. Ca-sa. — Ele pronunciou a palavra como uma gozação, prolongando-a, apontando a colher para ela.

— Eu não esperava ver você. — Ela pendurou a luva de couro em seu gancho, o cérebro acelerado em busca de um álibi, sem sucesso. — Você me deu um susto. Poderia ser qualquer um.

Ele a xingou por aquela recepção, mostrando dentes que pareciam velhos demais para sua boca: Nescafé e fumo.

— O que você fez, deixou Lúcifer na mala enquanto ia...?

— Eu não conseguia fazer o carro pegar.

Ele tomou a bolsa de couro dela e atirou o resto dos pedaços de carne à cadela, depois virou a bolsa do avesso.

— Se você não limpar, vão aparecer larvas outra vez.

Ele tinha dezoito andares para pintar em Dagenham, era o que havia dito. Cento e oitenta escritórios, com salas pequenas, todas pintadas com o mesmo cinza monótono que salpicava seu macacão. Ele ficaria fora até o Natal, e Julia prometera a si mesma que até lá já teria desaparecido. O macacão se abria, revelando uma camiseta dos Ramones tão desbotada que era preciso saber o nome da banda de antemão, enfiada num cinto com uma enorme fivela de metal. Ele esvaziou os bolsos no balcão da cozinha: fumo, pastilhas de hortelã, papel para cigarro, uma latinha com maconha, moedas tilintando. Seu cabelo estava salpicado da mesma tinta cinza, como se moscas tivessem colocado ovos em sua cabeça.

— É ótimo saber que você está tão feliz em me ver — disse ele. — Um verdadeiro prazer.

— Eu digo o mesmo — respondeu Julia.

Quando ele se virou, ela viu de relance uma versão antiga de Chris, uma súbita mudança, como um holograma inserido entre eles, algo nas rugas de sua testa e nas sobrancelhas pesadas, um brilho nos olhos cor de âmbar. O macacão também estava desabotoado na primeira vez que ela o viu, no pátio: ele fazia parte de uma equipe que pintava os abrigos Nissen que se tornariam as novas salas de aula. Seu cabelo era uma série de espetos cinza e oxigenados. Todos o chamavam de Sting. As garotas do quinto período passaram a se reunir em torno dos abrigos no intervalo, quando ele escapava para conversar com elas mostrando o peitoral dourado de sol.

Ela ficou na cama após a primeira noite com ele, a escova de cabelo encaixada embaixo da porta para que o som a acordasse caso seu pai entrasse no quarto sem bater. O ruído do bar no andar de baixo atuava como uma indesejada trilha sonora enquanto ela pensava nos olhos de tigre de Chris, em como ele era capaz de enrolar um baseado com apenas uma mão, deixando a outra livre para excitá-la num tesão delirante.

Agora ele limpava seu beijo do rosto como se ela o tivesse espetado, o café espirrado por todo o balcão.

— Lúcifer matou um coelho essa noite. — Ela tentava agir normalmente, abrindo o zíper da mala dele e submetendo o conteúdo a um rígido apartheid antes de ir para a máquina de lavar: uma pilha de roupas (supostamente) brancas e outra de coloridas (calças amarfanhadas, suéteres e meias duras em *rigor mortis*).

— Você não o trouxe para casa trouxe? — comentou ele.

— O coelho? — Os lábios de Julia se crisparam.

— Não, é claro que você não faria isso, faria?

— Já foi ruim arrancá-lo de Lúcifer. — Ela estremeceu, tanto pela lembrança quanto pelo cheiro de Chris. — Suas roupas estão fedorentas.

— Alguns de nós têm que trabalhar para ganhar dinheiro. — Ele a encarou e, em seguida, examinou a geladeira e puxou uma bandeja de metal com pequenos cadáveres rosados e congelados. Bateu-os contra o balcão para que o gelo se desprendesse. Ela havia preenchido a tabela? Qual tinha sido o peso de Lúcifer naquele dia? E no dia anterior? Por quantas horas ela o fez voar? Quantos abates?

— O pássaro é seu — respondeu ela finalmente, tentando ignorar a náusea. — Você tem sorte por eu pelo menos levá-lo para voar.

Com o canto dos olhos, ela o viu selecionar alguns filhotes de ratos mortos e colocá-los em um prato. Quando descongelados, formariam crescentes poças cor-de-rosa, e suas cabeças penderiam quando Chris começasse a despedaçá-las com os dedos. Ele tinha uma expressão dura.

— Pelo menos um de nós ganha dinheiro de verdade. — Ele limpou as mãos na parte de trás do macacão. — Então, quando você planejava me contar sobre o menino prodígio? — Ele atirou a bandeja de metal de volta no congelador e veio na direção dela, parecendo ainda maior em seu macacão. Seus braços eram musculosos para alguém tão magro, algo que um dia ela tinha achado atraente.

Ela ergueu as mãos para se proteger.

— Para com isso, Chris. — Mas permaneceu no mesmo lugar, diante da máquina de lavar, prendendo a respiração enquanto ele vociferava.

— Imagino que você esteja levando meu falcão para voar com ele, não é?

Ela desviou o rosto, com medo de rir. Ele se preocupava mais com a fidelidade de Lúcifer do que com a dela.

— Levou? — Ele a agarrou pelos ombros. — Você ficou fora esse tempo todo. Você deixou que ele pusesse as mãos no meu falcão? — Seu rosto era um poço de imprecações, seu hálito imundo.

Ela balançou a cabeça e ele a atirou para longe.

Os lábios de Chris estavam tão comprimidos, a expressão tão dura, que seu rosto estava lívido. Uma súbita intuição seguida de uma sensação aterrorizante a fez correr para o banheiro, onde trancou a porta.

Ele já tinha visto que o diafragma não estava mais no estojo de plástico no armário? Julia baixou os jeans e se agachou sobre o vaso sanitário. Chris gritava da cozinha que ela tinha sido vista com aquele "moleque da faculdade", vociferando sobre dinheiro, vistorias e todos os defeitos que o carro dela com certeza não tinha. Ela se sentia dominada pela vergonha com os xingamentos dele. Tirou o diafragma e passou-o sob a torneira.

No instante em que Julia saiu, ele partiu para cima dela.

— Mentirosa! — gritou. Agarrou-a pelo cabelo e puxou sua cabeça para trás. — Você deixou seu amantezinho treinar meu falcão. — Ele continuou puxando o cabelo, fazendo os olhos dela arderem. — Não pense que vocês não foram vistos por aí. Você é uma vadia, uma papa-anjo, uma piada. — Ele torceu o cabelo em suas mãos até o rosto de Julia ser brutalmente pressionado contra seu peito. Ela sentiu o cheiro do suor e do solvente que ele usava para lavar pincéis. E podia ouvir seu coração batendo.

— Me larga. — Ela conseguiu dar uma joelhada nele, embora sem acertar o saco. Mais do que sentir, ela escutou o rasgo na parte de trás de seu couro cabeludo quando se soltou, deixando Chris com um punhado de cabelo na mão.

Momentaneamente surpreso, ele olhou para o cabelo e avançou na direção de Julia, que tentava abrir a porta. Puxou-a para longe e pressionou-a no chão, enfiando o rosto dela nas roupas espalhadas.

— Não me deixa. — Sua raiva se converteu em uma intensa súplica. — Não vá embora.

— Me larga. — Ela se esforçava para não ficar com a voz trêmula. — Por favor, me larga. Me larga, me larga.

— Prometa que não vai me deixar e eu largo — retrucou ele, como se fosse apenas uma brincadeira, uma simples questão de forçá-la a dizer "eu me rendo".

— Me larga!

Ele tentava beijá-la.

— Me deixa em paz.

Ela estava exausta e ficou impassível, embora seu coração ainda batesse forte. Podia sentir a saliva e as lágrimas dele em sua nuca.

— Tira a calça.

Sua blusa vermelha favorita estava agora rasgada em vários pontos.

— Não seja idiota, Chris.

— Pelos velhos tempos, antes que você vá embora.

Julia sabia que carregaria a vergonha para sempre, mas de repente se sentiu exausta.

Ele puxou sua calça jeans até os joelhos assim que ela parou de resistir e cuspiu na mão.

O batente solto da porta dos fundos chacoalhava; o vento aumentava de novo lá fora. Seu estômago se revirou quando ela se lembrou de outra noite, também de ventania, naquela mesma região onde levara Lúcifer para voar mais cedo.

Eles estavam caçando à noite com um refletor potente preso a um caminhão e um coelho indefeso sob foco. O falcão de Chris dava rasantes no anel de luz, como um skatista voador, e enterrou as garras na espinha do coelho, cobrindo-o com seu manto enquanto o animal gritava. Chris se agachou e esticou o pescoço do coelho: "É mais piedoso dessa maneira." Ela não ouviu o estalo, e o coelho continuou movimentando as patas traseiras, correndo para lugar nenhum. "São só reflexos", disse ele, apresentando o animal como se fosse um sacrifício enquanto o pássaro rasgava a carne da garganta da presa e as pernas seguiam batendo.

Ele não teve pressa. Ela implorou que ele não a penetrasse. Mas ele o fez.

Por fim, Chris soltou seu punho e rolou para o mar de roupa suja. Ela ficou de pé, tremendo e, ainda vestindo a calça, disparou para a porta. Desceu os degraus; não tinha ninguém a quem recorrer além de Julian.

FIRDAWS

Agosto de 1997

Um

Não há fotos de Mira agora. Um sono dopado, um telefone tocando, um quarto repleto da luz do dia, purgado da existência dela. Julian sai das profundezas, os braços caídos, acorda para uma manhã sem nenhuma razão para acordar. Não há nenhum vidrinho pegajoso de Calpol ao lado de Julia na cama, nenhum exemplar mastigado de *Goodnight Moon*. O bebê de brinquedo desapareceu com seu berço de papelão do canto onde Mira brincava. Mesmo o pequeno travesseiro que mantinham entre eles por um acordo tácito, para as noites em que ela se enfiava entre os dois, foi diplomaticamente removido. Julian ignora o telefone e se esconde embaixo dos lençóis, afundando na cama que tem apenas o seu próprio cheiro. Ali, encolhido, ele mal pode suportá-lo.

Outro dia de agosto se inicia insultuosamente perto do meio-dia, e os braços de Julian encontram-se tão inertes que é um grande esforço silenciar o telefone quando ele começa a tocar de novo. Está abafado. Julian tem que manter as janelas fechadas contra o penetrante cheiro do jasmim-da-noite que tem lhe causado dores de cabeça ultimamente. Aves grasnam entre as trepadeiras, algo bate no vidro, uma vaca distante muge. Um feixe de luz entra por uma fenda nas cortinas, partículas de poeira rodopiam e, embora a foto não esteja mais na sua mesa de cabeceira, o rosto de Mira é a primeira coisa que entra em foco: Mira, com uma coroa de margaridas e a luz do sol refletindo no cabelo.

Ele cambaleia na escada, agarra o corrimão para evitar a queda. É um velho de 29 anos antes da dose de nicotina e café. Dolorido, ele se coça por baixo da camiseta e da cueca de ontem, baixando a cabeça sob a viga do corredor e, em seguida, sob o batente da porta da cozinha em um gesto automático. O cão dança em torno dele, fora de sintonia com seu estado de espírito, o rabo balançando, alheio a qualquer coisa além da urgência de sua bexiga. O animal dispara como um foguete quando Julian abre a porta e corre farejando entre as árvores frutíferas. Antes de colocar a chaleira para ferver, Julian despeja carne na tigela do cão e atira o garfo ruidosamente na pia.

Do lado de fora ouve-se a porta de um carro batendo, a tosse indignada da ignição. Ele coloca café em um bule. As cortinas fechadas na frente (o que, naturalmente, Julia quis mudar) eram translúcidas sob a luz do sol. Ele as mantém fechadas para que as pessoas acreditem que ele não está. Por fim, o carro se afasta.

Ainda há restos de fita adesiva na porta da geladeira. Elas aparecem mais em dias claros como este, pequenos zigurates nos pontos onde antes havia uma zebra recortada, desenhada em preto e branco; um rosto pintado em um prato de papel; o desenho abstrato de um macarrão; um calendário de jardim de infância; uma tira de fotos de uma cabine, os olhos de Mira surpresos com o flash e grandes como discos voadores; uma borboleta pintada de vermelho e amarelo; um divertido contorno de sua mão.

Dentro da geladeira não há muito além do leite para o café da manhã. A manteiga semiembrulhada está pontilhada de migalhas. Há refeições que sua mãe preparou, sem saber mais o que fazer, seus conteúdos marcados em tampas de papelão. Frango ao molho de limão, lasanha — coisas de que ele gostava especialmente quando menino — torta banoffee e ensopado persa de carne de cordeiro com nozes e laranjas, calafate e amêndoas. Ela acrescentou rótulos extras: *Você precisa comer* e *Feito com amor*. É surpreendente que não haja algum que diga: *Você vai superar isso*. Há uma bandeja de ovos que a mãe de Katie Webster deixou na porta da frente, ovos pintalgados de suas galinhas marans. Por um instante ele pensa em cozinhar alguns, mas sente um aperto no estômago, deixando pouco espaço para algo além de uma tristeza amarga.

Sorvendo o café, ele se arrasta até o escritório. O cão entra trotando, vindo do jardim, encontra-o sentado com o queixo nas mãos, e desaba aos seus pés com um suspiro vazio. A mesa de Julian é tão acolhedora quanto uma piscina de água estagnada, a superfície repleta de Post-its. O computador está pronto; um monte de canetas oferece seu serviço dentro de um pote verde esmaltado. Mais uma vez, há um ponto para o qual seu olhar sempre converge, onde antes havia uma foto em uma moldura de ébano. A foto foi levada junto com todo o resto. Ele não pedirá que seja devolvida.

O porta-canetas foi feito por sua mãe, com o esmalte parcialmente oxidado em serragem, com veios quase metálicos. Ele tem tudo de que precisa: Pentel V5S preta, azul e vermelha, folhas pautadas, tinta e cartucho para a impressora, pacotes de chiclete, fumo, papel para enrolar cigarros e todo o tempo do mundo.

Ele estende a mão até a gaveta. Resiste. Todos os dias ele precisa conter o impulso de verificar se ainda está lá. Um sapato puído: o pé esquerdo. Couro macio. Mira usando um sapatinho com uma fivela de prata que ela quase aprendeu a fechar sozinha.

O cão se espreguiça, ombros estremecendo, lançando olhares perniciosos a seu dono. A mãe de Julian vai ligar, não vai mencionar Julia, não vai falar sobre Mira: todos concordam que é o melhor a ser feito. Ela vai perguntar se ele comeu, se conseguiu levar Zephon para passear. "Faria bem a você, andar sempre faz bem", ela dirá, e seu tom de voz com uma animação forçada trará uma desolação extra a este dia.

Ele abre a gaveta. *Você vai superar isso.* O sapato é a única coisa lá dentro. Marcas de pequenos diamantes arrancados do couro e um solado crepe esbranquiçado. O calcanhar deixou uma marca encardida no interior, onde se lê Start-rite. Ela gostava de andar desde que aprendeu a dar os primeiros passos: ele se lembra do puxão de sua mão, o saltitar determinado. O sapato está um pouco puído sobre os dedos dos pés, desgastado na borda do calcanhar. Ela andou muito cedo — aos onze meses e treze dias. Ele se lembra da leve sensação de perda que o envergonhara quando ela atravessou triunfante a sala. Mira com a cabeça erguida, a expressão decidida, anunciando que não seria um bebê por muito tempo. Sempre empenhada em ir de um lugar para o outro. Seu dedo sempre apontando: "Ali, por ali..."

Ele fecha a gaveta, tenta se obrigar a focar no trabalho.

Acima de sua mesa há uma janela, guirlandas de jasmim no vidro jateado, trepadeiras se enroscando. O sol lança estampas sobre os destroços amarelos dos Post-its. Os cantos se curvaram, as palavras rabiscadas desbotaram e algumas estão marcadas pelo café de sua caneca. Às vezes, ele lê o que está escrito — uma breve descrição de algo, uma frase, uma ocasional metáfora — e tenta extrair o sentido daquilo.

"E assim chegou aquele mensageiro obscuro, batendo as asas em sua direção como um presságio", diz um deles, escrito a caneta há muito tempo. Que presságio? Mas a caligrafia é dele.

"Reúna nuvens à nossa volta para fazermos amor escondidos (Homero?)", sugeria outro rabisco, como um código antigo. O tempo passa.

Na cozinha, ele engole algo escorregadio de um pote. Quanto a passear, o pobre cão vive num estado de otimismo exaltado. Corre para a porta a cada vez que Julian se levanta para esticar as costas ou fazer uma pausa e anda de um lado a outro como um líder de torcida, às vezes cutucando-o com o focinho.

— Ok, ok, vamos sair — diz Julian, abrindo a porta. Eles chegam aos anexos da propriedade, o cão dando voltas em torno de suas pernas, até que Julian desiste ao ouvir vozes ao longo da alameda.

Ele retorna à mesa, tira o computador do modo de espera, obriga-se a verificar sua caixa de entrada, mas não consegue responder a um único e-mail. Os remédios o deixam grogue, o que não ajuda. O cão fica do lado de fora, provocando as andorinhas. Julian encara suas anotações misteriosas, que poderiam muito bem estar escritas em papiros: "Eles desapareceram na bruma, braços dados, como amantes caminhando nas páginas de um livro."

Ele se pergunta o que tudo isso significa, mas por enquanto não pode fazer nada além de apoiar a cabeça nos braços e pensar em Mira.

Memórias perdidas assombram os espaços em que um dia habitaram. Indelével, embora desaparecida de sua moldura de ébano, Mira é um bebê iluminado pelo sol nos braços de Julia. A porta do apartamento deles em Cromwell Gardens está entreaberta, uma manhã suave de abril. O pólen está apenas começando a cair dos plátanos, e Julia fica preocupada porque os olhos do bebê podem ficar irritados. Mira tem o sorriso gengival de um duende, na cabeça um gorro de lã vermelha com bolinhas e uma haste verde no centro, como um morango. Ela usa um vestido branco de babados para sua festa; Julia conseguiu fazer nele um aplique com o nome dela em feltro vermelho.

Mira Eliana. Mira pelo milagre de seu nascimento e pela sua vinda inesperada (do latim, *mirus*, "surpresa"). O segundo nome lhe ocorreu com Julia no dia em que a registraram em Hornsey Town Hall. *Eliana.* De acordo com o livro que mostrava o significado dos nomes, tinha raízes hebraicas, significando "presente de Deus", ou gregas, algo relativo a sol.

Tinha uma boa sonoridade. Mira Eliana. E fazia sentido, pois ele presenciou o milagre: seu nascimento foi como o sol da meia-noite.

Julia o havia forçado a prometer que se afastaria para o que a parteira chamou de "o fim do negócio". Mas o médico sul-africano disse "Ela está coroando!", e o rosto de Julia estava virado para o outro lado. "Rápido!"

Um domo escuro e membranoso forçava sua passagem pelas dobras azuladas de Julia. Suas coxas estavam ensanguentadas, e a cabeça emergia, empurrando, retesando-a num grito agoniado. Ela estava apoiada nos cotovelos, ofegante, o cabelo colado à testa (tentáculos que Julian deveria manter presos para trás), enquanto a coroa a pressionava como um olho gigante na órbita e nascia em um borrão de sangue.

— Meu Deus, Julia! — gritou ele três vezes, tomado por uma súbita onda de remorso.

— Meu bebê, meu bebê está bem? — A única preocupação dela.

Julian consegue ver tudo: a sala de parto que parecera tão sem encanto quando chegaram, o leito austero e os monitores, as otimistas paredes amarelo-chá, pufes empilhados em um canto. Quando Mira é colocada em seus braços, o choro trêmulo dispara seu coração, e uma luz dourada — algo impossível, porque estão no meio da noite — começa a irradiar por toda a sala.

Ele se senta ao lado da cama; alguém enrola o bebê em uma manta canelada branca e coloca uma minúscula touca de algodão em sua cabeça. Julian a embala no espaço entre a dobra de seu cotovelo trêmulo e seu peito, e ela para de chorar, o lábio inferior ainda estremecendo. Assume uma expressão de profunda concentração, seus dedos tocam uma harpa invisível. Eles abrem e fecham na impressionante leveza do ar, e ela franze a testa sob a touca enquanto observa esse estranho fenômeno. Julian a aproxima de seu rosto para tranquilizá-la, pressionando os lábios contra a suavidade de sua pele, respirando seu cheiro novo de pão fresco e sangue quente.

O médico sul-africano, que apenas algumas horas antes parecia um pouco envelhecido, assume o brilho de uma estrela de cinema, com seu jaleco e seus dentes perolados. "Ela é linda", diz ele. Mira está movendo a boca, testando suas formas e comprimindo os lábios, as bochechas surpreendentemente redondas e suaves como cogumelos novos. Julia tem o rosto pálido e os olhos diáfanos de uma santa; ela vira a cabeça nos travesseiros, cantarolando para a menina nos braços dele enquanto o médico acaba a sutura. A anestesista, que até então ele mal tinha notado (apenas quando ela enfiou a agulha na espinha de Julia, tão grossa que fez suas pernas fraquejarem), tem uma bela voz irlandesa e cachos vermelhos. Ela faz sons indistintos para o bebê. Mira boceja e fixa o olhar nele, tão firme que ele sente que ela está lendo sua mente.

— Pronto, pode dar o bebê para a mamãe agora. — O médico tira as luvas. — Você se saiu muito bem — disse ele, dando um tapinha na coxa de Julia como se ela fosse sua égua favorita. Nem isso conseguiu irritar Julian enquanto Mira mantinha seus olhos nos dele.

Quase relutante, ele interrompeu o contato para colocá-la nos braços ansiosos de Julia e se sentou silenciosamente na cama, em êxtase diante do par. Viu as duas se apaixonando. Murmurando. Chorando. Julia desabotoando a camisola.

Um trator foi ligado nos arredores, seu ronco amplificado e gutural enquanto ele arrasta a enfardadeira de um lado a outro das terras de Horseman. Um grito distante traz Julian de volta à sua mesa. Seus e-mails permanecem teimosamente sem resposta. Com cautela, Michael apresenta algumas questões pendentes: o projeto para um box de toda a série *Cães históricos* aguarda sua aprovação; seu agente cinematográfico quer que ele assine contrato para escrever *Fletch Le Bone III*.

Deveria, pelo menos, conversar com Michael. Ele tem todo o direito de se considerar o salvador de seu enteado, bem como seu agente, mas a última coisa que Julian quer agora é alguém que o salve.

Não era assim quando ele tinha 21 anos. Na época, a oferta de emprego de Michael veio como uma bênção. Julia estava grávida, e eles estavam prestes a ser despejados do alojamento estudantil quando Michael entrou em cena. Julian trabalhava todos os turnos que podia no Crown, e as dívidas de Julia a faziam rabiscar cálculos apressados em pedaços de papel. Ela vivia chorosa, e Chris, seu marido de merda, sempre aparecia no alojamento (onde Julian não tinha permissão para receber visitas para pernoite) despejando sacos de lixo com a roupa dela no corredor e enfiando maços de contas na caixa de correio, as quais ele maliciosamente tinha decidido que ela deveria pagar.

Londres era um dos melhores lugares para começar a vida juntos. Eles encontraram um quarto barato com banheiro no fim da Northern Line. Julia, cansada de enjoar de manhã, à tarde e à noite naquela primeira e curta gravidez, foi contratada por um centro de horticultura que ficava a uma breve viagem de ônibus de sua rua. Julian ficou feliz porque pelo menos ela poderia respirar ar fresco. Ao contrário dele. Primeiro era o metrô, depois o universo subterrâneo dos manuscritos de livros infantis no subsolo da Abraham and Leitch. Abraham era Michael, marido de sua mãe, o homem que ele supostamente deveria considerar um pai.

Antes seu empregador, hoje seu agente, e cheio de perguntas que precisam de respostas. Julian passa os olhos pelos e-mails de Michael. Chega uma mensagem da nova moça que cuida da publicidade: uma escola o convidou para inaugurar sua biblioteca. Não havia ninguém a postos para evitar que ele fosse incomodado por esse tipo de coisa? Das prateleiras ao lado, exemplares de seus próprios livros, com suas capas ilustradas, dirigem a ele um olhar de esguelha.

Essa carreira, construída a partir de um talento especial para reduzir as histórias a um nível simplório, começou a cansar mesmo antes de Mira nascer. Quando Julia precisou voltar ao trabalho, ele ficou mais do que feliz em fazer uma pausa nas conversas sem fim entre animais selvagens e peludos, nos acontecimentos do canil de Hampton Court, no Novo Exército Modelo de bull terriers, nos cãezinhos bajuladores nos colos de suas rainhas. Auf, auf, auf.

Ah, mas ele tinha que agradecer. Sem eles, jamais teria conseguido juntar o dinheiro e conseguir os empréstimos para recuperar Firdaws. Contudo, até mesmo Firdaws, que ele julgava amar como se fosse uma pessoa, não era suficiente para superar a humilhação de receber, de um escritor que ele admirava, os parabéns pelo sucesso de seu mais recente trabalho, *Ponsonby*. Este livro, uma comédia que se passa no século XVII, contada através dos olhos do spaniel de Carlos II, foi concluído sem entusiasmo pouco antes do nascimento de Mira.

Ele tenta responder alguns e-mails, mas ainda tem dificuldade de se concentrar. Há vários de seu velho amigo William. São cautelosos: "Lamento incomodar..." "Sei que talvez não seja o melhor momento para você pensar nisso..." "Por favor, não hesite em ligar se quiser conversar, a qualquer hora, dia ou noite..." Julian se recosta na cadeira e fecha os olhos.

"Mira", um milagre. Eles começaram a tentar um bebê logo depois que Julia perdeu o primeiro, mas Mira levou cinco anos para chegar. Eles estavam no banheiro do apartamento em Cromwell Gardens, tentando parecer indiferentes, quando Mira deu o primeiro sinal de sua existência. Ele estava no chuveiro quando Julia fez xixi no teste (como fazia quase sempre, porque a menstruação gostava de provocá-la com seus atrasos). Ela o chamou, sua voz mais alta que o barulho da água caindo, e apontou para a tira branca em cima da caixa do vaso sanitário e para a linha azul que, de um indício pálido, escurecia a uma certeza azul-marinho. Ambos fixaram os olhos na tira, mal ousaram falar, e Julia teve de se sentar de novo no vaso. Ele rapidamente fez as contas nos dedos.

— Paris! — exclamou ele, e ela, mordendo o lábio, fitou-o e assentiu.

Julia se afastou, pedindo cautela quando ele se ajoelhou para abraçá-la. Ela pediu que ele comprasse um segundo teste "só para ter certeza" e, quando ele voltou correndo, sem fôlego, com a sacola da farmácia em uma mão e uma garrafa de champanhe na outra, ela estava na cozinha, ainda envolta na toalha, sentada no banquinho ao lado do telefone, chorando.

O dia vai embora de maneira muito semelhante aos anteriores. Firdaws imerge na escuridão até Julian finalmente acender as lâmpadas. Ele consegue engolir batatas fritas, esquenta um ensopado e se dirige à mesa com uma resistente taça Duralex e os restos de uma garrafa de vinho tinto, pensando que o perfume do jasmim está mais forte.

Julia sempre abria a janela do quarto deles, no andar de cima, para deixar entrar o aroma. Ele a imagina lá agora, seus cabelos lustrosos balançando, Mira emoldurada junto dela no quadrado de luz dourada, estendendo as mãos, chamando "Papa...", para que ele a visse ali em seu pijama favorito. Ele serve o vinho.

Logo sairá para tomar um pouco de ar, procurar o cachorro e andar com ele pelo jardim ao luar. Julian toma um gole, o cheiro do jasmim já causando dor de cabeça. Ele é capaz de sentir o gosto de seu remédio para dormir. No andar de cima, a cama vazia espera.

Ele tem pesadelos com Mira caindo. Acorda coberto de suor, seus braços agarrando o ar como um recém-nascido. Depois, vazio. Sem Julia, sem Mira.

Ele enrola um último cigarro, chama o cachorro. Mira retorna à sua mente, fileiras de árvores desfraldando folhas e promessas, a tarde tão ensolarada que ele não consegue resistir aos apelos dela para ir ao parquinho depois da creche. Pombos estão reunidos como estudantes no ponto de ônibus, esperando por algumas migalhas da lancheira dela, e Mira dispara em direção ao escorrega das crianças mais velhas, seu rosto concentrado até que ele a alcança. Espantados, os olhos dela encontram os seus e ela se sente imediatamente confiante ao ver que ele está sorrindo. Tudo ficará bem: "Menina corajosa", Julian diz quando ela escapa de suas mãos. "De novo, de novo." Mira corre rumo às escadas, e uma alça solta de seu macacão se agita. Julian a alcança novamente para prendê-la; ela observa com atenção os dedos dele, sempre aprendendo. Seus passos são vacilantes e divertidos, e o pai sente uma mistura de orgulho e terror sempre que ela tenta fazer algo novo. Ele a iça até o alto do escorrega apenas para que ela não se esforce tanto para escalar os degraus de metal, levantando-a na direção do céu e soprando em seu pescoço para fazê-la rir.

Tudo isso se repete sem cessar até que ele olha para o relógio e percebe que é sexta-feira e que a esta hora Julia já estaria de volta a Firdaws.

Mira baixou os olhos para ele do topo do escorrega; ele está pronto para pegá-la: "Tá, papa?" Era assim que ela o chamava, e nem ele nem Julia cogitavam corrigi-la. "Pronto?" Muito solene. Observando-a de outro ângulo, a partir do solado crepe do sapato, ela não era mais um bebê. E então ela cai, uma estrela-do-mar vindo na direção dele, e ele se prepara para pegá-la.

Julian coloca Mira aos pés do escorrega para ajudá-la a tirar uma pedra do sapato, a meia um pouco suada quando ele a estica. Ele calça o sapato novamente no pé dela, curvando-se com reverência. "Seu nome é Cinderela?" E ela riu, disse: "Deixa de ser bobo." Ele mostrou novamente como passar a alça pela fivela. Ela respirava forte ao se concentrar em sua tarefa, e ele segurava seu pé com firmeza.

A mão de Julian vai até a gaveta, que ele abre apenas para verificar se ainda está ali. É impossível resistir. Ele o pega e o mantém em suas mãos, como faz todos os dias. Os vincos sobre os dedos tornaram-se permanentes; o solado de couro macio cedeu, o calcanhar é levemente protuberante; é quase como se ele estivesse tocando seu pezinho, não apenas o sapato.

Ao seu redor, sombras familiares fazem vigília, os amistosos fantasmas de quatro gerações de Vales. É confortável aqui, com vigas tão baixas que quase tocam a cabeça, algumas poltronas antiquíssimas, tapetes turcos com os cantos mordidos pelos vários cachorros de sua mãe.

— Ei, e que tal esse cômodo aqui como quarto de brinquedos para Mira? — sugeriu Julia na primeira vez que ele mostrou as fotos de Firdaws enviadas pelo corretor.

— Ah, mas esse sempre foi meu refúgio. — Ele não pôde evitar a expressão desanimada. — Provavelmente é o melhor lugar para escrever.

É acolhedora, esta sala: a familiar janela parcialmente coberta por trepadeiras, dando ao cômodo um aspecto de caverna ou de uma pérgula.

Ele devolve o sapato de Mira à gaveta e a fecha. Esta mesa foi de seu pai. No dia em que ele e Julia se mudaram, sua mãe mandou retirar toda a velha mobília do depósito e a enviou para a casa num furgão. Julia tornou-se atipicamente mal-humorada à medida que as coisas atravessavam a porta: a grande mesa da cozinha, a penteadeira galesa e suas réplicas de animais coloridos feitos de cerâmica pintada, cômodas, poltronas, tapetes, esta mesa. Sentado ali agora, ocorre-lhe o pensamento de que talvez nada tenha acontecido com ele. Por um momento, ele é um menino outra vez, erguendo os olhos para o mesmo pedaço de céu através do mesmo vidro jateado, esperando que sua mãe o chame para comer sopa. Ele bebe o restante do vinho, fecha o arquivo, põe o computador em modo de espera. Não demorará muito a dormir.

Dois

Firdaws é a última casa de campo ao longo da estrada que liga o vilarejo ao rio e, como as escolas entraram em recesso, parece que nunca há um dia sem que alguém esteja por perto, assobiando para um cão ou falando alto ao andar pelos prados alagados. A maioria das outras propriedades têm jardins e veredas, mas em Firdaws só é possível chegar à casa principal passando por um pequeno pasto de grama alta cheio de flores silvestres amarelas nesta época do ano, centáureas e margaridas. Sua chaminé é alta e torta, e a névoa suave do anoitecer se aproxima sutilmente, vinda do rio, para envolvê-la, conferindo-lhe a aparência de um sonho. De suaves tijolos desbotados e paredes revestidas de telhas, ela foi construída em um recanto natural. Para quem está à beira do rio e ergue os olhos na direção do vilarejo, ela é a primeira casa que se vê, bem escondida na paisagem, sem nada além dos bosques de pinheiros verde-escuros a seu lado e a torre da Igreja de St. Gabriel apontando para o céu.

Um pouco mais adiante, a estrada que vem do vilarejo cessa suas curvas ao chegar na fazenda de Jerry Horseman, cujos portões enferrujados com suas elaboradas argolas de sisal não têm nenhuma importância para os moradores, que há muito decidiram que aquele acesso ao rio é território comum. Ocasionalmente, ele deixa as coisas mais animadas ao soltar um touro em um de seus pastos, mas no geral é amigável e deixa essa parte de seu império para o feno áspero que vive tomado de ranúnculos.

Nos fundos da casa, há uma pequena varanda de madeira em frente ao declive dos campos, com seus ramos de folhas sinuosas amarelo-ferrugem e o rio que cintila através das árvores. Quando chove é bom se sentar ali, sentir o cheiro da terra molhada, fumar e ouvir a água pingando do telhado e das folhas. Em uma noite silenciosa é possível ouvir as corujas perto do rio e, ao redor da casa, os chiados de morcegos que voam entre as trepadeiras.

Há um pequeno terraço para ervas aromáticas e canteiros para rosas, alguns arbustos perfumados. O resto se resume a árvores frutíferas e a capim; isto é, se ignorarmos os três canteiros de flores que os Nicholsons deixaram para trás. Neles, rosas de cores claras florescem durante todo o verão, tornando o ar pesado com seu perfume.

Pendurada nas duas macieiras mais distantes da casa, a rede zomba dele com seu sorriso frouxo, desdenha das horas que ele passou ali sentindo-se seguro, com Mira ao seu lado, implorando que ele contasse uma história. Há um pedaço gasto de grama embaixo da rede, com terra nua no meio, raspada por seu pé ao empurrá-los de um lado para o outro sob o teto de folhas.

O jardim ficou encharcado com a chuva, como se tivesse sido lavado da presença dela. A eficiência foi espantosa. Julian ficava cada vez mais agitado na medida em que vagava pelos quartos, abrindo gavetas e procurando atrás de armários. Naquela noite, incapaz de dormir, ele vagou descalço pela grama molhada. O céu, limpo pela tempestade, estava repleto de estrelas. As janelas do celeiro brilhavam como prata, e ele estremeceu quando ouviu um ruído vindo de perto da macieira. Seus braços nus pareciam estranhamente pálidos quando ele enfiou a mão dentro da rede. O sapato de Mira estava perdido entre as dobras do tecido, a tira ainda afivelada. Provavelmente escorregara de seu pé, um ramalhete de botões úmidos preso a ele.

As flores agora já haviam desaparecido das árvores, substituídas por frutinhas duras; a rede está estriada de mofo e provavelmente deve desaparecer também.

No pomar, o ar está adocicado pelas ameixas maduras, mas ele não vai até lá para colhê-las. Além das ameixeiras e dos pés de damascos, há uma árvore que Julia plantou. Ele diz a si mesmo "não seja ridículo, é claro que ela ainda existe", mas não consegue ir até o local onde foi plantada para confirmar se ela de fato ainda está lá. É uma pereira, cuidadosamente transplantada de Cromwell Gardens, especial porque foi dada a Mira durante a festa em que anunciaram seu nome.

Julia escrevera o nome de sua filha em uma fonte em itálico e prateada nos convites: *Mira Eliana*, e eles esperaram até abril para dar a festa, para que os convidados pudessem ocupar todo o gramado. Eles tiveram dúvidas sobre como chamar o evento, uma vez que *batizado* teria dado margem às frenéticas intervenções de Gwen, a mãe católica de Julia. Eles se decidiram por Dia do Nome e o vestido branco-neve de Mira era tão adorável quanto qualquer roupinha de batismo.

As crianças mais velhas carregavam Mira pela sala como uma boneca; Julia era mais tranquila que ele com relação a esse tipo de coisa. Ela era um bebê robusto, já capaz de sustentar o peso da própria cabeça, mas ainda assim... A pulsação azulada, agitando-se como um peixinho sob a pele macia de sua moleira, causara grande incômodo a ele poucas semanas antes, ao se ver impelido a entregá-la a outra pessoa além de Julia. Quando o pai dela, Geoffrey, entrou aos tropeções no hospital para visitar Mira com seu hálito de conhaque, Julian quis encontrar uma maneira de dizer: "Não, ela é muito nova ainda."

Para sorte deles, Geoffrey raramente deixava seu trailer caótico que ficava atrás do centro de recreação em Vernow, onde ele às vezes cuidava do gramado, às vezes não. No Dia do Nome, ele não saiu de perto da mesa onde o champanhe era servido para o brinde. A mãe de Julia, Gwen, fixava os olhos no peito da filha: "Você tem certeza de que está produzindo leite suficiente para a bebê?"

Mira quase não chorou o dia todo. Era preciso ser um idiota, ou simplesmente uma pessoa maldosa, para sugerir que ela estava com fome. Julia se sentia tão tensa com a presença dos pais que começou a manifestar um tique nervoso no canto do olho.

Todo mundo queria ter uma foto com a bebê; Julian tinha que saltar de um lado para o outro para proteger os olhos de Mira dos flashes. "Desligue o flash", ele dizia. Sua mãe, usando um vestido preto e meias-calças brilhosas, chegou trazendo braçadas de tulipas coloridas, e Michael, a mão possessiva na cintura dela, estava esplendidamente discreto em seu paletó de tweed de fim de semana com couro nos cotovelos.

A não madrinha Freda trouxe seu violão, assim como a pereira e, em sua voz fina e sussurrada, cantou uma canção que compôs para Mira. Ela falava do ponto de vista da árvore; Julian teve vontade de rir, e Julia, de chorar. "Mira, minha querida, uma pera dourada só para você..."

Em um cartaz na parede ao lado de sua mesa, a caricatura de um skye terrier com improváveis olhos tristonhos espiando debaixo da anágua escarlate de sua rainha. *Geddon, o melhor amigo de Sua Majestade*. Julian balança a cabeça. Sua habilidade de atribuir sotaques idiotas e opiniões sarcásticas a animais de estimação nunca deveria ter se transformado nisso, em Geddon e todo um bando de vira-latas com posições privilegiadas a seu dispor, um livro latindo atrás do outro. *Olá, que prazer conhecê-lo*. E roteiros, muitos mais que os que foram filmados, *Fletch Le Bone, Laika's Moon*, um remake de *Greyfriars Bobby* — *sim, eu sou aquele que escreve como se fosse um cachorro*.

Crianças choravam quando liam a história de Geddon, e por isso Julian era aclamado.

Ele tinha lido a biografia de Antonia Fraser sobre a rainha Mary Stuart e passou a escrever a história à noite, depois do trabalho, rindo de suas próprias piadas enquanto digitava com luvas sem dedos. Na época eles ainda estavam em Burnt Oak e, apesar de as quatro bocas do fogão a gás estarem acesas, havia gelo no interior das janelas. Julia lia seus manuais de plantio na outra ponta da mesa, reclinando-se em sua cadeira com um cobertor nos ombros e os cabelos amarrados para trás com um de seus lenços esfarrapados. E ele digitava.

Naquele momento, *Geddon* não era nada além de uma agradável distração da pilha de manuscritos em que ele afundava todos os dias na Abraham and Leitch. Ele jamais sonhara que *Geddon* e a fictícia *Sra. Pericles* (escrita logo em seguida, dotada do vocabulário traiçoeiro da cadela de Elizabeth I) iluminariam tão heroicamente sua saída de Burnt Oak.

E abririam as portas para Cromwell Gardens, a uma curta e frondosa caminhada desde Waterlow Park. Julia amava aquele apartamento. Quem não amaria? Em Cromwell Gardens havia uma lareira na sala de estar, um trilho para pendurar quadros, frutos em alto-relevo nas cornijas que ela tinha pintado com cores exuberantes. Eles acordavam todas as manhãs no quarto que ela tingira de um profundo violeta; as cortinas de veludo escuro ganhavam o aspecto de licor quando iluminadas pelo sol da manhã. Ele também amava aquele lugar.

No Dia do Nome, quando Gwen se aproximou dele e disse "espero que o gosto pavoroso da minha filha não lhe dê dor de cabeça", ele preferiu se afastar dela a responder. Freda foi educadamente aplaudida após a canção da pereira, e o próximo seria William.

Era Karl quem devia ter feito as honras de padrinho naquele dia, não William, mas Julia vetou: "De jeito nenhum!" Sua veemência surpreendeu Julian. Mira estava mamando e soltou um grito. "Quero dizer, por que ele? Ah, você está atrapalhando a mamada", disse ela, acariciando a cabeça da filha.

Assim, William, que Julian jamais havia considerado seu melhor amigo, estava lá, tagarelando sobre o poema de Larkin para Sally Amis, "Born Yesterday". Quanta audácia! Julian desejava que sua filha fosse nada menos que extraordinária: por ela, reinos seriam renunciados, doenças incuráveis seriam curadas, recordes mundiais seriam quebrados. Mira choramingou e Julian a tranquilizou, aconchegando sua cabeça entre o ombro e a bochecha, sussurrando "ah, querida, não dê ouvidos a isso". As pessoas enchiam novamente suas taças e brindavam à saúde de Mira, todos à exceção de Julia, que permaneceu apoiada no braço de uma cadeira, olhando para a rua, as mechas de cabelo captando a luz da janela.

Ele se lembra de tudo: os seios de Julia vazando leite através de seu vestido de seda fina; um grande bolo de frutas; os olhos de sua mãe raramente deixando seu rosto, tentando ler seus pensamentos enquanto ele levava pratos para lá e para cá; pessoas derrubando bebidas e migalhas; o pai de Julia tropeçando e quebrando uma luminária; as sobrinhas dela rolando no chão; Mira mamando no peito e ele desejando que todos fossem embora para que restassem apenas eles três novamente no calor leitoso de seu quarto.

Três

C romwell Gardens parece tão irreal quanto um sonho para ele agora, e é difícil livrar-se da lembrança. Ele se obriga a ficar em sua mesa enquanto uma vespa o perturba, percorrendo a janela por dentro, batendo contra o vidro, ziguezagueando sem rumo e caindo como bêbada, retornando mais furiosa do que antes.

Quando menino, Julian teria capturado aquele bicho barulhento num copo, aprisionando-o com filme plástico no frio soporífero da geladeira, junto com alguns de seus semelhantes. Embora fosse trabalhoso, ele amarrava fios em torno dos corpos inertes das vespas refrigeradas antes que se recuperassem, e esperava que elas se aquecessem e alçassem voo para correr atrás delas, quase ébrio de alegria, fazendo-as dançar à sua música, um cocheiro encantado puxando suas rédeas de seda. Seus arreios eram as teias do coche da rainha Mab. Ou seriam da Polegarzinha?

As vespas estavam amplamente disponíveis para a criogenia naquele verão; as pessoas consideravam-nas uma praga. Pareciam picar crianças só por diversão. Ninguém chegava perto das figueiras que cresciam ao lado de um dos celeiros de feno de Jerry Horseman, e às vezes a ânsia das vespas por carne se tornava tão grave que as pessoas desistiam de agitar os braços e de dizer uns aos outros para ignorá-las e levavam o churrasco de domingo para dentro de casa.

No auge do ataque das vespas, sua mãe foi picada no pé enquanto trabalhava inocentemente em algumas cerâmicas no galpão. Ela parou por um instante de misturar a massa, entrou correndo em casa para vestir algo menos sujo de barro e foi de carro até a loja de materiais agropecuários, onde comprou as três últimas armadilhas para vespas disponíveis no estoque. Ela fez outras com potes de geleia. Juntos, ela e Julian encheram as armadilhas com uma mistura de xarope doce e água e as enfileiraram ao longo dos parapeitos, onde tornaram mais doce a morte de várias invasoras. Na janela da cozinha, ele passou muitos crepúsculos agradáveis assistindo as vespas lutando com o inevitável, o sol moribundo transformando seu paraíso de tolos num âmbar vivo.

No entanto, as vespas continuavam a chegar. Fizeram ninhos nos arbustos atrás do celeiro. Sua mãe estava por ali, distraída, esvaziando o forno após uma semana de trabalho, quando ele chegou para alertá-la.

— Hmmmm — disse ela. — Ok, você vai fazer algo a respeito?

Então ele fez. Julian não "perguntou a alguém o que fazer", como ela sugeriu, o olhar já pousado sobre um novo pote de cerâmica. Não havia um "alguém".

— Então, tudo bem se eu tirar a gasolina do cortador de grama? — perguntou ele.

— Ahã. — Jenna não estava escutando; ele sabia que não escutaria. O que ela esperava?

Julian ficou impressionado e orgulhoso da grandeza de seu coquetel molotov; sentiu-se quase arrebatado pelo grande cogumelo laranja que floresceu do bosque, lançando em órbita uma massa de fumaça, vespas e pedaços de roseiras.

Para escapar da ira de Jenna, ele enfiou a pistola de ar comprimido no short e pedalou cinco quilômetros até a casa de seu amigo Danny. Alguns outros meninos portando a mesma arma já estavam lá e, como sempre, todos acabaram no bosque, fingindo atirar uns nos outros — pobres pássaros —, esquivando-se das árvores, com sorte por nenhum deles ter perdido um olho.

Quando chegou, o ataque foi repentino, como se alguém despejasse uma caixa repleta de vespas direto na sua cabeça. Elas chegaram como uma violenta nuvem de picadas, torturando-o enquanto ele permanecia escondido em uma vala. Ele correu por entre as árvores, batendo nelas ao voltar sem fôlego para a casa de Danny com vespas zumbindo em suas pernas e agarradas a seu cabelo. Sistematicamente, ele começou a matar as vespas em suas canelas, esperando até sentir suas picadas para ter certeza de que as apanharia, o que apenas tornava as compatriotas ainda mais furiosas. Sua pele estava em chamas quando ele correu para o banheiro de Danny. Havia uma estranha coceira na garganta, e no espelho ele viu protuberâncias vermelhas em seu pescoço e se perguntou, como um tolo, se eram brotoejas provocadas pelo calor. Em poucos minutos, a vermelhidão se alastrou. Ele fixou os olhos pasmos naquele mapa que se desenhava por seus braços e pelo peito e, baixando o short para verificar, viu manchas lá embaixo também. Sem fôlego e com um chiado na garganta, ele insistiu que estava bem quando o pai de Danny, que era médico, saiu do escritório e lhe disse para se deitar.

O Dr. Andrews salvou a vida de Julian naquele dia com uma injeção de adrenalina antes que Jenna chegasse, ultrapassando todos os limites de velocidade para levá-lo até a emergência mais próxima, a vinte quilômetros dali. Ele se lembra do alarido das buzinas nas rotatórias. Era incapaz de tranquilizá-la. Parecia ter um balão na garganta, que se inflava lenta mas incessantemente. Sua pele tinha a cor de ameixas maduras, mas ele se sentia tão leve que via a situação apenas como novidade. No hospital, colocaram nele uma máscara e um nebulizador, depois foi mantido em observação por uma noite, caso sua respiração piorasse. Ele ouviu que nunca, jamais deveria andar sem uma ampola de epinefrina.

Naturalmente, Julian nunca levava uma.

Em um dia tranquilo depois das provas, ele foi picado novamente. Sua agressora o atacou, com a precisão de um míssil, bem em seu pomo de adão. Ele não tinha feito nada para provocá-la. Luz do sol e cerveja barata; as páginas de seu livro abanavam suavemente seu rosto enquanto ele sorvia o cheiro da grama cortada e do Ambre Solaire das meninas. William também estava lá naquele dia, perdidamente apaixonado por Cara, uma garota de seu curso com os dentes da frente um pouco separados, o que era algo sexy. Havia um rádio e uma barulhenta partida de *rounders* nas proximidades. Cara era levemente irritante: "Aqui temos um ramo de flores", dizia ela, puxando grama com os dedos e lançando as sementes no ar. "Agora temos as chuvas de abril."

Toda a faculdade parecia ter escolhido aquele local para celebrar o fim dos exames. No ano anterior, ele tinha voltado direto para Firdaws — a comida de sua mãe e as curvas quentes de sua namorada Katie eram difíceis de resistir —, mas naquele ano decidiu ficar na cidade, o que não agradou a nenhuma das duas.

Fazia pouco tempo que Julian desistira de ser fiel a Katie. Tinha todo o verão pela frente. Algumas das garotas com quem ele trairia a namorada acabavam de aparecer na sua frente, de mãos dadas, atirando-se para ele sem usar muita roupa, e ele sentiu o calor do sol concentrando-se agradavelmente em sua virilha.

E então ele lembrou. "Merda." Ficou de pé num salto, tentando não entrar em pânico, esfregando o pescoço em chamas. A dor diminuiu rapidamente e ele disse a si mesmo que tudo ficaria bem.

— Maldita vespa!

— Eu fui picada no traseiro em uma situação muito constrangedora — comentou uma das garotas.

— Ha ha, foi pega de calças arriadas? — brincou outra. Julian torcia para que o formigamento que se alastrava em seu pescoço fosse apenas fruto da sua imaginação.

— Que merda, preciso de uma ampola de epinefrina, eu acho — disse ele, tentando ficar calmo.

— Epi-o quê? — Cara ergueu os olhos do sutiã, de onde tirava as sementes de capim. Todos se apoiaram nos cotovelos e o encararam.

Ele soletrou.

— Eu posso entrar em choque anafilático. Preciso ir a um hospital.

Ele sentia a erupção quente se espalhando, uma nova sensação de formigamento no estômago.

— O posto de saúde fica atrás da catedral, não é? — perguntou William lentamente.

— Na verdade, isso pode ser uma emergência. — Julian começou a se afastar deles; o simples ato de colocar um pé na frente do outro já o deixava tonto. Não era o vinho, infelizmente não. Havia algo nos constantes lembretes de sua mãe que o tornara teimosamente irresponsável quando o assunto era a ampola de epinefrina. *Eu sou imortal*, Julian provocava quando ela reclamava.

Sua respiração já se tornava superficial no momento em que William correu para a rua na tentativa de conseguir um táxi e os outros se espalharam pelo parque gritando freneticamente por um médico, epinefrina ou uma carona até o hospital.

Sua garganta se fechava, cada inspiração mais entrecortada que a anterior, os chiados aumentando, a língua inchando. A rua do outro lado do parque se tornava um borrão. Quando ele chegou aos portões, ouviu um grito e parou.

Um homem baixo vestido com roupas amarrotadas correu até seu campo de visão, ofegando e sacudindo uma seringa.

— É melhor você tirar a calça — disse Karl; enquanto tentava abrir seu cinto. Julian se sentiu desabando. — Esquece. — Karl se ajoelhou diante dele e o furou com a agulha através do jeans. — Agora você precisa de um nebulizador. — Karl já havia deixado uma mensagem no pager de um amigo no hospital. — Não sei se consigo fazer uma traqueostomia hoje — disse, apoiando Julian, um leve sorriso nos lábios.

Os outros os alcançaram quando Julian lutava para ficar de pé, Karl apoiando-o no braço.

— Devagar — recomendou ele. — Há uma ambulância a caminho, vão chegar a qualquer momento.

Julian ainda achava difícil respirar. Ele fitou Karl, tentando lembrar se já conhecia aquele homem calmo, de voz suave, óculos de John Lennon e cabelo espesso. O rosto dele parecia entrar e sair de foco: sob sobrancelhas grossas e curiosas, seus olhos castanhos eram bem-humorados, o que fazia Julian sentir menos pânico.

Ouviram o som ensurdecedor da sirene, e luzes azuis refletiram no rosto de seu salvador.

— Lá vamos nós. — Karl o pôs de pé enquanto William e as garotas corriam de um lado para o outro inutilmente. — Vou com você, se quiser — sugeriu, sustentando o peso do corpo de Julian. — Não se preocupe. Você vai ficar bem agora.

Julian abandona a modesta anestesia que uma busca pelos mistérios de sua mesa poderia oferecer e chama o cachorro, cuja alegria é desproporcional para um simples passeio ao ar livre no jardim. O sol do meio-dia está obscurecido por nuvens. Lá fora está mais abafado do que dentro de casa. O cão parece extasiado ao se dirigir para o canto mais afastado, onde a grama é mais dura. O celeiro se erguia sobre grandes pedras; ele ainda abriga o velho forno de pedra de sua mãe, mas não há mais nenhum sinal de que os Nicholsons um dia o acenderam. Eles adicionaram várias prateleiras e armários de MDF onde antes ficavam as bancadas de trabalho de Jenna, e Julian sente saudades de como era em sua infância, com o torno no centro e os sacos de carvão mineral, o cheiro de serragem queimada misturado à umidade do barro fresco, o trabalho de sua mãe secando nas prateleiras. Os potes e estatuetas hoje desapareceram, assim como a pinça antiquada com que ela empalava suas encomendas e as latas de esmaltes, cada uma com um azulejo da cor correspondente pendurado em um prego logo acima, formando um arco-íris na parede.

Julian vira o rosto ao passar por ali. Ele ainda não pôs os pés lá dentro, ainda não conseguiu deixar de ver como vandalismo todas as evidências da ocupação dos Nicholsons.

Uma vez ele os visitou ali por engano, no dia em que voltou da faculdade, seu coração infiel pronto para dar o chute definitivo na garota que ele já havia abandonado. Katie Webster recebera tão mal a notícia da gravidez de Julia que tinha retornado para casa em Manchester, pelo menos para sentir algum conforto na comida da mãe. A voz dela era trêmula ao telefonar para o alojamento, e ele concordou quase imediatamente em vê-la.

Julian chegou à cidade no dia seguinte e foi de bicicleta direto da estação de trem até a casa de Katie. Ficou chocado com os efeitos brutais de sua traição sobre ela: Katie parecia reduzida a suas velhas leggings e camiseta, angulosa onde antes havia curvas. Ela ficou encolhida no sofá durante todo o tempo, lenços amassados junto aos olhos.

Ele se sentou do outro lado da sala, constrangido, dando desculpas inúteis. "Nós estamos juntos desde que tínhamos 15 anos. Você não achava mesmo que..."

Ele não contestou nada do que ela disse; pôs a cabeça entre as mãos para ouvi-la descrever Julia como "a vadia que acabou grávida". Julian deixou que ela vociferasse, dando de ombros e mantendo-se em silêncio, até que as palavras dela se esgotassem. O que mais ele podia fazer? O golpe final de Katie foi cruel: "Fico feliz por Firdaws ter sido vendida."

Ele foi até lá no piloto automático. A Sra. Nicholson olhou pela janela e provavelmente adivinhou a identidade do jovem triste com a bicicleta encostada nos portões enferrujados de Jerry Horseman.

Entrar em Firdaws naquele dia foi como uma versão real do pesadelo comum entre as crianças de chegar em casa e descobrir que só há estranhos ali, pessoas que não sabem quem você é: não tinha o cheiro certo, nenhum quadro combinava com a parede, nenhum cachorro, tudo tão limpo e desinfetado. A Sra. Nicholson o conduziu pela cozinha. O fogão Rayburn não existia mais, nem os armários tortos cor de maçã verde. As gêmeas Nicholson estavam sentadas, suas tranças cor de palha, colorindo livros em uma mesa redonda no que parecia um laboratório espacial, com aparelhos brancos e metálicos.

Ele desviou os olhos das insuportáveis filhas da Sra. Nicholson — qual era o problema delas, por que o encaravam daquele jeito? — para a fumegante caneca com estampa de rosas colocada diante dele na mesa. Ao perceber os nós dos dedos ligeiramente esbranquiçados por baixo da pele retesada, Julian se obrigou a relaxar os punhos. Bebeu o chá escaldante e pedalou rumo à estação com a bebida queimando por dentro e o vento ardendo em seus olhos.

Quatro

F irdaws cozinha no vapor, nenhuma brisa fresca atravessa o vale. Varejeiras lutam contra o vidro das janelas o dia inteiro, seres vivos rastejam e zumbem, e a manteiga que Julian deixou de fora ficou rançosa. Ele joga sua torrada para o cachorro. Quando ele desce para o andar inferior, alguém está batendo na janela da cozinha, o que o força a se esconder no pé da escada. Há ali mais uma notificação do carteiro sobre a chegada de um pacote, e ele a joga no topo de uma pilha desordenada com outras cartas. Ao lado da porta principal, seu pai está despreocupado, os olhos azuis brilhando eternamente na pintura a óleo de Jenna.

Maxwell tem a pele mais clara que Julian, que, por sua vez, é moreno como Jenna e se bronzeia com facilidade. Ele parece confiante, divertido; grandes mãos apoiadas em uma mesa de jogos com tampo verde; um homem bonito com uma cor delicada, cílios claros e cabelos desgrenhados. Ele veste uma camisa azul com gola mandarim aberta e, no rosto, tem o meio sorriso de quem está prestes a contar um segredo. Maxwell Julian Vale é retratado com tanta vitalidade que parece impossível acreditar que, apenas três anos depois que o quadro foi pintado, ele estava morto.

Há ganchos para pendurar casacos e galochas, vários pares, ainda cobertas da lama seca do inverno. As galochas vermelhas de Mira naturalmente não estão ali. Seu casaco de lã, o chapéu listrado e a bolsa da creche já não pendem mais do gancho de bronze que ele parafusara na parede, um pouco mais baixo que os demais para que ela pudesse alcançar suas coisas.

As batidas na porta parecem ter parado, e Julian corre para a cozinha, desejando que o visitante se afaste para que ele possa pegar o leite sem ser notado. Ele já está trêmulo, precisa de um cigarro. Pegou os restos de pão e, mais importante, de tabaco; não será capaz de enfrentar o interrogatório a que será submetido por uma ou por ambas as Srtas. Hamlyns, do mercado no vilarejo. A dor de cabeça lembra que também acabou o vinho, acabaram as bebidas: a noite passada terminou com o abraço de uma garrafa de Advocaat.

Dentro do carro é um inferno, mas o cachorro insiste em acompanhá-lo ao vilarejo e coloca a cabeça para fora da janela, ao vento, de modo que suas orelhas parecem as abas do capacete de voo de Amelia Earhart. Insetos se espatifam contra o para-brisa, e os limpadores os transformam em um creme cor de pus que se espalha em arcos por todo o vidro. Os lavadores de para-brisa liberam apenas um minúsculo jorro de espuma.

Alguns homens estão consertando a ponte em arco que dá acesso ao vilarejo, e Julian é obrigado a parar em uma barreira para deixar um Volvo branco passar. O carro se detém ao seu lado, e ele ouve o som ameaçador do freio de mão, tentando reprimir o desejo de dar ré quando a cabeça rosa e branca de Penny Webster surge na janela. Ela se abana com sua mão gorda.

— Ufa, tão quente. Ah, Julian. Nós achamos que talvez tivesse ido embora, mas aí está você.

Há crianças no banco de trás do carro. Penny Webster estende a mão para fora da janela para cumprimentá-lo com um aperto no ombro, seu braço nu e roliço como uma mortadela sob o sol.

— Você está bem, querido? — pergunta. Os meninos de Katie o examinam do banco de trás com olhos azuis indiferentes. Julian tenta não olhar para eles. — Katie deixou os capetinhas com a vovó — explica Penny Webster desnecessariamente, gesticulando para as crianças de forma que ele não consegue ignorá-las.

Billy chupa o polegar, que está envolto em um cobertor, enquanto Arthur chuta o banco do carro. Julian consegue assentir e eles continuam a encará-lo. Não perguntam onde está Mira, então devem ter sido informados de alguma coisa.

O cobertor de Billy fica pendurado em seus lábios mesmo depois que ele tira o polegar da boca. O que disseram aos meninos? Eles não podem ter esquecido Mira tão rápido. Billy, Arthur e Mira, gritando e tomando banho de mangueira, correndo, saltando no trampolim, falando palavras feias que tinham acabado de aprender. Os três gritando da rede: "Vem balançar a gente, vem."

Na parte de trás do Volvo, Arthur se inclina para sussurrar no ouvido de Billy.

Por que não perguntam por Mira? Katie os levou ao hospital naquele sábado de abril, há apenas algumas semanas. Eles levaram alguns gibis novos e balões...

Penny Webster está falando. Ele murmura algo sobre uma reunião, fixa os olhos na estrada.

— Você pegou os ovos? Eu deixei nos degraus...

O caminhão atrás do carro de Penny pisca os faróis para que ela saia do caminho.

— Apareça para o jantar, querido. Katie está preocupada com você. Nós todos estamos — diz ela, e Julian tem que desviar o olhar ao perceber que os olhos de Penny estão marejados de lágrimas.

Essas mulheres Webster choram com muita facilidade. Katie não conseguiu conter as lágrimas quando foi ao hospital; ela chegou na enfermaria acompanhada de Billy e Arthur, que tentavam não olhar ao redor, escondendo-se atrás da mãe como patinhos detectando perigo. Julian se perguntou o que eles viam. Mira estava pálida, certamente não passava disso, e naquela ocasião estava livre de coisas mais alarmantes como respiradores, soros ou tubos de alimentação.

Eles trouxeram balões de hélio, um macaco e um Ursinho Pooh, e Mira se sentou, sorrindo, apoiada em seus travesseiros da Disney, iluminada pela visão dos meninos chegando. Katie se inclinou e a beijou gentilmente na testa, depois abraçou Julia, que parecia raquítica ao lado dela.

— Aqui, fique com a cadeira — disse Julia, pondo-se de pé e erguendo suas calças largas, que pareciam de palhaço. — Só não podemos deixar Mira se cansar muito. — Ela começou a puxar o cabelo para trás, enrolando-o com o elástico diversas vezes, fazendo Julian imaginar fios para tricô. Katie franziu a testa e tomou seu lugar ao lado da cama de Mira. Julian ainda estava com o corpo dolorido depois de ter dormido na cama de acompanhante do hospital e precisava de mais cafeína. Ele pressionou as mãos na lombar, pensando se conseguiria escapar por tempo suficiente para tomar um café na lanchonete do térreo. Os meninos se aproximaram da cama, e Julia se encarregou de amarrar os balões na cabeceira. As enfermeiras, atenciosas, trouxeram milk-shakes cor-de-rosa com canudos quando chegou a hora do suplemento de proteína de Mira. Julian inventou vozes para os bichos de pelúcia dela e estabeleceu uma conversa boba entre eles; as risadas vinham com facilidade. Ele interrompeu o discurso de um urso e olhou para ela. Seus olhos reluziam, enormes, o suficiente para partir qualquer coração. O suficiente para fazer Katie chorar.

— Isso deve ser tão difícil para ela — sussurrou ela, virando a cabeça, e a princípio ele pensou que ela falava de Julia. — Você tem alguma ideia de quando vão deixá-la voltar para casa?

— Se puderem manter a pressão sob controle e os exames continuarem bons, ela poderá sair em breve — respondeu ele. *Por favor, Deus.*

Katie agarrou Billy para impedi-lo de saltar sobre a cama. Julia se sentou, brincando com seu colar.

— Pobre menina — Katie permitiu que uma cortina de cabelos deslizasse sobre seus olhos.

— Mas Mira está bem. — Julia deu um sorriso torto para calar a boca de Katie. — Ela está vendo tudo que está acontecendo e nunca está sozinha, porque eu ou Julian dormimos aqui todas as noites. — Ela pegou a mão de Julian e ele a puxou para perto de si.

Mira abriu caminho até a sala de brinquedos. Era doloroso ver seu entusiasmo. Julian e Katie seguiram os meninos; ele parecia nervoso.

— Julia ficará aqui esta noite e eu vou dormir na casa da minha mãe — dizia ele. — Alguma vez você foi à casa do Michael? Em Barnes? Não?

Katie balançou a cabeça. Eles pararam para limpar as mãos no dispensador de álcool gel.

A sala de brinquedos era bem-iluminada, a luz entrando pelas janelas junto com o barulho das ruas. Mesas baixas, cadeiras de tamanho infantil, canetinhas em potes de plástico. Mira levou os meninos até os potes com tampas de cores primárias. Os brinquedos esterilizados estavam enfileirados nas prateleiras.

— Michael e minha mãe se falam o tempo todo e discutem, como sempre. — As mãos de Julian se abriam e fechavam, imitando duas pessoas tagarelando. — E os cães vivem estragando aqueles lindos móveis. É um pouco cansativo — disse ele, puxando uma cadeira em miniatura para Katie enquanto Julia ficava de joelhos, arrumando a caixa do trenzinho de montar. — Eles não entendem que passar um tempo sozinho poderia ser bom para mim. — Ao se dar conta de que estava reclamando com Katie, Julian percebeu que havia se tornado mal-humorado, desgastado. — Fico muito melhor nas noites que passo aqui. — Ele se sentou em sua própria cadeirinha.

— Deve ser terrível para Jenna também — comentou Katie.

— É difícil para todos nós. — Julian se abaixou para resgatar um vagão perdido. Ele o passou para Julia, apertou levemente o ombro dela e, por um momento, ela apoiou o rosto nas costas de sua mão. — Não tivemos uma só noite juntos desde que tudo isso começou. E eu tenho que ficar com a minha mãe, que leva um susto cada vez que o telefone toca. Ela fica do meu lado: *É o médico? O que ele disse?* É de enlouquecer.

— Ah, pobre Jenna — disse Katie. Julia se balançou para a frente e para trás e bufou.

— Minha mãe também fica muito chateada por Julia não passar a noite em Barnes com ela quando eu estou aqui — continuou ele.

— Sim, é intoleravelmente egoísta da minha parte querer estar o mais próximo possível da minha filha — retrucou Julia, desencaixando alguns trilhos. As crianças se cansaram dos trens e passaram a entrar na casinha de brinquedo pelas janelas.

— Ah, querida... — Katie franziu a testa. Julia começou a atirar vagões e peças de trilhos em uma caixa enquanto Julian explicava.

— Julia conseguiu um quarto na Lamb's Conduit Street, fica a cinco minutos de caminhada.

— Ah, claro, é onde você está hospedada em Londres... — comentou Katie, voltando-se para Julia, mas Julian a interrompeu.

— Sim, com o pai do meu amigo Karl. Três noites por semana para encarar tudo isso... — Ele gesticulou para incluir Mira, todo o hospital.

— É uma pena que Firdaws fique tão longe. — Katie procurava algo para limpar o nariz de Arthur.

— Tem funcionado bem para Julia, e o pai de Karl é um velho amigo. Eu mesmo preferiria dormir lá, mas minha mãe jamais aceitaria isso. — Julian suspirou e tentou se recostar em sua cadeira liliputiana.

— Na verdade, por falar em Firdaws — Katie estendeu um lenço para Arthur, triunfante —, minha mãe achou que eu deveria oferecer alguma ajuda nessa área a vocês. O que está acontecendo com o pessoal da reforma? Imagino que há muito a ser feito, porque eles quebraram aquela cozinha horrível.

Julian passou as mãos pelo cabelo, fazendo com que se arrepiasse na frente.

— Eu não tenho conseguido ir até lá... — disse ele, e Julia parou o que estava fazendo e ficou rígida. — Eu... eu preciso fazer isso em algum momento.

Julian percebeu que Mira começava a se cansar. Ela estava sentada na porta da casa de brinquedo, distraída com um pedaço de fita. Sombras se agarravam às reentrâncias de seu rosto. Acima dela, balançando as pernas redondas no telhado, os meninos de Katie pareciam corados, saudáveis.

Katie se voltou para ele.

— Passo a maior parte do tempo no vilarejo agora. Posso ajudar? Vocês sabem, pressionar o pessoal da reforma ou algo assim?

Julia pareceu irritada, ele achou; sua reação foi quase audível. Arthur saltou do telhado da casinha, e Katie avançou para limpar seu nariz. O menino tentou se esquivar.

— Billy, trata de descer daí também — ordenou ela.

Mira enrolou a fita ao redor da cauda de um dinossauro, como um curativo. Ela bocejou, e Julia foi até ela, erguendo-a como um bebê.

Uma enfermeira passou com um carrinho. Julian se virou para Katie e meneou a cabeça. "Obrigado", disse, sem som, fazendo apenas o movimento dos lábios.

Mais tarde, na lanchonete do hospital, Julia teve um acesso de raiva.

— Como ela pôde olhar para Mira daquele jeito?

Ele estava cansado, as luzes fluorescentes sugavam toda a sua energia. Tudo parecia ter um gosto vago de desinfetante.

— Ela não pensou que pode ser um pouco angustiante para Mira quando as pessoas entram e começam a tagarelar daquele jeito?

Julian ergueu as mãos.

— Para com isso, Julia, por favor. Acho que ela se esforçou para manter a calma. Foi um choque. Eu deveria tê-la preparado melhor.

— E por acaso ela fez uma única pergunta sobre o tratamento da Mira? — Novas lágrimas se acumularam nos olhos de Julia. Ele se inclinou para a frente para enxugá-las com um guardanapo de papel, mas ela se afastou. Estava tão magra que o cordão que passara a usar, um minúsculo sol de ouro, oscilava entre suas clavículas. Ele não conseguia se lembrar de onde viera, o colar. Ela o tocava com frequência, fazendo o sol correr de um lado a outro da corrente fina durante as reuniões com o médico.

— Não se esqueça de que é difícil para os outros também — lembrou ele enquanto ela bebia o chá em um único gole raivoso. — Foi gentil da parte dela trazer os meninos. Veja como Mira ficou feliz em vê-los.

Julia se pôs de pé, espanando migalhas imaginárias de seu colo.

— Tudo que ela perguntou foi sobre Firdaws. — Julia pegou a bolsa de cima da mesa e saiu da cafeteria com passos firmes, dirigindo-se aos elevadores. Ele a seguiu pelo corredor, alcançou-a, mas ela já havia pressionado o botão e as portas se fecharam. Ele ficou ali vendo a seta subir até o novo andar, onde ficava a ala de Mira. Lá, Julia se instalaria na cama de acompanhante, nos lençóis que ele usara na noite anterior, com a mão estendida para segurar a da filha. Por sua vez, ele iria para Barnes, onde teria que lidar com os nervos de Jenna e falar de negócios com Michael, porque Michael sempre tinha mil coisas para dizer. Ele estaria de volta para o café da manhã, mas mesmo assim sentiu-se abandonado quando Julia saiu às pressas, parado ali em frente ao elevador, perplexo por ela não tê-lo beijado.

Ela o beijou com lágrimas na manhã seguinte. Mas logo depois o rechaçou, "não consigo nem pensar nisso", quando ele trouxe à tona o assunto de Firdaws. Tinha sido uma noite ruim no hospital, ela não precisava nem dizer: era óbvio pelo vermelho de seus olhos. Mira acordara várias vezes reclamando de dores e recusando o café da manhã. Uma das crianças, Oscar, teve uma crise no meio da noite e foi para a UTI pediátrica. Ele estava em sua terceira rodada de quimioterapia e, apesar de ter quase 6 anos e se interessar apenas pelo trem, brincava com Mira com frequência.

— Ele ainda está na terapia intensiva. — Julia não parava de girar aquele sol em sua corrente, os olhos secos, a ponta do nariz vermelha em um rosto amarelado. Eles deixaram Mira dormindo e desceram de elevador.

Tomaram o café em silêncio enquanto as pessoas iam e vinham, bandejas caíam, talheres tilintavam. Alguém entrou assobiando.

Depois de algum tempo, Julia suspirou e passou a palma da mão pela testa e, em seguida, pelos olhos.

— Escuta, eu não me importo, ok? Se Katie está tão interessada em ajudar, por que vocês dois não botam a mão na massa e fazem algo?

— Certo. Entendi. Não vou incomodá-la com isso. — Julian rasgou a ponta de seu croissant e a enfiou na boca para conter suas palavras. Seus olhos se encontraram até que ele a obrigou a desviar o olhar. Estava pensando apenas em Mira saindo do hospital e em levá-la para a casa, para o ar fresco de Firdaws, para suas coisas, seus livros e seu abajur de dinossauro... Não conseguiu deixar de sorrir enquanto mastigava.

Julian encontrou Katie duas noites depois. O hotel ficava em Marylebone: gerânios vermelhos ao longo do parapeito de cada janela, um tapete com redemoinhos cor de mostarda e ketchup. Ele esperou por ela no bar e sentiu uma pontada de aversão que o pegou de surpresa quando ela entrou em um vestido azul brilhante, tão apertado que fazia vincos nas coxas quando ela andava. Sentiu a mesma coisa quando Katie deu um beijo nele, e Julian inalou o nostálgico perfume de jacinto que ela usava quando adolescente.

Ela estava usando batom rosa, e ele ergueu a mão instintivamente para limpar o local onde a boca de Katie tocara seu rosto. A visão dela o fazia ansiar por Julia. Ele pensou na esposa ao lado da cama de Mira, o ninho de pombo em que seu belo cabelo se transformou, amassado naquele elástico na parte de trás da cabeça, o cinto de couro sem o qual a calça cairia.

Katie levou Julian para uma mesa de canto. O garçom sabia o nome dela, e Julian ergueu uma sobrancelha.

— Eu tive que me hospedar aqui algumas vezes quando Adrian ficou com os meninos — justificou ela. — Não vale a pena voltar para Horton, não com todos os atrasos nas linhas nesta época do ano. — E completou, corando levemente: — Além disso, pretendo esvaziar nossa conta conjunta antes que ele tenha alguma ideia engraçadinha sobre gastar todo o dinheiro no fim do ano com *ela*.

Julian engoliu em seco e pediu um uísque, uma bebida de que não gostava muito. Katie passou o dedo pelas gotículas na superfície de sua taça de vinho. Agora que estavam sozinhos, ela fez perguntas detalhadas sobre o tratamento de Mira e o ouviu atentamente. Agora que estavam sozinhos, ela o chamava de Jude, como nos velhos tempos, e ele se sentia feliz por Julia não estar lá para ouvir aquilo.

— Deve ser horrível ver os médicos fazerem todas aquelas coisas com ela — disse Katie, estendendo a mão para tocar a dele.

— Mira é muito valente, sério, não tem fim. Alguns dias são melhores que outros. A pobrezinha quase não dormiu hoje. E cada vez que acorda, sente dores na barriga e nas pernas.

A mão de Katie toca o pulso de Julian.

— Que bom que os meninos puderam vê-la. Eles sentem falta dela.

— Ela já deveria estar em casa, mas sempre que as coisas parecem estar indo bem, algo dá errado — disse ele, retraindo o braço. Em um único movimento ele engoliu o uísque e sinalizou ao barman que trouxesse outro.

— Ainda há mais semanas de tratamento pela frente, além da cirurgia, mas aquela garotinha não reclamou de nada até agora, nenhuma vez. — Ele sentiu as lágrimas nos olhos ao pensar na coragem de Mira e se levantou para fugir para o banheiro dos homens. Katie ficou de pé também, estendendo os braços e trazendo-o para junto de sim, a fim de confortá-lo.

— Ela é uma verdadeira guerreira — elogiou ela, com a cabeça mal alcançando o peito dele, apesar dos saltos altos.

Julian sentiu a pressão dos seios dela, seu hálito quente através da camisa, e mais lágrimas brotaram em seus olhos.

Ela o abraçou ainda mais forte, seu enjoativo cheiro de jacinto. Ele deu um passo para trás e a afastou.

Na pia, lavou o rosto com água.

— Certo — disse ele para o próprio reflexo. — Isso provavelmente foi um erro.

E ainda assim... Firdaws de fato precisava estar reformada para a volta de Mira, o que poderia ser em breve. Agora que a cozinha dos Nicholsons havia sido demolida, alguém tinha que estar no local para organizar as coisas. Ele fechou a torneira e, olhando no espelho, disse a si mesmo que via um homem honrado. Secou o rosto com uma toalha de papel e disse a si mesmo "Katie disse que *ela* ficaria feliz em ajudar". Atravessou as portas tipo saloon de volta ao bar sentindo-se muito melhor.

Ao que parecia, um homem magro de jaqueta de couro já havia notado Katie sozinha em sua mesa de canto e provavelmente tomou-a por prostituta (Julian imediatamente se arrependeu da indelicadeza desse pensamento). O homem entregava um cartão de visita a Katie; ela prendia o cabelo atrás da orelha, analisando brevemente o cartão, os olhos se erguendo para retribuir o sorriso. Julian se demorou no bar, lendo uma piada num suporte para copos. O homem apontou para a taça de Katie e, em um piscar de olhos, Julian se viu de volta a Paris com Julia: um bar mais escuro, mais soturno, com banquetas de couro vermelho e candelabros pouco luminosos, *trance music*, velas aromáticas e, para a diversão de Julian, Julia seduzindo sem o menor pudor um estranho de terno de veludo marrom. Julian meneou a cabeça para livrar-se daquela lembrança quando Katie acenou para ele e o homem se afastou discretamente rumo aos elevadores.

— Estou vendo que você já se deu bem — comentou Julian.

Como ele conseguiria sem ela? Katie e Penny Webster conheciam as pessoas certas. Enquanto ele e Julia continuavam a batalha no hospital, em Firdaws a poeira foi removida, os armários foram pintados no tom certo de maçã verde, os azulejos esmaltados acima da bancada ganharam o tom certo de bege. A cozinha foi recuperada com exatidão histórica porque, em quase dez anos, Katie não havia esquecido nenhum detalhe. Ela enviava fotografias de seu progresso (que Julia se recusava a olhar, enfurecendo-o até ele retrucar: "Você precisa mesmo ficar de cara amarrada? Alguém tem que fazer isso."). Katie encontrou um forno Rayburn esmaltado bege em uma loja de artigos usados, do mesmo modelo que os Nicholsons jogaram fora; talvez fosse até o mesmo, pois já estava ali há algum tempo. Os animais de cerâmica estavam prontos e esperando com seus gêmeos nas prateleiras da cristaleira, as frigideiras encontravam-se penduradas em cima do forno, as armadilhas contra vespas dispostas ao longo dos parapeitos, prontas para a invasão. Tudo estava no lugar, e não havia qualquer indício de que os Nicholsons um dia tiveram a liberdade de infringir as fantasias de Julian de um lar ideal.

A viagem a Woodford é sangrenta. Um faisão sai dos arbustos e tenta suicídio. Julian já contou seis faisões, oito coelhos e duas raposas esmagadas desde que deixou Firdaws, e mais adiante há um texugo na curva. Ele não resiste ao ímpeto de parar o carro para examiná-lo. Moscas em frenesi em uma placa de sangue coagulado sob a orelha e nas listras sujas de suas bochechas, as manchas como lágrimas secas.

Uma das lembranças de infância mais desagradáveis de Julian era de um texugo morto na pista quase em frente a Firdaws. Na noite em que o encontraram, sua mãe foi até Horseman's Field com os cães e ouviu o choro dos filhotes dentro da toca, sem poder fazer nada para ajudar. Na manhã seguinte, o choro estava muito fraco, e na hora do almoço eles estavam em silêncio. Naquela noite, ela teve que refazer o jantar para Julian.

Depois, em uma noite de lua cheia, quando tinham apenas 16 anos, ele e Katie viram texugos brincando em Horseman's Field. Eles haviam espalhado amendoins cobertos de chocolate na entrada da toca porque seu amigo Raph, que sempre viajava com um grupo de hippies, disse a eles que era disso que os texugos mais gostavam. Amendoins e lua cheia. Ao anoitecer eles se sentaram juntos, Katie e Julian, ouvindo os vários assobios e guinchos. Estavam enrolados em um cobertor porque a noite se tornara fria. A névoa deslizava, vinda do rio, e a escuridão se instalava ao redor. Eles permaneceram imóveis sob o cobertor úmido, ela com a cabeça apoiada no ombro dele até finalmente serem recompensados por dois texugos que chegaram farejando o ar, as gramas e raízes, focinhando os amendoins.

Ele e Katie voltaram do campo ainda sob o manto do cobertor, a respiração formando uma única nuvem. A névoa se infiltrava em seus ossos e, para eles, pareceu a coisa mais natural do mundo aquecerem-se juntos na cama estreita de Julian. A ponta do nariz dela estava tão fria quanto uma flor na geada. Ele sufocou um grito quando Katie acomodou os pés gelados entre suas coxas quentes e também quando ela se inclinou e seu cabelo escorregadio espetou de leve seu rosto. Ela nunca havia passado a noite em Firdaws. Na pressa, eles não puxaram as cortinas e, da cama, viram o desenrolar da noite e o surgimento dos contornos prateados das árvores. Ela dormiu com a cabeça no peito dele enquanto Julian sorria para si mesmo na aurora, a lua na janela como uma voyeur.

Os Nicholsons haviam convertido aquele quarto em um banheiro completo, com uma banheira de pedra em formato oval. Julian se recusava a entrar naquilo, mas Julia dizia que gostava dela e tomava longos banhos com a porta trancada.

Quando os pedreiros a arrancaram, Katie ligou para a casa da mãe dele para avisá-lo de que seu antigo quarto estava pronto para a pintura. Julia estava no hospital e não teve que testemunhar o prazer de Julian por Katie lembrar da antiga cor. "Azul-celeste?" O quarto ficaria exatamente como era antes, até mesmo com as cortinas originais de musselina azul bordadas com estrelas de prata que ela havia encontrado em uma caixa no sótão. Katie as enviaria para o conserto e as penduraria com facilidade. Ela havia pensado em tudo. Cada quadro foi devolvido ao seu prego de direito. O novo quarto de Mira estava pronto para seu retorno a Firdaws após o tratamento: suas coisas, seus livros, seus ursinhos, seu abajur de dinossauro. Julian escreveu a Katie para agradecer. Isso teria que bastar.

Ao dirigir por Woodford, viu que as pessoas na calçada pareciam lentas e bêbadas, como se o sol tornasse o ato de andar um esforço sobre-humano. Crianças choravam por sorvete, homens com barrigas volumosas ostentavam-nas ao saírem do estacionamento do Six Bells sem camisa; um deles cambaleia pela estrada, seu amigo acena para o cachorro. Julian não suportaria enfrentar as grandes prateleiras do supermercado, então segue em direção à saída do vilarejo até um mercadinho de esquina, onde reúne biscoitos, manteiga, pão, chiclete, sopa de tomate e latas de uma repulsiva comida para cachorro. Em uma loja de bebidas ele decide comprar algumas garrafas grandes de R. White, assim como mais vinho e cerveja: ele tem tomado bastante cerveja para matar a sede no calor dos últimos dias. Quase esqueceu o tabaco.

O caminho para casa é uma sucessão de animais recém-atropelados. Julian dirige com todas as janelas abertas porque o calor venceu o sistema de refrigeração do carro. O cachorro ofega no banco ao seu lado, língua para fora. O suor escorre por sua nuca; as costas de sua camiseta estão coladas no banco. Ele levanta o braço, sente o próprio mau cheiro e pragueja. Agora que Penny Webster o viu, qual é a probabilidade de ele encontrar Katie esperando por ele quando chegar em casa?

Um melro alça voo bem na frente do carro, e Julian desvia para evitar seu companheiro esmagado na pista; pelo retrovisor ele vê o pequeno pássaro arremetendo na direção de uma massa achatada de sangue e penas.

Não há um vestígio de vento. O asfalto brilha quando ele passa pelo topo da colina em direção ao vilarejo.

Em Firdaws, Julian dá um jeito de entrar com todas as suas compras, inclina-se contra a porta para fechá-la e permanece ali por um momento, recuperando o fôlego.

Ele coloca algumas cervejas no congelador, abre uma das garrafas e toma um gole longo e quente. Na sala de estar, abre a porta para o jardim antes de se atirar no sofá junto à janela. Aparentemente ninguém esteve ali, apenas outro entregador, que deixou uma grande caixa na porta dos fundos. Julian sabe que não terá energia para abri-la naquele momento.

Sua cabeça está latejando. O cachorro se encolhe, trêmulo e infeliz, atrás de uma cadeira no canto; os pássaros fazem silêncio. Ele sente o cheiro da tempestade antes de ouvir os primeiros estrondos ecoando pelo vale, um rumor que ressoa nas folhas das árvores antes que uma explosão tinja e dilacere o céu com um raio. A chuva chega ruidosa.

Gotas do tamanho de bolas de gude saltam da grama à medida que a tempestade se abate sobre o vale. Árvores perdem o controle de seus membros; as folhas, de um verde tão contrastante com o céu negro, parecem luminosas como estrelas. Ele não se preocupa com o barulho do trovão, o cachorro que geme, o telefone que toca. As trepadeiras batem na janela, a chuva açoita o vidro. Com as mãos no rosto, em paz, ele vê as gotas caindo e se espalhando, hipnotizantes. O ar tem cheiro fresco de terra e eletricidade, e ele se vê fascinado pela água. As gotas se unem, caem e se separam, pulando como um sapinho diante de seus olhos, transportando-o para uma outra noite. O quarto de Karl no alojamento estudantil. Na noite seguinte, ele veria Julia pela primeira vez.

Cinco

Karl desligou a luminária e chamou Julian. Em sua mesa, o microscópio brilhava com a própria luz. Julian perdeu o equilíbrio ao ficar de pé e entregar o baseado a uma das garotas deitadas entre as almofadas e as colchas indianas da cama de Karl.

— Aqui, fique à vontade — disse Karl com a palma aberta, encorajando-o a se aproximar do microscópio. Julian se viu mais constrangido e nervoso do que esperava; a música do CD não o ajudou, pois a orquestra de cordas e oboés passou a tocar de forma monumental, incitando-o a seguir em frente. Ele se sentia ridículo ali, entre as garotas na cama e a mesa de Karl, imobilizado por algo como culpa ou medo de se expor. E também muito chapado. A música retumbava e entrava em um *crescendo*, encorajando-o como uma marcha nupcial do inferno, enquanto damas de honra vampíricas — as garotas — se punham de pé e pairavam atrás dele, tão perto que Julian podia sentir o hálito delas no pescoço.

Karl verificou o mostrador mais uma vez e virou um botão minuciosamente para a frente e para trás, cantarolando desafinado entre os dentes.

— Pronto, deve estar em foco para você agora. — Ele olhou por cima do ombro, e algo em Julian o levou a estender o braço e a sustentar o peso de seu corpo, como tinha feito naquele dia no parque. — Vai dar tudo certo — disse ele, o ombro firme. — Eu ampliei a imagem em quatrocentas vezes em um fundo escuro. É como um aquário lá dentro.

— Vamos logo — Verity o cutucou no ombro. — Estou doida para dar uma olhada.

Eles formaram um bando estranho naquele verão, unidos apenas por seus papéis no pequeno drama anafilático de Julian no parque.

Quase todo mundo foi embora quando acabou o período, mas Julian ficaria pelo menos até meados de agosto para quitar suas dívidas trabalhando em turnos no Crown. Cara também.

— Salve uma vida e ela será sua para sempre, algo assim. — Cara tentava lembrar um provérbio chinês para Karl ao mesmo tempo que olhava de esguelha para Julian, provocadora. — E pela forma como ele está se comportando, você chegou em boa hora, eu diria.

Karl tinha seu projeto de pesquisa, e Verity estava apegada demais à medicina para deixar a faculdade depois de seu primeiro ano. Ela aparecia sempre nos mesmos lugares que Karl, concordava com cada palavra que saísse dos lábios dele, ficava ao seu lado sempre que possível, absorvendo informações de seu cérebro notável. Verity tinha o que Karl chamava de "bronzeado de laboratório" e uma pele repleta de erupções, que traía uma dieta de vinho e batatas fritas. A maioria de suas roupas lembrava trajes hospitalares ou jalecos médicos; certamente havia algo no corte das peças ou na cor. Em contrapartida, Cara era insinuante. Naquela noite na casa de Karl ela usava uma blusa de cetim preto com as casas dos botões ligeiramente generosas demais para os botões perolados e um chapéu-coco roubado que lhe dava ares de Sally Bowles.

— Fui eu que encontrei a moça com a epinefrina — lembrou a todos pela centésima vez, erguendo uma das sobrancelhas com falsa indignação. — Continuo dizendo que é a mim que você deveria agradecer. — Ela girou o chapéu na ponta do indicador. — Não a Karl.

Karl sorriu para ela, inebriado. "Contenha-se", Julian queria dizer a ele, "você vai assustá-la". Ele ainda não sabia que as mulheres raramente resistiam a Karl. Não por sua aparência — as garotas em geral não gostavam de homens baixos e desleixados com sobrancelhas engraçadas. Era outra coisa.

Eles terminaram a garrafa de conhaque que um dos colegas de apartamento de Karl havia roubado de uma festa. Cara vagou pelo quarto, puxando livros das prateleiras, estudando objetos aleatórios espalhados pelo cômodo. Pegou algumas vértebras velhas e largou-as rapidamente, soprou a poeira de flores dessecadas em garrafas de vinho, seu chapéu posto em um ângulo atrevido. Ela se deteve diante do microscópio de Karl: foi aí que começou. Deslizando o dedo por uma caixa de lâminas, olhou para os outros, mas dirigiu-se apenas a Karl.

— Conheço uma pessoa que tinha um namorado que gostava de analisar o próprio esperma no microscópio. — Provocante, completou: — Você já fez isso, Karl?

— Faço isso todo dia — respondeu ele, reprimindo um sorriso. Ele havia tirado os óculos e os limpava com a própria camiseta. Karl ergueu os olhos, encarando-a, piscando da forma que fazia quando ficava sem óculos. — O meu e o de outros. — Seu rosto ficava nu sem os óculos, vulnerável como um garoto que perdeu a mãe.

Verity parou de examinar as pilhas de CDs e se voltou para ele, alerta como um cachorro que ouve o barulho da lata de biscoitos.

— Sério?

— Sério, esse é o tema da minha pesquisa. Estamos testando a reação do esperma a vários produtos químicos e drogas. — Ele sorriu para Cara novamente. Suas sobrancelhas unidas eram a coisa mais atraente que ele tinha. — Motilidade, é como se chama. Ou não. É complicado.

— Você mantém isso em segredo — disse Verity. — É um projeto de pesquisa em contracepção?

— É, por isso que ainda estou aqui. — Karl fez um gesto na direção do quarto e deu de ombros. — Ganho uma pequena bolsa.

— E você coleta suas próprias amostras? — Cara olhou de soslaio para ele sob a aba do chapéu-coco.

— Trabalhamos principalmente com congelados. — Karl disparou um rápido olhar para Julian e sorriu. — Embora estejamos sempre à procura de doadores. — Julian bufou, sentiu-se enrubescer. Verity chegou mais perto dele entre as almofadas e passou a mão ao longo da costura interna de sua calça jeans. Uma amostra era necessária.

Descobriram outra garrafa de conhaque, seguida do ouzo das festas do colega de apartamento de Karl como tira-gosto. A trilha sonora favorita de Karl, The Mission, tocava repetidamente. Julian podia ouvi-la através da parede quando se sentou no banheiro, os jeans em volta dos tornozelos, Verity de joelhos pronta para ajudar, manuseando-o com a delicadeza de uma ordenhadora. Ele olhou para o frasco de vidro em sua mão esquerda e pensou em Cara no outro quarto com Karl. De alguma forma, isso ajudava. Cara tinha os dentes da frente um pouco separados e um cabelo fluido que cheirava a damascos, e aquela blusa quase desabotoando. Karl tinha se inclinado sobre ela, tirando o chapéu enquanto Verity levava Julian para o banheiro com o frasco. Ele deu uma última olhada no quarto quando Cara se aproximou da mesa de Karl, a saia deslizando para o alto das coxas, as mãos de Karl já em seus cabelos e a cabeça dela pendendo ligeiramente para trás, de modo que ele teve que se inclinar sobre ela para beijá-la e, finalmente, abrir a blusa e, sim, sem sutiã... e com isso Verity conseguiu sua amostra.

O exaustor zumbia e estalava enquanto Verity inspecionava a nebulosa oferenda, erguendo o frasco para a luz, balançando-o de um lado para o outro até Julian suplicar que ela parasse, subitamente sóbrio e vencido pelo pudor.

Karl preparou a lâmina e configurou o microscópio. Encharcou a amostra com solução salina e disse a Cara:

— É preciso ter mais ou menos a mesma salinidade da água do mar porque o mar tem o mesmo equilíbrio mineral do nosso organismo. Se eu misturasse com água comum, eles morreriam. — De prontidão ao seu lado, Cara parecia uma assistente de dentista desgrenhada, a camisa abotoada errado.

Verity também estava ali, evitando contato visual com Julian. Karl continuou fazendo pequenos ajustes no microscópio, olhando pelo visor. Julian quase batia o pé de impaciência quando Karl começou o que parecia uma dança estranha, apertado para fazer xixi.

— Desculpem, não demoro — disse ele, correndo do quarto. — Não toquem em nada.

Enquanto ele estava no banheiro, Cara fumou um baseado e Verity atirou-se ao seu lado. Julian pegou um baralho e começou a brincar com ele, tentando lembrar um truque que seu velho amigo hippie Raph lhe mostrara no verão em que apareceu pela primeira vez, com seu trailer colorido e detonado na beira da estrada que saía de Horton.

O truque de Raph era bom porque poucas pessoas o conheciam. Se Julian conseguisse se lembrar dele, faria os quatro ases pularem do baralho de uma só vez. Cara e Verity não paravam de gargalhar. Cara colocou seu chapéu no esqueleto de Karl. O baseado finalmente voltou para ele e tinha um gosto quente.

Eles ouviram o barulho da descarga, e Karl se esgueirou até o quarto parecendo confuso.

— Por que vocês três não terminam logo de fumar enquanto eu resolvo isso? — Ele retomou seu trabalho com o microscópio. — Talvez eu tenha que trocar uma lâmpada. Nunca perdi uma antes — lamentou ele, resmungando e balançando a cabeça.

Julian estava realmente muito chapado no momento em que Karl o chamou, com uma mão sobre seu ombro.

— Dê uma olhada. Todos nadando a esmo. — Ele falou para Verity ficar quieta e esperar sua vez de falar.

Julian se inclinou e olhou pelo visor. Ele ficou estranhamente comovido com o que viu. Uma constelação — não, mais do que isso, tantos deles, cada um com sua própria auréola, como se iluminados por dentro. Cintilantes, trêmulos. Seu próprio universo composto inteiramente de cometas. Pareciam tão decididos, tão brilhantes e cheios de promessas que, por um momento, ele se sentiu triste por cada um deles, por sua urgência, pelo papel que eles nunca chegariam a cumprir.

Seis

Julia entrou na sua vida no dia seguinte. Era como se tivesse brotado totalmente formada de sua testa. Julia foi como um prêmio para a escalada que ele havia empreendido até o topo de Downs; três condados derramavam-se atrás dela e de seus longos cabelos agitados pelo vento. Apenas alguns momentos antes ele vinha sonhando com ela, com esta mulher, enquanto subia a trilha de cascalho, com sua vergonha diminuindo à medida que se aproximava do cume, ainda um pouco sem fôlego pelo conhaque de Karl e pelo ouzo da noite anterior. Ele a evocou das profundezas de sua ressaca. Trouxe-a para a existência através de seu desejo. Tchã-ram! Ela era tudo que ele desejava: até os tornozelos morenos e musculosos que emergiam de seus jeans cortados.

O vento soprava em rajadas caóticas no cume gramado, impulsionando-o na direção dela. Julia andava de costas para o vento, o queixo voltado para o céu, e não o notou até que ele se aproximou dela o suficiente para assustá-la.

— Oi — cumprimentou Julian e, quando ela se virou com as sobrancelhas arqueadas, ele viu que seu rosto era exatamente como ele havia sonhado, dotado de uma pele morena e, sob cílios escuros, olhos tão azuis quanto os de um gato siamês. — Uau, o vento está soprando forte. — Julian ficou surpreso ao descobrir que conseguia falar.

Ela assentiu e gesticulou para o céu.

— Ei, olha lá. — disse. Foi só quando ela levantou o braço esquerdo que ele notou a luva de couro. Julian seguiu os olhos dela até o céu, até um pássaro que descia girando, como um redemoinho em mares profundos. Ele arremeteu e, ao fazê-lo, Julian percebeu que se tratava de um falcão; tinha o olhar de uma ave de rapina. Ficou hipnotizado. O pássaro vinha direto do céu até ela. A batida de suas asas era a batida de seu coração. Ele pousou no braço que ela estendia, agarrando o pulso com seus pés amarelos e pretos, protegendo ferozmente a carne que ela lhe dava sob suas asas e as plumas de sua cauda.

— Uau, um falcão, nunca tinha visto um de perto.

Ela riu do espanto dele.

— Modos, Lúcifer — disse ela enquanto o pássaro se alimentava. — Na verdade, é um falcão de Harris. — O pássaro a fitava com olhos psicopatas. — Não seja tão guloso — repreendeu, e Julian notou sua camisa esvoaçante, o tom lustroso de sua pele. Ela segurou um segundo pedaço de carne fibrosa e rosada na luva. Uma tira de couro pendia de seu pulso e balançava enquanto o falcão rasgava a carne.

— O que você dá para ele comer?

— Não queira saber. — A maneira como ela retorceu o nariz amoleceu o coração dele. Era sardento e delicado. Outra rajada de vento revelou um cinto de couro e, acima dele, uma cintura fina, lisa como papel pardo novo, que distraiu Julian por um instante. Será que ele estava sonhando?

— É um longo caminho até aqui para fazê-lo voar, e o vento está perfeito, mas ele não pegou nada esta manhã.

Julian procurou as origens de sua aparência exótica no sotaque, mas não encontrou nenhum vestígio. Ela voltou a atenção para o falcão e seu rosto assumiu uma expressão diferente, sinalizando para o animal que era hora de alçar voo. Ele abriu as asas imperiosas, voando até as árvores.

— Lá vai ele de novo — disse ela, e Julian observou o modo como ela andava enquanto se dirigia para o bosque, as dobras soltas da camisa branca prendendo-se em sua cintura. A bolsa de onde ela tirava os pedaços de carne balançava em seu quadril. A luva parecia grande demais comparada a seu braço moreno delgado.

O falcão pousou em uma árvore, e Julian se viu prendendo a respiração, com os próprios braços estendidos, desejando que o pássaro voasse para ela, cada músculo tensionado. O falcão desviou, e Julia começou a trotar, depois a correr, seguindo seu voo a distância.

Ela estava quase saindo de vista. Julian entrou em pânico, sem conseguir inventar alguma coisa para falar. Ele apalpou os bolsos, impotente. Tudo que tinha consigo era a chave da trava de sua bicicleta e um pacote de tabaco. Ele nem podia fingir que ela tinha deixado cair algo dos bolsos; não havia nada ali que ele pudesse usar para esse fim. Ele a viu desaparecer entre árvores, e suas mãos tombaram derrotadas junto ao corpo. Ele correu para o bosque, tropeçando em montes de grama, mas não havia nenhum sinal dela. Galhos estalavam aos seus pés. Sem ar, ele se apoiou contra um tronco de árvore. Além das folhas, ele só via corvos voando em círculos, seus gritos insensíveis ecoando no céu.

Nos dias que se seguiram, ele voltou várias vezes ao Downs, mas não encontrou nenhum sinal dela. Tentou estudar em seu alojamento e trabalhou à noite em seus turnos no Crown atendendo bêbados insolentes, servindo canecas de cerveja e enxugando mesas. Depois que Julian encerrou seu expediente na sexta-feira seguinte, Karl lhe perguntou o que estava acontecendo.

— Eu me apaixonei — respondeu ele. — Está doendo aqui. — E apontou para o coração.

— Não me venha falar de coração — retrucou Karl. — É à sua pituitária que você tem que agradecer por essa loucura. Dopamina, ocitocina, adrenalina, noradrenalina, vasopressina...

— Ah, para com isso!

— ... e serotonina — continuou Karl. — As pessoas que dizem que estão apaixonadas têm níveis de serotonina iguais aos dos pacientes com transtorno obsessivo-compulsivo. É por isso que você não consegue parar de pensar nela. O mesmo acontece com as pessoas que precisam lavar as mãos o tempo todo, até ficarem esfoladas.

Julian bufou.

— Você pode rir, mas pense nos arganazes. — Karl começou a se animar com o assunto, as mãos imitando dois pequenos roedores. — Tesão constante um pelo outro. Ah, tão apaixonados. Eles transam muito mais que o necessário para a reprodução, fazem pequenos ninhos de amor, procuram alimentos juntos... No entanto, dê ao macho apaixonado uma droga que suprima a vasopressina e ele dá o fora, e a Sra. Roedora será a última coisa na mente dele.

— Aconteceu no momento em que a vi — disse Julian, ignorando o amigo.

— Sim, sua glândula pituitária preparou um coquetel para você.

Julian não conseguia parar de pensar nela. Lembrava-se do sobressalto em seu coração no momento em que a viu, e também em todos os órgãos menos poéticos. Rins, estômago, vesícula, intestino. Seu amor era visceral.

Sua mãe ligou para lembrar que ele deveria ir para a casa para comemorar o aniversário dela, mas sua mente se perdia constantemente na garota do falcão. Como poderia encontrá-la de novo?

— Ver você será melhor que qualquer presente — assegurou Jenna. — Sinto sua falta... E de nadar também. Você é a única pessoa além de mim que tem coragem suficiente. Vamos assar peixe em um latão, colocar o vinho para gelar no rio. — Ela prometia todas as coisas que sempre faziam em Firdaws, e Julian tentou não ouvir o alívio e a alegria na voz dela quando ele disse que não perderia aquilo por nada no mundo.

— Estarei lá. — Até ele percebeu a tensão em sua voz. Às vezes sentia que estava oferecendo à mãe migalhas de seus sentimentos.

Haveria grandes alcachofras prontas para ele no jardim, ameixeiras carregadas, rosas suaves, o rio correndo e, entre as macieiras, a rede pendurada como um sorriso em uma paisagem que lhe era tão familiar quanto o rosto de sua mãe.

Em todos os seus aniversários, Jenna nadava aproximadamente dois quilômetros ao longo do rio. Ela começava da margem mais alta, onde eles fizeram um piquenique num dia em meados de agosto em que o sol não se atreveu a deixar de brilhar. O rio era largo naquele ponto, uma piscina de água escura e vítrea com salgueirinhas roxas franjando suas margens, algumas penas de cisne espalhadas ao redor. Ela nunca reclamou do frio, e emergia gritando palavras de incentivo aos suficientemente corajosos, apaixonados ou bêbados para que a acompanhassem. O rio sempre parecia convidativo, com lírios e outras flores brotando entre os reflexos das árvores, mas a água era fria o bastante para doer nos ossos. Mais adiante ele se tornava sinistro à medida que os espinheiros se adensavam.

As urtigas erguiam-se numerosas nas margens, e a densidade e as farpas dos espinheiros tornavam impossível nadar mais do que dois quilômetros. A partir desse ponto, ela caminhava de pés descalços pelos campos dourados de capim, sacudindo a água do cabelo, exultante em seu maiô preto. Seu triunfo anual. Sempre havia um generoso pôr do sol, e geralmente o querido Michael tocava sua gaita. Enquanto sua mãe falava, Julian quase podia evocar o sabor do peixe que comiam com pão integral macio e agrião, o cheiro da fumaça quando Jenna destampava o latão cheio de brasas de nogueira.

— Encontrei um presente incrível para você — mentiu ele. — Mal posso esperar para que você o veja.

A saga pelo presente "incrível" de Jenna o sacudiu de seu torpor. Em Swallow Street, ele acorrentou sua bicicleta a um poste de luz em frente a uma tabacaria, acenou para Pete, o hippie, e se dirigiu à galeria de antiguidades e souvenirs. A primeira coisa a chamar sua atenção foi uma coleção de cadeados de bronze da Geldings Antiques — alguns vitorianos, outros ainda mais antigos —, tudo polido e com muito brilho. Gostou deles, especialmente de um com formato de coração. A etiqueta de preço pendia de uma tira fina de fita vermelha. Ele estremeceu com o que estava escrito ali. Aquelas lojas não tinham preços acessíveis para estudantes.

Ele se afastou dos cadeados para verificar se seu artigo favorito ainda estava em exposição. E sim, lá estava ele em exposição: um gramofone de mogno a manivela, com uma trombeta reluzente como a saia rodada de uma prostituta.

Ele ficou ali parado por um tempo, apenas observando o gramofone e pensando, enrolando seu cigarro. Tinha passado a semana toda de mau humor por causa daquela garota com o falcão e agora começava a desejar que ela ficasse apenas em seus sonhos. Foi indelicado com a mãe, apesar de ela ter se oferecido para pagar sua passagem de trem para Firdaws. Imaginou o gramofone na grama junto ao rio: Billie Holiday ou Patti Page. Quão espantada Jenna ficaria?

Crosby, Stills e Nash flutuavam de um rádio; suas melodias celestiais acalmavam-no. Enquanto aperfeiçoava seu cigarro, Julian se sentia quase em paz pela primeira vez em dias. Inclinou a cabeça para lamber o papel e observou uma grande pintura a óleo pendurada na parede dos fundos da loja, na qual um cormorão secava suas asas diante de um fundo verde-esmeralda. O olhar de Julian foi instantaneamente desviado para um espelho com moldura dourada e ornamentada em pé ao lado da pintura. Sua garota estava refletida ali: Julia. Vestido de verão cor de ferrugem, cabelos soltos e ombros nus, ela o observava silenciosamente, mordendo o canto do lábio.

Ele estava parado bem ao lado dela, perto o suficiente para tocá-la.

— É perfeito — comentou Julian enquanto ela descrevia a proveniência do espelho, e ele tentou não engasgar quando ela lhe disse o preço. Ele avaliou os olhos de Julia no reflexo. Suas íris pálidas tinham contornos de um azul mais escuro, como se a tinta tivesse se acumulado nas bordas.

— O que eu mais gosto é que o rosto do anjo mostra uma preocupação tão doce — comentou Julia quase num sussurro. Seus cabelos dela pareciam tão suaves que ele queria tocá-los. — Na moldura

— reiterou. O anjo esculpido com asas dobradas na moldura do espelho parecia-se tanto com um corvo quanto com uma bruxa. — Ele lembra um pouco Marlon Brando.

— Quê?

— O anjo. Você não acha? — Ela manteve seu olhar firme, e eles continuaram a se fitar fixamente através do espelho.

Sete

Ele se atrasou uma semana para o aniversário de Jenna. Viajou com o espelho e os bêbados no último trem que saía da cidade. O trem da vergonha.

A lua acompanhava os vagões na medida em que seguiam rumo ao oeste, e o ar estava pesado com o cheiro infernal que vinha do banheiro. Julian puxou Yeats do bolso e colocou-o sobre a mesa. Girando um palito de fósforo entre os dentes, apoiou a cabeça na janela e observou a lua. Mas só via Julia, só pensava ela.

Ele acordou com um sobressalto a apenas uma parada de sua estação, o olhar firme de Julia ainda flutuando diante de seus olhos. Julian começou a se deslocar até a porta do trem com o espelho em seus braços; passou por quatro vagões, praguejando em voz alta. A plataforma de Horton é mais curta que o trem: é claro que sim, *idiota*. O espelho era um companheiro de viagem incômodo, e já havia um pequeno rasgo em um canto da embalagem. Juntos, eles saíram aos tropeços para a plataforma vazia à meia-noite. Puta que pariu, por que sua mãe não estava lá para recebê-lo? Será que ela realmente achou que ele falava sério quando disse que gostava muito de caminhar?

Ele cogitou brevemente chutar o pacote longe, mas em vez disso decidiu apenas maldizê-lo enquanto o arrastava pela estação. Será que sua mãe gostaria dele? Era um pouco extravagante: "Rococó", de acordo com Julia. A névoa se erguia pela vila, e o cheiro doce de forragem e adubo lembrou-o de que estava em casa. Um cão uivou pelo vale e foi respondido por um coro de latidos. O embrulho rasgou um pouco mais: em um canto, a asa do anjo tentava escapar. Ele continuou caminhando, agarrando o espelho como se ele fosse uma péssima parceira de dança, tentando não batê-lo contra os joelhos, evitando os sulcos na estrada que poderiam fazer com que ele tropeçasse e ganhasse sete anos de azar com aquele troço.

Sua consciência emergia da névoa e caminhava ao seu lado, desprezando o presente cujo preço altíssimo agora parecia cafona. *Acha que vou absolvê-lo por arruinar tudo? Imagina, não chegar em casa para o aniversário dela. Você prometeu. Ela até mandou o dinheiro da passagem...*

Ele fez uma pausa para segurar melhor o espelho. Na escuridão, houve um grito repentino, e os pelos de sua nuca se arrepiaram. As luzes saltitantes e a distinta trepidação da velha Land Rover de sua mãe nunca lhe pareceram tão bem-vindas.

— Espera, mãe, preciso guardar isso na parte de trás — disse ele ao abrir a porta. Ela saiu do carro, falando sobre o atraso dele e o comprimento de seu cabelo. Ele tentou afastá-la, apressando-se em pegar os cobertores que os cachorros usavam para andar no carro e embrulhar o espelho.

— Sai daqui, intrometida, é o seu presente. — Julian a bloqueou com o ombro enquanto ela estendia a mão e tentava afastar o cabelo que passara a cair sobre os olhos dele.

Ela se concentrou apenas em trocar as marchas ao dirigir de volta para casa, e ele sentiu que ela sufocava um soluço.

— O que foi, mãe?

— Uma coisa. Mais tarde... — Mais uma vez, o som sufocado.

— Desculpa por não ter conseguido chegar para o seu aniversário... — A estrada era acidentada, o cheiro dos cachorros tomando conta de tudo como sempre.

Ela o interrompeu.

— Ah, isso. Não precisa se preocupar, de maneira nenhuma. — Mas ele não conseguiu ver a expressão do rosto dela no escuro.

Ele começou a contar sobre Julia — o falcão, a beleza surpreendente, a sorte de encontrá-la novamente — mas tudo soava fantasioso demais, e sua mãe dizia apenas "Ahã. Ahã".

Ao chegar a Firdaws, o cheiro de casa o deixou sensível: terra molhada e rosas, madressilva, quintais, vacas, como sempre, feno recém-cortado e frutas nas árvores lustradas pelo verão que ele praticamente perdeu. Julian respirou fundo várias vezes, cada inspiração tão revigorante quanto recuperar o fôlego depois de uma crise de choro.

Ele então se entregou aos abraços de Jenna com um longo suspiro. "É tão lindo estar aqui." Alguns gansos se sacudiam nas margens do rio. A terra e as pedras crepitavam sob seus pés, e os cachorros, agitados, saltavam sobre ele, mordiscando seus bolsos.

Dentro de Firdaws, fumaça de lenha e decoração com tecidos estampados, as familiares boas-vindas. Vasos de rosas derrubando pétalas no chão. Ele apoiou o espelho cuidadosamente contra a parede da cozinha e pensou: "Vou contar tudo a ela."

— ... Então, lá estava ela, aquela mulher linda que eu tinha acabado de conhecer, esperando que eu terminasse meu turno, sentada no capô de seu pequeno Fiat lendo seu livro embaixo do poste. E com isso — ele fez um gesto na direção do espelho — todo embrulhado e esperando por mim no banco de trás. — Julia havia prometido entregar a mercadoria e cumprira a palavra. Estava pronto para ele em camadas de papel vermelho lustroso e até com um laço. "Tudo incluído no serviço", dissera ela, e quando ela desceu do capô, ele se viu beijando sua mão esquerda. Ela fez uma piada sobre aquele comportamento cortês e sorriu, fazendo uma reverência, mas não recolheu a mão. Em seus dedos ele sentiu o cheiro do couro da luva que ela usava para treinar o falcão.

— Shhh. — Por que sua mãe não o escutava? A voz de Julian era quase suplantada pelos sons que sua mãe fazia ao redor: enchendo a chaleira, abrindo a água da torneira, interrompendo-o para oferecer um guisado, um sanduíche. — Ou você prefere gim?

— Ela apontou para a garrafa verde embrulhada em papel branco sobre o aparador.

Ele assentiu, e quando ela serviu o gim e soltou o gelo da cuba, eles brindaram.

— Desculpa, eu devia ter pegado um trem anterior.

Jenna parecia ter passado muito de sua hora de dormir. Quando ela ergueu a taça, Julian notou manchas acinzentadas nos cantos de sua boca. O gato bocejou ruidosamente na mesa entre eles, ciente de que nenhum dos dois sonharia em enxotá-lo. Julian não sabia bem o quanto ela havia escutado de sua história, se é que escutou alguma coisa. Ele mudou de assunto.

— Então, quem persuadiu a nadar no rio com você?

— Michael, é claro — respondeu ela, derramando mais dois dedos de gim nos copos.

Julian riu.

— Você tem sorte por ele não ter morrido.

— Tenho.

Julian começou a afagar o gato, e o ronronar do animal tornou-se quase ensurdecedor. Por um momento, ele achou difícil continuar olhando para a mãe. Jenna parecia muito abatida: mais magra que no Natal, seu vestido de margaridas murchas bastante largo em seu corpo. Ele normalmente concordava quando as pessoas diziam que ele era a cara da mãe, mas agora que os ossos dela se tornavam evidentes, não se assemelhavam tanto.

Julian se deteve por um momento, incapaz de decidir o que dizer à mãe sobre aquela primeira e gloriosa noite com Julia. Na pressa, tudo saiu aos borbotões. Ele subiu as escadas do alojamento saltando os degraus, Julia atrás dele. Quando chegou ao quarto, tirou rapidamente papéis, livros e meias das cadeiras para abrir espaço e desejou que houvesse leite fresco na geladeira para o café da manhã.

Uma noite inteira sem nada para julgá-los além da mais fina lua. Pela manhã, ao acordar, viu Julia se dirigir à porta na ponta dos pés. Ele saltou dos lençóis para puxá-la de volta para cama, tentando tirar seu vestido de verão, mas ela o afastou: "Não! Não posso me atrasar. Tenho que cuidar do falcão antes do trabalho e descongelar alguns pintinhos e camundongos. Argh." Ela franziu o lindo nariz. "Eu preferia não ter que cuidar de Lúcifer e de sua dieta nojenta, mas quando meu marido está fora, não há muita escolha." Marido. Era a primeira vez que ela dizia aquela palavra que fazia seu coração se despedaçar. Marido. Quando ele deu um beijo de despedida nela, pensou que nenhum cheiro seria mais erótico que o cheiro do couro em seus dedos, um indício de que Chris, o marido, estava longe e que Lúcifer se encontrava sob os cuidados dela.

— Casada. Julian, que diabos...?

A reprovação de sua mãe parecia estampada no rosto, e ele teve uma súbita e débil vontade de rir.

— Ela queria deixá-lo, ele queria deixá-la, isso está rolando há séculos. — Ele mostrou as palmas das mãos como se alegasse inocência, mas a mãe o censurou com um muxoxo e desviou os olhos para o relógio da cozinha. — Enfim, está feito agora. Após doze anos infelizes, ela o deixou.

Jenna se virou para ele bruscamente.

— Quantos anos você disse que ela tem?

— Eu não disse.

Ela esperou, os olhos ainda sobre o filho.

— Ela se casou aos 18. Sim, ela é mais velha que eu alguns anos. Isso importa? — perguntou ele. Jenna passou a fazer cálculos com os dedos.

— Então, isso dá quantos anos a ela? Trinta? — perguntou ela, e um silêncio desabou entre os dois. — Está ficando muito tarde. — Jenna rompeu o silêncio, esticando os braços, dedos entrelaçados acima da cabeça. — E há algo que eu realmente preciso dizer a você. — Ela movimentou o pescoço até estalar.

— Mas primeiro — ele se esforçou para parecer alegre — você precisa abrir o seu presente.

Os dois se viraram para o pacote que se apoiava na parede como um bêbado logo abaixo de uma retrospectiva das incursões artísticas de Julian, coladas ali de forma desordenada. Nas prateleiras da estante, animais de argila se enfileiravam aos pares, em diferentes estágios de acabamento. Ele e Jenna os faziam todo ano, embora ele sempre se sentisse desanimado quando via sua escultura ao lado da dela. Seu experimento mais antigo, feito quando tinha 4 ou 5 anos, era pouco mais que uma bola de argila com uma tromba e um rabo, mas o leopardo do ano passado ficou quase bonito. Uma dupla de novas criaturas era trazida à existência a cada Natal, quando ele e Jenna se sentavam lado a lado sob os aquecedores a gás no celeiro e a geada caía nas janelas, a emoção e o fedor da química ao abrirem o forno, ela dizendo ao filho para cruzar os dedos...

Ao entregar o presente para a mãe, ele sentiu um nó na garganta.

— Vamos, mãe, abre.

Um terrier resmungou, espreguiçou-se e saltou sobre uma das poltronas ao lado do fogão Rayburn. Ele imaginou Julia sentada ali, suas pernas balançando no braço da cadeira.

— Vou abrir em um minuto, mas primeiro você precisa terminar o que estava dizendo e depois eu tenho que dizer uma coisa antes de ir para a cama — retrucou Jenna. Ele recolocou o pacote no lugar e começou a andar de um lado para o outro. Era difícil transformar o que havia acontecido em palavras: Julia vindo até ele nas primeiras horas do dia, sua blusa em farrapos, os dedos daquele desgraçado marcados em seu pescoço.

— Ele a agarrou pelo cabelo, chegou a arrancar um tufo da cabeça dela. Eu não podia deixá-la e vir para cá. — Ele olhou suplicante para o rosto de sua mãe. — Você entende, não?

— Julian, para de andar de um lado pro outro! — Ela o fez sentar na cadeira, agarrou sua mão e a apertou com força por cima da mesa. Até o simples contato visual era agora um ato constrangedor.

— Nós mal dormimos naquela noite e eu tinha que pegar o trem... — Ele começava a hesitar. — Lamento tanto não ter vindo para cá.

— Julian! Quer parar de se desculpar? Eu tive um ótimo dia. — Ainda assim ela parecia abatida. Ele notou os tendões de seu pescoço esguio, ficou surpreso com as lágrimas que ela enxugou impacientemente com o pulso. — No meu aniversário, Michael me pediu em casamento, e eu disse que se ele nadasse no rio comigo, eu aceitaria.

Julian sentiu um aperto no peito.

— Michael? — Michael, o gordo baixinho com aquelas calças de veludo cotelê e mãos peludas? — Ele a pediu em casamento? Você aceitou?

Ela assentiu e sorriu.

— Sim, e depois do casamento vou morar com ele em Barnes, onde você sempre terá um quarto à sua disposição.

Julian quase perdeu o ar ao pensar na casa de Michael, com sua escadaria encerada e cafona, os móveis caros, em sua mãe acordando todas as manhãs e se deparando com as constrangedoras gravuras eróticas japonesas e a extensa e intocável coleção de netsukes de Michael (quando menino, Julian sentia uma atração irresistível por eles, o que resultou no vergonhoso roubo de um macaco de marfim).

— Você vai se mudar para lá? — Julian colocou mais gim em seu copo.

— Querido, Michael não conseguiria ir e voltar todo dia de seu escritório se morasse aqui.

— Por que agora? — Ele tomou um gole de gim. — E quanto a tudo isso... — Ele fez um gesto com o copo para abranger a cozinha, e uma lasca de gelo deslizou por sua garganta. Julian se engasgou, e Jenna se inclinou para a frente para bater em suas costas.

— Tem sido uma preocupação. — Ela não parava de se levantar e se sentar e alongar o pescoço. Agora ele estava assustado com as lágrimas dela e decidiu se concentrar nos cães, aconchegados um no outro como Yin e Yang sobre a almofada da cadeira.

— O que vai acontecer com Firdaws se você não vai ficar aqui?

Ela bateu na mesa com as palmas das mãos, e Julian teve um sobressalto.

— Os Vales me obrigaram a desistir do aluguel. — Isso saiu como um gemido. Ela bateu na mesa novamente, e o gato saltou para o chão. — Nunca pensei que aqueles vermes gananciosos chegariam a esse ponto, mas... — Julian sentiu-se subitamente fraco. — Se seu tio ainda estivesse vivo, eles não ousariam fazer isso. Mas eu sempre tive o usufruto da propriedade até você *chegar à maioridade*, e agora você chegou. Você tem 21 anos. Um homem.

Firdaws estava perdida.

Oito

Julian continua bebendo cerveja no sofá junto à janela muito tempo depois de as nuvens e a chuva se afastarem. Andorinhas e martins piam no céu, a grama solta vapor após o banho repentino, folhas pingam. Ele abre a porta que dá para a varanda e deixa entrar o ar fresco, pega mais uma garrafa, um pacote de batatas fritas e uma embalagem de cheddar. Ele come o queijo, mordendo pedaços direto do pacote, engolindo-os com a cerveja, e vê um melro arrancando uma minhoca rosada e elástica da grama.

O cachorro sai de seu esconderijo a passos lentos, apavorado. Ele está ofegante e trêmulo, sua covardia um tanto dramática, mas mesmo assim seu olhar se dirige ao queijo. Com tapinhas na almofada, Julian o convida a se sentar. Ali sempre foi seu lugar favorito para ler quando menino, com cães à sua volta. As almofadas do sofá junto à janela agora são muito maiores e mais bonitas do que suas flácidas predecessoras. Veludo cardeal: escolha de Julia.

O pequeno macaco esculpido em marfim chama sua atenção na estante de livros. Julian o apanha. Um objeto e tanto, esse netsuke, com seus olhos negros polidos e o rabo enrolado de forma obscena.

Michael jamais comentou sobre o roubo nem mencionou a carta de desculpas que Jenna obrigara Julian a escrever assim que descobriu o macaco escondido embaixo de seu travesseiro. Ao longo dos anos, o silêncio de Michael apenas aumentou a vergonha de Julian, e ele inventava desculpas para ficar em Firdaws sempre que sua mãe ia a Barnes.

Os olhos do netsuke brilham com malícia. "Sua pobre mãe", ele diz. "Não é à toa que eles esperaram até que você fosse embora para se casar. 'O gordo e peludo Michael.' Isso não era muito legal. Veja tudo que ele fez por você. Foi buscá-lo em certos lugares, deixou-o em outros. Ajudou-o a estudar para as provas. E todos aqueles trotes, pobre homem. Que tipo de pessoa mataria moscas de verdade com os biscoitos dele? Todos aqueles recados de telefone que você nunca deu, o dia em que você limpou a bunda com o..." Julian fecha o punho em torno do netsuke. "Ele foi mais que um pai para você", diz a voz interior. "Onde você acha que estaria sem ele?"

As boas ações de Michael aconteceram sem que Julian precisasse pedir qualquer favor: ele chegou à casa da Sra. Briggs em um carro alugado com a promessa de um emprego para ele na Abraham and Leitch; parou na Geldings Antiques para que Julia entregasse suas chaves; comprou o gramofone para Jenna porque ela precisava de algo que a animasse. Sem Michael, não haveria livros nem contratos de cinema, não haveria convites para escrever roteiros lucrativos. Não haveria Firdaws novamente.

Julian retorna à primeira vez que nadou no rio — tinha 12 ou 13 anos —, e um gosto amargo o invade. Algo que sua mãe lhe disse naquele dia lhe dava vontade de chorar. Ele a vê ajoelhada no cobertor xadrez entre os escombros de seu piquenique, os braços estendidos. E ele dizia "para com isso", desprezando sua tentativa de consolá-lo. Pelo quê? Ele não consegue lembrar. Levantando-se repentinamente, e sem dizer mais nenhuma palavra, ela deu dois passos incisivos e mergulhou.

Nuvens rosadas emprestavam à superfície um brilho perolado, e Jenna entrou no rio em seu maiô preto, seguindo direto para o coração, a parte mais profunda, sem sequer pensar em quem ficou para trás. Vernon, seu pastor-alemão adotado de um abrigo em Battersea, latia e saltava ao longo da margem do rio para salvá-la.

— Meu Deus! Parece um grande urso! — Jenna nadou em círculo, rindo do cachorro que se esforçava para abria caminho na água, entre os lírios. — Chama Vernon de volta! — gritou. — Ele não consegue nadar até o ponto em que saímos do rio. — Michael escorregou, mas, para decepção geral, não caiu quando arrastou Vernon de volta à margem pelo pescoço, ensopado e latindo, mas ainda com o instinto de resgatar sua donzela.

Enquanto Michael lutava com o cachorro, Julian continuou na margem com a franja de flores púrpuras a seus pés. Mais à frente, sua mãe estendeu os braços para ele e, sem pensar, ele pulou e se deixou levar na direção dela.

— Tem certeza de que consegue fazer todo o caminho? — perguntou ela. Ele tremia de frio. — Não há nenhuma saída e nenhum lugar para apoiar o pé até a Margem do Cisne.

Ele chapinhou, inseguro, mas ela já havia partido, dando longas braçadas na água. Michael gritava para ele da margem:

— Vem, deixa eu puxar você para fora. Suas bolas vão congelar!

Ela era uma nadadora e tanto, abrindo caminho pela água antes dele. Julian ficou assustado quando o rio se tornou mais estreito e estranhamente silencioso. Eles passaram por um túnel de espinheiros negros repleto de algas com longos tentáculos, e ele começou a entrar em pânico, tossindo e engolindo água. Ela disse a ele para imaginar aqueles dedos se enroscando em seus braços e pernas magras como "uma deliciosa massagem", assegurando que logo estariam livres daquelas carícias escorregadias e chegariam em outra piscina ampla, onde ele poderia flutuar e descansar.

O rio tornou-se mais profundo quando eles recomeçaram a nadar, e Julian pediu à mãe que diminuísse o ritmo para que pudessem nadar lado a lado enquanto as plantas deslizavam embaixo deles.

— Estamos livres delas agora — assegurou Jenna, incitando-o a prosseguir. — Sabe, não tem motivo para ficar tão assustado com as plantas. O que mais me preocupa são as cobras. Não contei para você? — Ela falava entre uma braçada e outra, olhando para ele por baixo do movimento. — Há algumas semanas, levei Vernon para uma caminhada na Margem do Cisne. Eu me sentei com ele ali por um tempo para ver as libélulas. Como aquelas duas ali. — Ela apontou para os juncos, mas Julian estava cego para o deslumbre furta-cor, incapaz de ver algo além da água, apenas a escuridão. — Vernon estava bebendo água na margem quando uma cobra enorme passou. Era tão grossa quanto meu braço e tão longa que dava umas três voltas nele. — Ela ondulou o braço para imitar o movimento da serpente, os dedos colados uns aos outros para dar forma à cabeça do animal. Julian ficou boquiaberto e foi recompensado com outro gole de água do rio. — Pior ainda — continuou Jenna enquanto ele batia as pernas, fazendo um estardalhaço para chegar logo a algum lugar. — Eu ainda estava olhando para ela quando a cobra deu meia-volta, saiu da água e sibilou para Vernon. — Ela disse algo sobre as presas. — Provavelmente tinha filhotes por perto, suponho — acrescentou enquanto seguia nadando.

Julian estava sem ar quando chegaram ao fim; não conseguia impulso suficiente para se alçar à margem enlameada. Eles se deitaram na grama para recuperar o fôlego. Ele se arranhou ao sair da água e havia um pouco de sangue rosado ao longo de sua canela.

— Por que você me contou sobre a cobra? — perguntou. Jenna se sentou e tocou a testa do filho com a palma da mão, parecendo preocupada, como se ele pudesse ter febre.

— Não sei, acho que eu estava com medo — respondeu ela e estendeu as mãos. Puxando-o pelos braços, colocou-o de pé para que caminhassem de volta à fogueira, a qual certamente Michael havia acendido na margem do rio para mantê-los aquecidos.

Foi Michael quem primeiro opinou que os Vales talvez não estivessem completamente certos ao ficar com todo o dinheiro quando venderam Firdaws. Ele levou os documentos de Jenna para seu irmão, um jurista que não parecia gostar de nada além de disputas por herança.

Foi no Natal, em Barnes, três anos depois de perderem Firdaws, que Jenna entregou o cheque a Julian.

— Nós ganhamos.

Michael observava, com o sorriso de quem tentava não se dar muito crédito por aquilo.

— É a sua parte de Firdaws. — Tanto ele quanto Julia fitavam incrédulos a soma escrita ali.

Era suficiente para uma considerável entrada em Cromwell Gardens. Paredes brancas, cornijas requintadas, janelas grandiosas, um jardim nos fundos. Quando o Sr. Pym, o proprietário do apartamento, conduziu-os pela cozinha — "sou designer de solários por ofício, então..." — e abriu a porta dos fundos, em vez do jardim que esperavam, foram recebidos por uma estufa tão grande e ornamentada que parecia pertencer aos Reais Jardins Botânicos de Kew. Não havia nenhuma referência a uma estufa nas especificações do corretor. "Minha *orangerie*", foi como o Sr. Pym orgulhosamente a chamou durante as negociações, e Julian se esforçou para disfarçar o evidente desejo de Julia pelo lugar. Ela ficou paralisada, como se tivesse sido acometida pela Síndrome de Stendhal. Portas duplas se abriam por toda a fachada da estufa, e samambaias se enroscavam no topo da estrutura de ferro pintada de branco. Pym lhes mostrou o inteligente sistema de irrigação por vaporização e o controle de abertura das janelas por termostato. Lá dentro havia um bar de bambu para drinques, conjuntos de móveis de vime e várias fileiras de limoeiros em vasos de cerâmica verde, enfileirados como a guarda real.

— Quase na hora da minha gim-tônica — lembrou Pym, tocando no relógio de ouro. — Tenho o espaço ideal para isso onde vou morar. Não está incluído.

Os olhos de Julia cintilavam com lágrimas não derramadas, e ela sussurrou para Julian: "Era para ser."

— De qualquer forma, o corretor pensou que a maioria das pessoas preferiria usar o espaço para ter um jardim de bom porte, canteiros de flores e um balanço para as crianças, se é que vocês têm uma. — O Sr. Pym olhava nervosamente de Julia para Julian. Ele não tinha como adivinhar o verdadeiro motivo do entusiasmo dela.

Eles finalmente compraram o apartamento e, pelo preço que pagaram, Julian logo se deu conta de que teria que escrever outro roteiro de cinema rapidamente. A estufa do Sr. Pym se tornou a incubadora da Arbour, o negócio especializado em horticultura que Julia estava começando com sua amiga Freda. Freda comprou um furgão na qual Julia pintou o nome da empresa dentro de guirlandas de videiras com frutas, e elas mandaram imprimir seus cartões de visita.

Pobres plantas! Ele não sabia como Julia e Freda aguentavam. De sua sala, Julian via as duas da janela, carregando o furgão com vasos de buxos lustrosos e teixos podados, de lírios abertos e ramos de orquídeas carregados de botões. Na volta, os carrinhos traziam apenas tristeza, quando espécimes de ramos quebrados voltavam da cidade para casa, algumas folhas caídas e secas como ráfia.

E o apartamento! Quando Julia terminou de esvaziá-lo, entrar em qualquer cômodo de Cromwell Gardens era como mergulhar em sorvete: cada parede tinha uma textura e era pintada com cores intensas de frutas batidas no liquidificador. Ela fez amizade com um estofador local e resgatou móveis improváveis de lojas poeirentas da Archway. Na sala de estar, poltronas de veludo verde-claro e uma longa mesa com bordas esculpidas e douradas, luminárias com cúpulas de seda pintada, um sofá cor de ameixa com pés de leão em bronze. Reduto de ópio ou clube de strip, ele pensou, mas de uma forma positiva. A lâmpada central pendia de um lustre com formato e cor de romã, e os plátanos ao longo da rua lançavam suas sombras pelas paredes durante os verões luminosos.

Havia algo contraditório, ele pensa agora, no desejo de Julia por tanta opulência e suntuosidade naquela casa. Ela se vestia como se quisesse desaparecer na multidão. Usava camisas masculinas, calças cinza dobradas nos tornozelos, suéteres de gola alta em tons neutros. Os sapatos eram mocassins ou sapatilhas marrons. O batom era usado apenas como uma espécie de favor especial para Julian, e em algum lugar da viagem entre Burnt Oak e Cromwell Gardens, os vestidos fluidos de Julia simplesmente desapareceram.

Ela não havia perdido tempo e fora direto à loja de tintas. Ele gostava da animação dela ao passar pelos corredores com cartelas de cores, acumulando as latas em cima do balcão; ele apenas assentia, encantado. Ela vibrava de entusiasmo. Era o destino, ele tinha certeza. Na noite anterior, eles brincaram de luta livre pelo apartamento branco, rolando nas tábuas corridas como crianças. Foi a primeira noite deles ali, junto com algumas caixas espalhadas. Michael mandara uma caixa de champanhe, e eles então se sentaram em suas toalhas de banho no piso, os cabelos de Julia úmidos da banheira deliciosamente funda. As chamas de sua primeira lareira lançavam sombras que dançavam pelas paredes. Ao brindarem com as taças que desembalaram apressadamente, eles saborearam tudo o máximo possível. O aquecimento central estava a pleno vapor; o frio penetrante de Burnt Oak seria esquecido em uma noite. Nunca mais digitariam com luvas sem dedos ou sentiriam o calor ineficiente dos queimadores do fogão contra o gelo de dezembro. Em Cromwell Gardens, ele ainda escrevia na cozinha, mas em uma mesa um pouco afastada, com seu monitor instalado num suporte ao seu lado.

Ele tinha um livro e um roteiro em andamento; Julia não se importava de fazer a maior parte da pintura. Eles brindaram a seus benfeitores caninos, Geddon e a Sra. Pericles, e no futuro sucesso de bilheteria que seria *Fletch Le Bone*. Julia apoiou a cabeça no colo de Julian e ele passou os dedos pelos cabelos que secavam e a pediu em casamento, como fazia com frequência. Ela balançou a cabeça e riu, confundindo-o e contrariando-o. Sentou-se para dizer o mesmo de sempre:

— Nunca pare de pedir... — Ela se ajoelhou para beijá-lo na ponta do nariz. — Eu amo quando você faz isso, mas se eu aceitar, você vai parar de me pedir em casamento... — Provocou-o para que ele a beijasse de volta. — Um brinde a não sermos casados. — O copo dela tilintou no dele.

— A Michael, por todos os bons conselhos — retrucou Julian e, quando Julia ergueu seu copo, a toalha começou a escorregar de seu corpo. Ele esticou o braço e a puxou para longe. — A nós — completou, tocando a borda de seu copo no mamilo dela.

Mais tarde, com a lareira se apagando e o colchão no meio da sala, eles murmuraram sobre o filho ou filha cujo quartinho esperava no outro extremo do corredor. Os postes da rua projetavam a neve nos lençóis brancos que eles haviam amarrado na janela para servir de cortina, flocos de sombra, os lábios dela em seu ouvido.

Ele ficou hesitante na manhã seguinte ao usar pela primeira vez a chave de fenda, fitando a tinta rosa-pink e erguendo os olhos para confirmar com Julia se era isso mesmo que ela queria. Ela confirmou, um lenço azul amarrado em volta da cabeça para cobrir o cabelo, expondo os traços precisos de seu rosto, a luz batendo direto em seu lábio inferior, muito Vermeer, ele pensou.

Julia passou semanas decorando as cornijas, seu capricho, com tintas espalhadas sobre a tábua que ela usava como paleta e pincéis artísticos presos em um coque no cabelo. Equilibrada em uma prancha suspensa entre duas escadas, ela coloria e esmaltava, uvas roxas, pêssegos ensolarados, cada folha e cada sombra das videiras. Julia dizia achar aquilo terapêutico, e ele massageava seu pescoço quando ficava dolorido. Ela colocava seus velhos discos do David Bowie para tocar — conhecia todas as letras de cor — e depois do jantar, enquanto ela cantarolava *Hunky Dory* com seus pincéis, Julian se instalava na mesa da cozinha e no vocabulário de seu mais recente alter ego canino, uma taça de vinho ao lado e, da estufa, o perfume de cítricos em flor.

Mais tarde colocaram cortinas de veludo em Cromwell Gardens, penduradas bem alto, arrastando no chão. Em seu quarto, uma escura cortina cor de amora, quase preta à noite, mas vermelha quando o sol a atravessava. Todas as manhãs, um despertar de rubi: Julia nua ao seu lado, os cabelos bagunçados, a luz rosada tocando seus ombros quando os lençóis se afastavam...

Eles jogavam dados com frequência, e Julia sempre vencia mais, embora, ao contrário de Julian, não aplicasse qualquer princípio matemático. A vida deles foi se acomodando; ele lia trechos de seus roteiros para ela nos intervalos para o chá; Julia e Freda entravam e saíam do furgão, árvores e plantas enchiam a estufa; comida via delivery; frituras; banhos em que encerravam o dia um do outro, o corpo ensaboado de Julia escorregadio como uma sereia.

Que lençóis felizes eram aqueles em Cromwell Gardens! Transavam como... o que Karl dizia mesmo? Ah, sim... arganazes. Julia com seu termômetro e a tabelinha, o quarto da cor de um útero. Combinações, rendas, a mesa da cozinha, a cerca do jardim. Proporções elegantes, janelas altas, Julia inclinando-se no peitoril sem vestir nada além do suéter, os olhos dele atraídos para a lua rosada por baixo da barra de lã lilás, velas transformando a sombra deles em um monstro, uma barulhenta cama de bronze.

Pouco tempo depois que se mudaram, Karl veio de Roterdã para vê-los, o paletó amassado pelo voo, as sobrancelhas juntas, erguidas.

Julian passa aquele filme por sua mente. Julia empoleirada em sua prancha do outro lado do quarto e Karl protegendo os olhos com as mãos, fingindo que tinha que colocar os óculos escuros para salvá-lo do espalhafato da tinta. Ele trouxe da Holanda duas gêmeas idênticas que usavam camisetas apertadas e terminavam as frases uma da outra. Tudo isso fazia Julia assumir uma expressão carrancuda.

— Anki e Hendrika. — Eram pequenas como bonecas, e Julian teve que se inclinar para apertar as mãos delas. Como podia diferenciar uma da outra?

Karl se dirigiu a Julia, gesticulando:

— É um palácio. — Uma tentativa de reconquistar a simpatia dela. Foi até a escada para pegar suas mãos. — Quer pular? — Julia depôs sua paleta e limpou o pincel com um pano antes de enfiá-lo no cabelo. — Então vamos, um dois três... — disse Karl, e ela agarrou suas mãos para que ele pudesse içá-la ao chão.

As gêmeas se instalaram como aparadores de livros ao lado de Karl, uma de cada lado no sofá cor de ameixa. Ele ganhara peso; Julian notou que o botão do meio de sua camisa estava aberto ou, ciente do desprezo intelectual de seu amigo pela aparência, provavelmente faltando. Ele foi até a cozinha para abrir o vinho. Julia foi buscar taças e sussurrar para ele que não valia a pena se dar ao trabalho de lembrar os nomes de nenhuma das namoradas de Karl, já que ele tinha tantas diferentes. "Ele fica esfregando isso na sua cara", disse ela.

Vinho servido, Julian perguntou a Karl sobre seu mais recente projeto de pesquisa. Ele estava prestes a fazer uma grande descoberta, mas, por outro lado, não era sempre assim? As gêmeas, ele disse, trabalhavam com ele em Roterdã, e elas ergueram os olhos e assentiram, depois voltaram a se concentrar em sua própria conversa. Karl olhava de uma para a outra com um desânimo fingido.

— Quando bebês, elas chupavam o dedo uma da outra, sabia? — Elas pararam a conversa e sorriram.

— Que fofo... — respondeu Julian.

— Elas se formaram juntas em Roterdã, e a Pfizer deu emprego às duas em meu departamento, sorte a minha! — Karl baixou a voz e se inclinou mais perto do ouvido de Julian: — E, sim, vejo que você está morrendo de vontade de saber, elas dormem todas as noites na mesma cama.

As gêmeas fingiram puni-lo com censuras e beliscões em suas coxas, depois continuaram começando e terminando as frases uma da outra.

— Dose dupla — disse Karl com um sorriso quando Julia chamou da cozinha para que todos se sentassem à mesa.

O cachorro dá uma lambida na mão de Julian. Os dois compartilham os restos do cheddar e ele acaricia seu focinho. Julian olha para as macieiras, a rede abandonada, pendurada e encharcada, e pensa: talvez isso seja tudo o que restou. A partir de agora essa será a minha vida, lembrar em vez de viver.

Seus dedos cutucam uma mancha escura no tecido do sofá. É um pouco áspera, como a língua de um gato. O sorvete de Mira. Julian provou que tinha razão logo que eles se mudaram. Veludo roxo não era uma escolha sensata. Mas quando Julia foi sensata?

O netsuke de Michael ficou quente, como uma pequena mão que estivesse presa à sua. Julian o devolve ao topo da estante. Ele vasculhou todas as estantes da casa. Os livros de Mira foram cuidadosamente removidos. Mas seus livros e os de Julia permanecem lado a lado, organizados de forma aleatória. Somente os livros sobre plantas foram levados. Ele arremessa os romances que são obviamente dela — uma coleção de clássicos modernos, Du Mauriers, Jeanette Winterson, Bridget Jones, pelo amor de Deus —, com as páginas voando, em uma caixa de papelão que mantém na varanda. A caixa está ficando cheia com uma maré constante das coisas de Julia. Quando tiver terminado, ele planeja fechá-la com fita adesiva e enviá-la para ela.

Nove

Agora que ele editou a estante, retirando os livros de Julia, há uma ordem reconfortante nos exemplares dispostos ali. Marvell, Milton, Ricks, Spenser, Virgílio, Yeats. Volumes que, mais do que lidos, foram estudados, analisados, as lombadas craqueladas como as unhas de um idoso. As capas desbotadas lembravam o estudante compenetrado que ele foi antes de ver Julia pela primeira vez. Ele examina as prateleiras: a uniformidade agradável de sua coleção de clássicos, a Bíblia, Homero e Stanley Fish, todos os livros que foram embalados em caixas de madeira quando eles fugiram da casa da Sra. Briggs para Burnt Oak sem nada para acompanhá-los além da graduação incompleta de Julian, as dívidas conjugais de Julia e a chorosa decepção de Jenna.

Várias das capas de tecido ficaram com pequenas manchas dos grãos soltos de chá que antes eram transportados naquelas caixas, algumas um pouco deformadas. A lombada de *Paraíso perdido* está rachada em vários pontos, o volume engrossado por uma série de Post-its e rabiscos. Quando ele o tira da prateleira, suas anotações amassadas aos poucos pulam para fora das páginas, algumas flutuam para o chão, a caligrafia menor e mais caprichada naquela época. Jamais poderia reproduzi-la agora, graças ao computador. Este é o primeiro exemplar de *Paraíso perdido* que ele teve na vida, dado por seu velho amigo Raph, com *Adão e Eva* de Rubens na capa, gloriosamente nus e desinibidos.

Foi voltando de uma palestra sobre *Paraíso perdido* que ele chegou ao seu alojamento para receber a notícia de que Julia estava grávida. Ele vinha fazendo progressos em seu trabalho de conclusão de curso; fazia apenas algumas semanas que se conheciam. O momento não poderia ser pior; no entanto, ele não se lembra de nada além da felicidade do instante em que ela lançou seu feitiço murmurado em duas palavras. Ele foi tomado de um feroz sentimento de posse que não tinha nada a ver com o bebê que se formava dentro dela. Julia fizera o teste enquanto ele estava na palestra — "A atitude de Milton quanto ao divórcio deve ser considerada à luz de sua atitude com relação ao nascimento de Eva..." —, contudo, mesmo antes que ela lhe desse a notícia, ele já tinha problemas bem mais urgentes do que *Literatura, cultura e crise 1631-71*.

Seus turnos no Crown vinham sendo cortados agora que o verão estava no fim e, embora isso lhe desse tempo para a pilha cada vez maior de leituras, ele era privado do dinheiro de que precisavam. Não podiam contar com o salário de Julia na Geldings Antiques graças a vários crediários e empréstimos que Chris fizera em seu nome durante o casamento; como punição, ele não vinha pagando as contas. Ela teve que pagar a geladeira, a máquina de lavar roupa e a televisão para ele, e uma van e o novo telhado da casa que ele tão prudentemente deixara no nome da própria mãe. Era difícil se divorciar das dívidas. Julian maldizia o impulso insano que o fizera comprar o espelho da Geldings Antiques apenas algumas semanas antes. Logo ele estaria reduzido a revirar os sacos da cooperativa de estudantes; Julian sabia que alguns deles iam até ali procurar alimentos um pouco passados da data de validade. Eles mal tinham dinheiro para o gás, então se aqueciam na cama. Ah, sim, cama.

Naquela manhã, ele deixara o quarto mergulhado no cheiro dela. No andar de baixo, a Sra. Briggs o emboscara, brandindo um aspirador. "Estou farta de fazer vista grossa. Aquele maníaco fica batendo na minha porta." Julian murmurou algo, levou algum tempo ajeitando a bainha da calça. Ela se apoiou a mão no ombro dele para dar ênfase, forçando-o a olhar para cima. Seus olhos tireoidianos pareciam ir de um lado para o outro, ameaçando cair como ovos das órbitas. "Eu não posso ter homens aparecendo aqui a todo momento usando esse tipo de linguagem. Não aceito esse tipo de coisa acontecendo debaixo do meu teto."

Somente quando Julian concordou em procurar outro lugar ela retirou a mão de seu ombro e, desviando o rosto de sapo, afastou-se em suas pantufas, arrastando o aspirador em seu rastro como se fosse um animal sacrificado.

Ele voltou da palestra na esperança de ter apreendido alguma coisa, embora estivesse confuso demais para fazer muitas anotações. Havia material sobre várias seitas da época de Milton, como os *ranters*, calvinistas que acreditavam que estavam destinados ao céu *independentemente* do que fizessem. PECADO É PRODUTO APENAS DA IMAGINAÇÃO, ele tinha escrito antes que sua mente se perdesse na questão mais importante: onde ele e Julia morariam.

Ao voltar da palestra, Julian pedalava sua bicicleta quando caiu uma garoa. Ele pegou o jornal local e o atou a seu casaco Crombie para mantê-lo seco. A estrada estava repleta de folhas, e a correia escolheu aquele momento para se soltar da bicicleta, o que sujou as mãos dele de graxa. Finalmente Julian chegou e começou a dar uma olhada na sessão Aluguel de Quartos do jornal encharcado enquanto subia as escadas. A loja de antiguidades não abria às segundas: Julia estava do outro lado da porta. Seu coração saltou quando ele colocou a chave na fechadura.

Ela estava parada junto à janela. O sol em uma abertura nas nuvens fazia com que a luz repousasse no chão exatamente diante dela, de modo que a visão de Julia em uma camisa azul, as longas pernas morenas vistas de trás e seus cabelos soltos e brilhantes ficou instantaneamente arquivada no departamento "obras de arte de mestres holandeses" do cérebro de Julian. Ela continuou olhando para a rua, talvez sem notar que ele havia chegado. Ela se inclinou no parapeito, a camisa mal tapando o alto de suas coxas, ainda bronzeadas do verão. Ele atravessou a sala correndo e ela ergueu os dedos aos lábios, comprimindo-os, e por um momento ele não sabia se queria mordê-los ou beijá-los.

A camisa azul-clara era dele, um fato que lhe dava prazer. Ainda cheirava ao ferro de passar que ela havia usado antes de vesti-la. Ela não se incomodava em usar lingerie, e as mãos de Julian tocaram suas costas cálidas. Julia apoiou a cabeça em seu ombro, seus cabelos tinham o cheiro do xampu dele. Julian deslizou as mãos das costas para o tórax, e ela ofegou e estremeceu quando ele alcançou seus seios. "Eles ficaram tão quentes e macios", disse ela, e ele não era tão novo a ponto de não entender o que isso podia significar.

O que ele sentiu? Exaltação, sim. Medo? Talvez. Por mais que tente, Julian não consegue lembrar exatamente o que passou pela sua cabeça. Ele apenas se vê de fora, como se estivesse assistindo a si mesmo na TV com o som desligado. Ele está magro, quase esquálido, vestido com uma camisa preta com gola em V que está um pouco comprida e puída na bainha, calça social larga, meias amarelas com um buraco num dedão. Estiloso, ele gosta de pensar, com o cabelo escuro se enroscando no colarinho e caindo em cima dos olhos. Erudito, cercado de livros e pilhas desordenadas de anotações, gravuras de Gustave Doré nas paredes. Velas presas em garrafas de vinho, seus poucos pratos e tigelas empilhados perto da janela, um edredom com estampa de folhas de outono na cama. Não passava de um garoto, ele vê isso agora. Livre pela primeira vez na vida, mas fraco para resistir ao encanto do poderoso olhar da beleza.

Lá está ele largando o jornal, cercando-a, beijando-a, desabotoando a camisa azul, abrindo-a e beijando sua barriga. Minutos depois, inclinava-se sobre ela na cama de solteiro e penetrava-a com cautela, admirado e assombrado pelos fatos da vida — os fatos repentinos de *sua* vida juntos — e isso a fez rir e depois chorar, os braços atirados para trás, as palmas das mãos voltadas para o teto e os dedos se abrindo, implorando a ele para não parar, seus cabelos sobre o travesseiro como um novelo que se desenrola.

Ele não teve a menor dúvida; aquela nova certeza, correndo pelo sangue, eliminava todos os outros pensamentos. No dia seguinte, foi à sala do professor Mulligan para dizer que estava caindo fora.

Paul Mulligan tentou dissuadi-lo com palavras que apenas dias antes teriam encantado os ouvidos de Julian. "Seu trabalho sobre Milton não deixa dúvida de que você tem uma contribuição a dar, algo que vai além do diploma", disse Mulligan com olhos brilhantes. Mas, da noite para o dia, a bela música dos livros, dos estudos e dos doutorados tornou-se apenas incidental. Ele se mudaria para Londres, disse, enquanto Mulligan mexia em seus óculos. Haveria trabalho como professor particular de garotos ricos que iam prestar os exames finais do ensino médio.

Há alguns anos, Mulligan escrevera para ele, para o endereço da Abraham and Leitch; era uma carta particular, sem o papel timbrado da faculdade. Dizia que seus jovens sobrinhos gostaram muito de um filme sobre uma cadela da era espacial, que o próprio Mulligan apreciara a cena em que Laika aparecia como um fantasma na lua. Ele ficara pasmo, segundo relatava em sua bela caligrafia, mas encantado ao ver o nome de Julian nos créditos. E se despedia: "As pessoas dizem que, quando a vida fica corrida, não há mais tempo para os estudos e a reflexão. Espero de coração que isso não seja verdade no seu caso."

Julian coloca o Milton de volta no lugar, dá um arroto. Conta as garrafas vazias de cerveja, que confirmam que ele está bastante bêbado. Toma o que resta na última garrafa e engole seu remédio para dormir.

Embora a tempestade tenha passado, o ar continua abafado em seu quarto. É isso ou o fedor do jasmim, se ele abrir as janelas. As pequenas corujas piam do telhado do celeiro. Ele tira a roupa e cai na cama, revirando os lençóis até encontrar o que quer. O suéter de Julia é fino e lilás, flácido e gasto nos cotovelos, longo o bastante para cobrir apenas seu traseiro quando ela descia de manhã para o café.

Uma raposa distante atravessa o vale com ganidos angustiados. A casimira é velha e macia, o canelado um pouco estirado. Ele se enfurece consigo mesmo e atira o suéter para o outro lado da cama. Deveria descer agora e colocá-lo na caixa com o resto da tralha dela.

O remédio para dormir não consegue domar seus pensamentos inquietos — eles giram em sua mente — e ele se vê com o rosto afundado no suéter dela. O cheiro de Julia está desaparecendo, quase não é possível senti-lo agora, mas ele o agarra para apaziguar uma dor que começa na virilha, que faz com que ele feche os olhos com força. Julian amaldiçoa o início de uma ereção e também a parte de seu cérebro que o incentiva continuamente a ir para uma cama que ainda pertence a Julia. "No amor, fazeis bem, na paixão, não..." Quem diz isso? Ah sim, Rafael para Adão, *Paraíso perdido*, livro VIII. Um candelabro já está aceso num hotel em Paris, velas aromáticas estão acesas no bar. É um lugar cuja lembrança ele não consegue evitar; sempre retorna a ela. A longa e oscilante caminhada de Julia ao longo do corredor de velas, saltos altos de cetim preto e lábios pintados num tom de vermelho chamado pelo fabricante de "Impetuoso" — ele só sabia disso porque os dois caíram no riso na farmácia da Rue Jacob ao escolhê-lo. Há *trance music* em volume baixo, banquetas com botões de cor carmim, conversas murmuradas e um homem num terno marrom de veludo cotelê sentado no bar e bebendo sozinho.

Julian avistou o homem momentos antes que Julia chegasse no bar. Era claramente hóspede do hotel, já que não parava de mexer na chave do quarto que colocara ao lado do copo. Parecia cinquentão, com uma cabeça de cachos tosados cinza como aço e nariz largo. Estava bebendo vinho tinto e olhando ao redor de vez em quando, balançando a cabeça de forma quase imperceptível no ritmo das batidas. Julian viu o homem parar com o copo a meio caminho dos lábios, subitamente paralisado, e seguiu a direção do olhar dele. Lá estava ela: Julia, prendendo um grampo no cabelo, demorando-se.

A seda branca de sua blusa brilhava quando ela entrou. Deus, ela era linda. Vênus saindo de sua concha. Sexy. Todas as cabeças se viraram para vê-la.

Ela estava vestida exatamente como ele havia pedido e, apesar de seus protestos anteriores, portava-se perfeitamente bem usando saia justa e saltos altos. Ela parou novamente ao entrar no bar, reunindo coragem por um momento antes de se aproximar. Ele prendeu a respiração. Haviam bebido vodcas do frigobar do quarto antes que ele descesse para ela se aprontar, então Julia provavelmente já estava bastante bêbada. Ela passou por ele sem dar sequer uma piscadela de cumplicidade, tão perto que Julian pôde sentir o ar se deslocando e perceber o movimento de seus seios através da blusa brilhosa. Completos estranhos. Ela se instalou em uma mesa no canto, dentro do campo de visão dele. Metade de seu cabelo estava preso para cima e a outra metade caía pelos ombros. Ela cruzava e descruzava as pernas, ignorando seu olhar enquanto avaliava o cardápio de bebidas, e Julian percebeu que, de repente, estava com sede, o coração latejando naquele momento como seu pulso lateja agora.

Julia. Grande atriz. Ah, sim. Ele se odeia e odeia o suéter velho, e também a forma como se sentiu quando o homem do terno de veludo marrom esgueirou-se de seu banco do bar para a mesa de Julia. Ele viu quando o homem estendeu a mão e tomou dela o menu. Ela se inclinou para ouvir o que ele dizia, e Julian notou a trajetória dos olhos dele quando a blusa se afastou dos seios.

Ele tinha que se conter até o fim do primeiro drinque e tolerar a visão de Julia correndo os dedos pela haste da taça enquanto o homem falava. Ele se perguntou se aquilo era parte da atuação dela. O homem se inclinava mais para perto, quase bonito para alguém daquela idade, com uma barba de três dias e cabelos cacheados bem-aparados. Finalmente, ela terminou sua bebida e Julian estava livre para se aproximar e oferecer outra a ambos. Ele poderia acompanhá-los?

— Claro. — Julia sorriu, acolhedora, apontando para o banco, e o intruso, decepcionado, entrincheirou-se perto dela. O homem havia retirado o paletó de veludo marrom e afrouxado a gravata, a estampa de pontos de interrogação cinza espiando da base de seu pescoço. Ele virou o ombro, fez o melhor que pôde para bloquear o jovem intruso inglês, por duas vezes apoiando a mão demoradamente na coxa dela.

Julia e Julian continuaram com sua atuação — isso foi tudo o que de fato aconteceu, o pedido imoral de Julian para o seu aniversário. Ele queria ater-se ao roteiro, mas, depois de uma terceira margarita, um espírito ímpio tomou conta dele. Julian estava quase rindo quando se recostou em sua cadeira, pediu sua conta e se preparou para sair, a boca de batom de Julia se abrindo.

— *Merci* — disse ele, depositando algumas notas e se levantando. — *Amusez-vous bien...*

Julia logo voltou ao quarto, onde o encontrou nu sob os lençóis do hotel, fingindo roncar. Ela puxou os lençóis e lhe deu um tapa na bunda.

— Você tinha que me salvar. — Ela saltitava para se livrar dos saltos. — O que aconteceu com a proposta repentina de uma trepada e de me levar para fora dali? Achei que era esse o objetivo da sua pequena fantasia?

Ele a puxou para a cama antes que ela tivesse a chance de tirar mais uma peça de roupa.

— Admita. Você queria trepar com ele — disse Julian, puxando a saia dela para cima. — Vamos lá, admita... — As pernas dela ao redor de seu pescoço, os saltos batendo em seus ombros. O som de asas batendo em seus ouvidos. — Você queria trepar com ele...

Julian se punia, dominado pela vergonha, furioso com o suéter na mão. "Admita, admita..." Ela andava pela casa de manhã sem nada por baixo. Com o passar dos anos, a peça ficou esticada nos pontos que ela puxava até as coxas, mas não era longa o bastante para cobri-la quando ela se inclinava daquele jeito, com as pernas esticadas, para pegar suas calças no chão, os quadris tão flexíveis que era capaz de apoiar as palmas no chão quando tocava os dedos dos pés.

— Admita! — grita ele para o quarto vazio, chutando os lençóis para os pés, a cabeceira batendo, mais alto, mais rápido, uma manga do suéter agitando-se furiosamente. O sangue latejando. — Eu queria. Eu queria. Eu queria.

Dez

Aquilo aconteceria mais cedo ou mais tarde. Ele não podia se esconder de Katie para sempre. Outro dia de sol brutal. O leite ficou morno nos degraus da entrada. Ela o segue até a cozinha, sacudindo as chaves como uma corretora de imóveis e tilintando as duas garrafas de meio litro que ele havia esquecido com a sua chegada.

— Eu sempre penso em deixar um bilhete para o leiteiro — diz ele. Não é algo fácil de fazer. A segunda garrafa sempre era de Mira.

Katie coloca o leite na geladeira, fazendo uma careta para o caos dentro de casa. Ele começa a se desculpar.

— Ok, ok. Agora vamos dar uma olhada em *você* — diz ela. Ele se retrai quando ela escancara as cortinas da cozinha. Katie está usando um vestido com uma estampa alegre de rosas abertas, e sua pele está corada, os braços nus. O vestido está ajustado na cintura por um cinto largo de verniz vermelho que reflete a luz quando ela se move.

Katie dá as costas à janela e avança até ele parecendo um arbusto em flor.

— Ah, Jude. — Ela estende a mão na direção dele. O cão chega saltitando do jardim e pula sobre as patas traseiras, tentando lambê-la. — Pelo menos alguém está feliz em me ver — comenta ela, agachando-se para afagar as orelhas dele. — Bom menino, Zephon. Acho que ele brincou com algum bicho morto. — Julian foge para encher a chaleira. — Ele está fedendo. — Katie cheira os dedos, faz uma careta. — Para ser sincera, vocês dois estão fedendo.

Ele ergue a axila até o nariz. Concorda.

— E quando foi a última vez que você fez a barba?

Ele fecha a torneira e passa a mão ao longo da mandíbula, um gesto que a deixa coçando. Ela se aproxima e tira a chaleira da mão dele, passa um pouco de água nas mãos e olha em volta em busca de algo para secá-las.

— Sinto muito — diz ela. — Não consigo nem imaginar o que você está passando.

Ele lhe entrega um pano de prato, envergonhado por estar tão encardido, pelas garrafas vazias espalhadas pela cozinha, pelas tigelas com restos de refeições grudados, pelo seu próprio fedor.

— Vamos lá. — Katie enxuga as mãos e dá um leve empurrão em Julian na direção da escada. — Toma um banho e faz a barba, e eu vou fazer uma limpeza aqui. Minha mãe está com os meninos; vou preparar o café da manhã para você e não vou obrigá-lo a falar se não quiser...

O som da água na banheira faz com que sua consciência evoque uma canção, a batida das baquetas e uma cantora com voz sussurrada: *Easy, easy, easy. Loving you is easy*. Ele volta direto ao hotel Marylebone da Great Ormond Street. A música estava tocando no bar; uma campana cadenciada, percussão aquosa, a cantora sueca pronunciando *"easy"* como "ici", o que provocou sorrisos entre ele e Katie.

Katie naquele vestido azul apertado demais, a tristeza e o perfume de jacinto enjoativos. Come petiscos, hambúrgueres pequenos e requintados. Ela contava sobre o fim humilhante de seu casamento. Ele mal prestava atenção; Katie podia estar falando sobre o fim humilhante de sua escova progressiva. Em vez de ouvi-la, ele desenhava em um guardanapo de papel a cozinha de Firdaws: linhas e setas indicando onde os armários deveriam ficar, a disposição dos azulejos, os lugares de panelas e frigideiras. Em um segundo guardanapo, ele desenhou uma planta do quarto de Mira; o pé da cama tinha que ficar virado para a janela, prateleiras ao longo da parede à direita da porta.

— Foi quando eu estava de licença-maternidade do Billy — dizia Katie. Julian queria pedir que ela mandasse acarpetar o quarto de Mira para que ela não tivesse que usar chinelos quando chegasse em casa. Seu quarto no hospital era de um linóleo lustroso, como todos os outros quartos. — Camilla era assistente dele em sala de aula. Muito original.

Ele largou a caneta, percebeu que estava faminto e enfiou um hambúrguer na boca. Katie dizia que não conseguia deixar de pensar em todas as vezes em que entrou na sala dos professores no intervalo e todo mundo ficou em silêncio.

— Ela tinha um cordão com uma cruz de rubi, e todos sabiam que aquilo havia sido presente dele.

Julian pensou em Mira em seu leito de hospital, a mão sobre o lençol, e em Julia na cama de acompanhantes com o braço esticado para tocá-la.

— Tudo começou quando eles fizeram uma escalada em grupo — continuou Katie. — Adrian voltou com um estiramento na virilha. *Da escalada*.

O garçom chegou para limpar os restos de batatas fritas enquanto Katie listava os pecados de Adrian. Houve complicações quanto à venda da casa; Katie e os meninos teriam que permanecer na casa da mãe dela depois do verão, e ela daria todas as aulas de reforço que pudesse.

— Eu não vou voltar para lá — afirmou e ergueu a mão, mostrando um dedo que havia se tornado mais gordo ao longo do tempo dentro da aliança de casamento. — E isso tem que desaparecer...

Ele pediu um pouco de manteiga ao garçom; era o mínimo que podia fazer, uma vez que seus planos já estavam na bolsa dela, prontos para se tornarem realidade. O garçom trouxe a manteiga em uma cesta com pães. Estava macia, quase derretida, quando ele a desembrulhou. Julian pegou o papel alumínio para espalhá-la ao longo do dedo anelar de Katie e, enquanto ele o besuntava, ela virou a cabeça para o outro lado, como se fosse um procedimento médico. Ele torceu o anel para a frente e para trás, até que ele deslizou do dedo com surpreendente facilidade.

Katie olhou para o dedo tão claro e desnudo.

— Creio que isso foi realmente inapropriado da minha parte. Pedir que você....

Ele limpou a aliança e a devolveu para ela. O dedo tinha uma faixa de pele mais pálida.

— Pense que, para mim, não foi nada além de tirar uma farpa — retrucou ele.

— Isso é realmente muito insensível da sua parte. — Como pedido de desculpas, ele deu de ombros. Ela sorriu sem mostrar suas covinhas e pegou um dos pães. — Sei que não deveria ter tocado nesse assunto.

Ah, ela tinha boas intenções. No banheiro, ele ensaboa o rosto. Sua consciência não o deixa em paz; não faria mal ser um pouco mais gentil com sua ex-namorada, diz ela. Ao procurar a navalha, ele limpa o vapor do espelho e é atingido por uma onda de saudade tão forte que o obriga a fechar os olhos, mas mesmo assim ele a vê fazendo bagunça com água do outro lado do banheiro, sua Mira, como uma pequena elfa com os cabelos em um coque, vendo-o fazer a barba. Mira gostava quando ele colocava espuma no rosto dela e o imitava, usando um palito de picolé no lugar da lâmina, fazendo caretas, projetando o queixo de forma engraçada.

Ele se inclina na direção do espelho e aplica a espuma, começando pela garganta. O banheiro é antiquado, não sofreu mudanças desde a época de seu pai ou possivelmente até de seus avós: uma suíte bege que sempre o fazia pensar no creme de uma torta de limão, uma estante de bronze do outro lado da banheira com um espelho redondo inclinável que servia de apoio ideal para um livro. Ele abre mais água quente, começa a passar a lâmina pelo rosto. Sua consciência permanece ali em meio ao vapor: lembre-se, se não fosse por Katie, ele não teria Firdaws de volta. Ninguém mais teria contado a você que ela estava à venda. Nem mesmo Michael. Ele *escondeu* de você. Os pelos da barba caem como troncos no deserto nevado de seu pescoço.

Foi o destino que fez com que Julian levasse Mira para tomar o reforço da vacina naquele dia, caso contrário ele nunca teria sabido que Firdaws estava à venda. Ele tinha feito uma baldeação na estação de metrô de Angel Islington — haha, anjo, que ironia — e a viu: Katie estava logo à sua frente na plataforma.

No começo ele não tinha certeza; o cabelo estava diferente, muito mais louro. Ela segurava uma criança em cada mão, uma volumosa mochila de lona amarrada às costas como as corcovas de um camelo. Katie ainda não o tinha visto, mas, à medida que abria caminho pela multidão, ele se convenceu de que *era* mesmo ela. Katie apoiou o menino mais novo no quadril, as pernas gordas da criança se prendendo a ela como pinças, e, quando ela se virou para dizer algo ao filho, Julian reconheceu seu sorriso: aquele que ocupava mais um lado do rosto que o outro, a dupla covinha em sua bochecha que a tornava, sem sombra de dúvida, Katie, e assim ele chamou seu nome.

Ela estava mais rechonchuda do que ele lembrava, mas igualmente bonita. Seus seios voltaram à vida, ele ficou feliz em notar. Na última vez que vira Katie, a tristeza do término a emaciara de forma chocante; naquela época, a visão de seus pequenos seios apontando na camiseta fina o levara a querer atirar-se a seus pés e implorar por perdão.

— Katie?

Ela se virou, boquiaberta, incrédula.

— Julian? Jude? — Ela acenou as mãos de seus filhos para ele, as covinhas aparecendo. — O que você está fazendo aqui?

Três ou quatro trens se encheram e se esvaziaram enquanto eles conversavam, o ar correndo na direção deles como um suspiro, os meninos se agitando com impaciência.

— Billy. Artur. — Ela os fez dizer olá. — Eu me casei e tive esses meninos. — Ele bagunçou o cabelo de Billy enquanto Katie espiava a mochila para carregar bebês, onde Mira estava dormindo, a cabeça apoiada contra o pescoço de Julian.

— Ahhhhh... — disse ela lentamente.

Quando ele pressionou os lábios na bochecha de Katie naquele dia, sentiu-se poupado.

— Você mudou seu perfume. — Ele cheirou o pescoço dela.

— Bem, sete anos é muito tempo, o que você esperava?

Julian não podia se atrasar para a clínica, então anotou o número do seu telefone e o enfiou na mochila dela. Ele pegaria o próximo trem.

— Você sabia que Firdaws está à venda? — perguntou ela casualmente enquanto ele atravessava as portas do metrô, e seu coração deu um sobressalto.

Ele se sentia quase histérico de entusiasmo quando voltou a Cromwell Gardens. Freda estava saindo para entregar as plantas, as contas de âmbar de seu cordão batendo umas nas outras. Ela olhou para Julia espantada, já que Julian claramente não dizia coisa com coisa. Ele colocou a mochila no chão, Mira ainda dentro dela, enquanto Julia continuava cortando cebolas, franzindo a testa.

— É bom demais para ser verdade, isso tinha que acontecer. — Ele dançou em volta dela e a agarrou. — Firdaws está à venda.

Julia o observou com seriedade, finalmente baixando a faca e enxugando os olhos lacrimejantes na manga.

— Eles disseram isso a você no *posto de saúde*? — Ele não respondeu. Não havia razão para confundir as coisas mencionando Katie.

— Você tem que chupar miolo de pão enquanto corta isso — disse ele, arrancando um pedaço de pão e entregando-o a ela.

Julia soltou Mira da mochila.

— Do que você está falando, Julian? — Ela passou a mão livre pelo cabelo, depois cheirou. — Droga, cebolas.

— Eu tenho que entrar em contato com o corretor imediatamente. Mira foi muito corajosa com a vacina, por sinal, só reclamou um pouquinho — disse ele enquanto dançava em direção ao telefone.

— Firdaws? Está falando sério? — disse ela, detendo-o no meio do caminho.

— Você não vê? Nunca vou ter essa chance novamente.

— Isso é ridículo. — Ela afastou a cabeça quando ele tentou tirar uma pequena folha de seu cabelo, empoleirando Mira no quadril. — Você pensou em mim em algum momento? — Mira começou a chorar. — Não dá para sair de Firdaws para trabalhar, e todo o meu trabalho está aqui. O que eu iria fazer?

— Nós vamos inventar algo — respondeu ele.

Mira caminhava ao lado dele quando fugiram para Waterlow Park. Ela o puxava e se pendurava no braço dele, apontando ansiosamente para as coisas que queria conhecer, que desejava ver mais de perto. Cães, pássaros, um gibi caído tremulando na calçada, uma moeda de dez centavos na sarjeta. No parque, em um banco com sorvete de casquinha e luxuriantes azaléas em flor, ele contou a ela sobre Firdaws, sobre o quarto dela, que tinha sido dele, com estrelas prateadas nas cortinas, sobre os campos em que ela correria, o cachorro adorável que seria dela. Ele prometeu que a ensinaria a nadar no rio e mostraria filhotes de pássaros nos ninhos. Um esquilo foi suficientemente corajoso para saltitar junto deles e ouvir essas novidades maravilhosas. Julian ergueu o dedo aos lábios, dizendo a Mira para ficar em silêncio. Quebrou a ponta da casquinha, fazendo algo semelhante a uma pequena pá, e o esquilo parou ao seu lado e tomou o sorvete que ele lhe ofereceu, educadamente sentado em seus quadris redondos. Ele lambia o sorvete como uma criança cuidadosa, e Julian começou a inventar coisas que o esquilo dizia para ela em uma voz sussurrada, tipicamente colegial, até que as gargalhadas de Mira espantaram o animal para o pé de uma árvore.

— Você *sabia*? — Antes do fim do dia, ele estava no escritório de Michael, com as especificações do corretor em suas mãos. Saiu do metrô em disparada, atravessou as portas elegantes, enfrentou o sarcasmo da recepcionista ignorada, "Bom, boa tarde para você também" e deparou-se com Michael no patamar da escada de pedra, "Julian?". Percebendo a expressão em seu rosto, ele tomou o enteado pela manga e guiou-o até a sala de reunião, gesticulando para que se sentasse.

— Você *sabia*? — Julian recusou a cadeira, atirando o folheto com os detalhes da propriedade sobre a mesa.

— O quê? — Michael estava de pé ao seu lado. — Ah, estou entendendo...

— Você ficou com medo que minha mãe quisesse voltar para lá se descobrisse? Você teria que se aposentar se ela o convencesse... Como assim, recolher-se a Firdaws e desistir de tudo isso? — Ele gesticulou para indicar a sala com seu mogno lustroso, as janelas altas, as árvores da praça apenas começando a verdejar.

Michael balançou a cabeça.

— Como diabos você acha que vai comprar a propriedade? — A cabeça da recepcionista surgiu à porta, "Café?", e recuou sem esperar resposta.

— Eu vou vender Cromwell Gardens. Há bastante trabalho por lá, você mesmo disse. Ah, e vou adiar meu novo romance.

— Outra vez? — Michael fez uma expressão infeliz.

— Escute, Michael, eu sei que não vai ser fácil...

Michael puxou a cadeira, convenceu Julian a se sentar.

— Não foi bem isso que eu quis dizer — respondeu ele e pigarreou. — Você pensou em Julia? Ela parece muito feliz com o trabalho. O que vai acontecer com o negócio dela se vocês se mudarem para lá? Com tudo que ela construiu? Você espera que ela simplesmente largue tudo?

Julian ficou só um pouco envergonhado de responder que sim, era o que ele esperava.

— É o paraíso, Julia vai adorar — garantiu ele. — Eu nunca tive tanta certeza de algo na minha vida.

Michael pegou o folheto do corretor, passando direto por uma fotografia da cozinha desagradavelmente marmórea dos Nicholsons.

— É um monte de dinheiro para um homem com a sua condição.
— Ele apunhalou a página com o dedo.

— É para Mira. Você não acha que ela deveria ter a oportunidade de crescer em Firdaws? Eu vi crianças andando em fila na rua em frente ao nosso apartamento. De casacos cinza de escola, rostos cinzentos também. Não é o que eu quero para ela. E é o destino. Sim, isso mesmo. Não me olhe desse jeito; não sou um completo idiota, Michael. Está lá, as portas da casa estão abertas, eu devo isso a ela...

Eles haviam se tornado maiores que Cromwell Gardens, isso era um fato. De volta ao apartamento, ele passou um olhar crítico pelos cômodos. As folhas de papel milimetrado de Julia espalhadas pela mesa, seus lápis Caran d'Ache jogados de qualquer jeito na lata. No nicho junto à cozinha, sua mesa com todas as coisas empurradas na direção da parede para evitar que Mira as pegasse, os fones de ouvido jogados sobre as páginas de seu roteiro pela metade. Ele começou a trabalhar naquele roteiro quando Mira engatinhava a seus pés, não admira que estivesse demorando tanto. Nada bom. O quarto de Mira era minúsculo, cedo ou tarde teriam que se mudar. Não passava de um cubículo, com seu berço ao lado de uma janela com vista para o trecho do gramado que levava à estufa de Julia, perto o suficiente para ver as folhas pressionando contra o vidro.

A água está ficando fria à sua volta. Sua consciência não o deixa em paz, lembrando-o de que Katie também está passando por um momento difícil. Você vai ter que ser homem e descer mais cedo ou mais tarde. Você esteve neste banho por mais de uma hora, ela diz. Veja, as paredes estão transpirando.

— Bem melhor — comenta Katie quando ele desce, esfregando o cabelo com uma toalha. Ele está usando uma camiseta e jeans limpos. Ela demonstra aprovação. Há uma tigela de framboesas sobre a mesa, todas suculentas. Katie foi até o jardim para buscá-las; ela deve ter visto como ele tem sido negligente com as plantas, como deixa tudo morrer.

Ela preenche o silêncio com uma atualização sobre sua crise conjugal, pergunta se ele prefere ovos ou panquecas. Ele dá de ombros.

— Você escolhe.

— Por que eu sempre escolho safados? — pergunta ela, quebrando ovos em uma tigela. — Primeiro você, depois Adrian.

A cabeça dele está latejando; ela abriu todas as janelas, os carcarás grasnam lá fora.

— Por favor, Katie.

Ela se levanta da mesa, seu rabo de cavalo louro balançando. O ar está carregado de desinfetante. As superfícies brilham, ela varreu o chão, selecionou alguns ramos de jasmim para a mesa, arrumou a geladeira e retirou o lixo — as latas já transbordavam. Encheu o alimentador dos pássaros que fica pendurado no lintel enquanto os chapins azuis o censuram por ele não ter feito o mesmo. Ela lhe traz o bule de café e os ovos mexidos e se senta para passar manteiga em sua torrada.

Julian serve o café em duas canecas e, por um momento, quando pega o leite, é Julia e não Katie que ele vê diante de si à mesa. É Julia quem lhe passa o bule.

Katie oferece mais ajuda, tenta animá-lo, segura suas mãos, diz que ele deveria encontrar alguém com quem pudesse conversar, e isso faz com que ele tenha vontade de gritar diante de toda aquela psicologia barata.

— Entendo perfeitamente se eu não puder ser essa pessoa — diz ela. Os pássaros piam junto do alimentador. Vamos. Diga alguma coisa. Ela brinca com a ponta do rabo de cavalo. Ele gostaria que ela fosse embora. Sente-se dominado pelo cansaço.

— Posso arrastá-lo para um passeio? — pergunta ela, e com a palavra "passeio" Zeph salta da cadeira. — Vamos só até o rio?

Ele balança a cabeça. As aves discutem entre si, a luz do sol se reflete nas panelas. Ela aperta as mãos dele.

— Jude, eu realmente acho que você deveria tentar falar sobre isso.

Ele se liberta das mãos dela, fica em pé e começa a andar de um lado para o outro.

— Eu não conseguia acreditar que ela não se apaixonaria pelo lugar quando estivesse aqui — começa ele. — Lembra que vimos você e os meninos na noite em que nos mudamos para cá?

— Na fogueira, sim. Mira queria ficar com Billy e Arthur, mas você estava preocupado demais com as crianças maiores brincando com aquelas estrelinhas.

— E como Julia estava triste! Parecia que estava chegando para a própria execução.

Eles partiram de Cromwell Gardens na manhã de 5 de novembro, e estava escuro no momento em que chegaram a Firdaws. Uma grande nuvem negra em formato de meia-lua pairava acima das copas das árvores, como uma moeda entrando em um cofrinho. Ele quis atravessar o pórtico com Julia nos braços, mas ela riu dele, disse que ele quebraria as costas — além disso, ela ainda tinha Mira nos braços, sonolenta da viagem.

Ele havia arranjado para que a fogueira fosse acesa e para que houvesse flores na casa.

— Não parece acolhedor e aconchegante agora que os móveis estão todos aqui? — perguntou ele, e ela assentiu. Mira estava acordada agora e corria de um quarto a outro enquanto ele conduzia Julia pela casa. Eles fizeram uma parada na cozinha. Ela tinha lágrimas nos olhos.

— Eu posso ver porque você queria tanto isso de volta — disse ela. — Eu só espero que você esteja certo e que a gente encontre uma maneira de fazer isso funcionar. — E ela enterrou o rosto na camisa dele. Julian a abraçou forte.

— Obrigado por me deixar fazer isso — retribuiu ele, beijando o topo da cabeça dela.

No parque do vilarejo ardia uma enorme fogueira, as expectativas crescendo na medida em que eles abriam caminho pela multidão que a cercava. Rojões assobiavam, e fogos semelhantes a dentes-de-leão dourados estouravam acima deles. Julian se voltou para admirar o rosto erguido de Mira, que mais parecia um peque-no amor-perfeito sob o chapéu de lã. As luzes refletiam em sua pele, a boca estava aberta e os olhos arregalados de admiração, e ele encontrou mais prazer no rosto da filha observando o espetáculo do que nos próprios fogos de artifício. Ele pensou: é isso! O êxtase. Eu sou pai, que coisa!

O ar crepitava com a fogueira, criando vagalumes de brasas. Ele sentiu o cheiro de salsichas. As pessoas davam as costas às chamas com bochechas vermelhas, coradas. Além da fogueira, as velhas árvores e a igreja produziam silhuetas reconfortantes.

Mira, com as bochechas e o queixo sujos de caramelo, agarrou sua primeira maçã-do-amor nas mãos enluvadas. Ela se escondia das pessoas que diziam olá para seu carrinho: rostos velhos, cheios de dentes sorrindo à luz do fogo como abóboras. Querida. Fofura. Que belezinha.

Julia se agarrava ao braço dele e enterrava o rosto em seu ombro enquanto ele empurrava o carrinho de Mira pelas poças. Crianças com estrelinhas e colares vibrantes e fluorescentes dançavam ao redor. Muita gente contente em ver Julian de volta ao seu lugar. Julia mordendo o lábio quando se virava para sorrir, ele fazendo comentários constantes: "Essa é a Srta. Hamlyn mais nova, da loja do vilarejo... aquele ali com a bengala é o Sr. Horseman, dono da terra ao lado da nossa casa, ele envelheceu... Acho que aquela é a mulher dos estábulos, será que devo perguntar se há um pônei para Mira montar?"

Mira, no carrinho, se inclinava na direção das outras crianças, os braços esticados. Enquanto eles a empurravam em torno da fogueira, Julian se lembrava de sua própria empolgação quando menino neste parque do vilarejo, gritando de animação com os fogos, torrando salsichas em palitos na brasa, escrevendo seu nome com uma estrelinha acesa, ele e os outros garotos atirando rojões no teto do pavilhão...

Billy e Arthur passaram correndo, Katie agarrando-os pelos braços. Ela conseguiu pará-los quando o avistou.

— Jude!

— Ah, Katie. Eu me perguntava se você estaria aqui. — Ele colocou a mão no ombro de Julia, sentindo-se estranho ao fazer as apresentações e envergonhado pela expressão fechada dela. Katie o abraçou, despreocupada, e foi aí que ele notou que ela voltara a usar o perfume de jacinto da adolescência. O que a princípio o enterneceu, e depois o irritou profundamente.

Ele para de andar pela cozinha, senta e entrelaça as mãos na parte de trás da cabeça. O telefone está tocando.

— Deixa pra lá — diz. Katie está inclinada sobre a mesa, tirando algumas migalhas, empurrando-as com a lateral da mão para um pano.

— Quando voltamos do parque, Julia foi direto para a cama — relembra Julian. — Tivemos uma discussão furiosa porque eu não havia contado a ela sobre você.

— Sobre *mim*? — Katie para o que está fazendo. — O que eu tinha a ver com aquilo?

— Ah, você sabe, sobre você estar aqui. — Ele dá de ombros. — Naquele dia, Mira acordou com dor na barriga. Eu acho que aquele pode ter sido o começo de tudo. Meu Deus. Sempre dávamos Calpol a ela.

Ele volta a andar de um lado a outro, pisca para conter as lágrimas. Terá que pedir para Katie ir embora agora. O telefone não para de tocar.

— Devo atender? — pergunta ela, pondo-se de pé.

— Deixa. Deixa tocar.

Onze

Julian ouve a mãe chamando seu nome. Ele se esforça para acordar, reluta em voltar da escuridão, braços enredados na lama viscosa.

— Aquele pobre cachorro estava desesperado para sair — diz ela ao subir as escadas. Ele deve estar atrasado para uma prova, um ônibus, pior, ele tem que encontrar Mira, algas se enroscam em suas pernas, puxando-o para o fundo, apesar do movimento de seus braços. O rosto de Mira afunda em sua direção, rodopiando como uma moeda, águas-vivas pulsam em seu cabelos; Julian emerge para a luz com um sobressalto, Mira coroada de margaridas. Agora ele está totalmente acordado, corre para pegar seus jeans, quase caindo neles; Jenna entra no quarto antes que ele termine de fechar o zíper. Ela abana o rosto com as mãos, passando por cima das roupas jogadas com suas velhas pantufas em estilo chinês. Seu vestido está amarrotado, seus cabelos grisalhos precisam de cuidados.

— Mãe? O que você está fazendo aqui?

— Como você consegue dormir com as janelas fechadas? — pergunta ela, escancarando a cortina enquanto ele pega uma camiseta do chão e a enfia pela cabeça. — Isso aqui está fedendo como uma gaiola de hamsters.

Lá embaixo na cozinha, uma pilha de sanduíches feitos por Katie jaz intocada num prato de bolinhas. Ele não lembra se comeu alguma coisa depois que ela foi embora, mas seu estômago está roncando. Michael ocupa o limiar da porta no corredor, passando a cabeça por baixo do lintel, trazendo as malas do carro. Algumas moscas confusas hesitam em pousar nas superfícies subitamente limpas. A mãe se inclina para cheirar o pequeno jarro de jasmins que Katie colheu, depois anda pela casa abrindo cortinas e janelas. Michael dá um abraço peludo em Julian e ele agradece mentalmente a Katie por fazê-lo tomar um banho.

— Sua mãe anda histérica de preocupação... — Michael avalia Julian por cima de suas olheiras. — Ligamos sem parar — diz ele, olhando para o telefone. Sim, o telefone ainda está no mesmo lugar.

Jenna lhe dá uma xícara chocalhando em um pires, e o cheiro lhe sobe às narinas. O café persa com uma vagem de cardamomo flutuando, algo que Julia nunca adotara e por isso ele perdera o hábito.

— No final, decidimos que teríamos que vir e torcer para você estar em casa — completa Jenna.

— É um caminho bem longo a percorrer para dar com a cara na porta. — Julian não consegue deixar de soar petulante. Ele se joga à mesa, e Michael coloca um maço de papéis com vários centímetros de espessura na sua frente.

— Contratos — diz, empilhando-os. — E algumas propostas que talvez você ache interessantes. — Julian balança a cabeça, enquanto sua mãe alimenta o cachorro e tira o pó das superfícies como se nunca tivesse saído daquela casa. Só faltava apressá-lo para pegar o ônibus da escola. Ela enche a geladeira com vasilhas plásticas tiradas de uma bolsa térmica e fala sobre coisas que tinha visto na saída do vilarejo: as novas casas em Beardon Hill, o campo de críquete queimado.

— Afinal, que tipo de pessoa faz isso por diversão?

Michael acrescenta impressões de cada e-mail sem resposta à pilha. O dever de casa.

— Paramos no mercadinho do vilarejo. A Srta. Hamlyn mais nova disse que aconteceu na noite da fogueira, algum idiota com gasolina. — A mãe começa a manobrar a vassoura pelo chão, em todos os minúsculos cantos que precisam ser varridos, enquanto Michael lhe conta sobre o interesse da televisão em seu *Cães ingleses do século XVII*; uma boa produtora, ao que parecia.

— Eles querem que você escreva o roteiro... — Michael olha por cima dos óculos outra vez. — Achei que talvez seria divertido, e vai alavancar o restante da série... — Ele hesita quando vê a cara de Julian. — Sem dúvida é a melhor coisa a fazer. — Michael puxa uma cadeira e senta-se ao lado dele, pousando a mão grande e gentil sobre a sua. Ele gesticula para a pilha de papéis. — Sabe como é, manter a mente ocupada.

Julian levanta a cabeça, que antes estava apoiada nas mãos. Jenna, determinada a alimentá-lo, como sempre, serve pedaços de uma manga usando a lateral de sua taça de vinho como colher, deslizando as lascas para uma tigela.

— Sua pele está horrível — observa ela, entregando-lhe a tigela. Julian poderia responder que ela tampouco parecia bonita, com seu vestido cinza sem caimento amassado por ter ficado tanto tempo sentada no carro e com suas pernas ligeiramente descamadas acima das pantufas chinesas feiosas que ela pretende usar até a morte. — Coma — ordena, apontando para a tigela. A maquiagem se acumulou nos vincos ao redor de seus olhos, e a ponta do nariz está vermelha, uma das narinas reluzente. De uma forma terrível, ele fica feliz por ela parecer tão mal. Aquele papo furado o deprime. É alguma surpresa que ele não queira atender o telefone? Mas quando Julian se dá conta de que ela andou chorando, ele se obriga a desviar os olhos. Ele se concentra nos pedaços da fruta, no sumo que se acumula na colher, mas imagina que as lágrimas de sua mãe salgaram a manga e quase não consegue engolir.

Na estante, ele brinca com os animais de cerâmica: seu elefante empelotado, um par de texugos.

— Você ia fazer um com Mira.

— Eu lembro. Um porco-espinho — retruca ela, sentando-se na beira da mesa. — Vamos, querido, tome seu café da manhã.

— Depois que você mostrou um para Mira no jardim na véspera do Natal. Não foi isso? Ela fez você jurar?

Julian põe os texugos no lugar, alcança a prateleira mais alta e pega duas estatuetas, um homem de barro e sua esposa.

— O homem domina tudo — diz ele. — Lá no alto, acima de todos os outros animais.— Ele os deita na mesa. — Na verdade, mãe, não sei o que fazer com estes.

Ela olha do filho para as figuras de barro, fica de pé e o toma em seus braços. Julian sufoca seus soluços contra o ombro ossudo da mãe.

— Ah, foi um Natal tão lindo. — As palavras dela o arrebatam. Quando ela dá tapinhas em suas costas, é como se um balde vazio fosse puxado de um poço.

— Ele apareceu quando saímos para procurar o trenó do Papai Noel e se enrolou como uma bola quando Zeph se aproximou. Até então ela só tinha visto um porco-espinho em fotos. Levamos um pires de comida de cachorro, e Mira colocou a estrela prateada que vinha em um pacote de biscoitos ao lado dele, disse que era presente. — Ela suspira e estende a mão para tocar as figuras de cerâmica. — E ela não foi nem um pouco egoísta no dia de Natal. Ficou tão animada com os presentes dos outros quanto com os seus próprios. — Sua voz fica embargada e ela leva o punho à boca.

Michael dá um passo à frente.

— Por favor, prometemos que não íamos fazer isso. — Ele coloca a mão no ombro de Julian e lhe dá um apertão. — Vamos fazer uma caminhada ao sol.

Jenna assoa o nariz no lenço manchado de Michael, e Julian tenta encontrar uma desculpa para não sair. Zeph coloca as patas em seus joelhos, inclina a cabeça para o lado, súplicas em seus olhos.

Julian procura por seus óculos escuros, Jenna levanta um tapete. Até a luz que atravessa a janela fere seus olhos.

— Acho que fiquei agorafóbico — diz ele, sentando-se novamente, em dúvida sobre se não estava de fato com a doença. Michael o coloca novamente de pé e o empurra para fora da casa.

Jenna desvia o olhar do celeiro quando passam, dá o braço a Michael. Horseman havia recolhido seu feno, sinalizando o trajeto da casa para o rio com alamedas verdes margeadas por árvores silenciosas. O céu é de um azul seco e incansável. Zeph se lança adiante, farejando o ar como um prisioneiro recém-liberto, saltando sobre os rolos de feno para latir para as andorinhas.

Nuvens de pequenos insetos se elevam em torno dos pés na grama estorricada e no capim longilíneo dos campos alagados. Zeph fareja alguma coisa no ar e dispara em seu encalço, espalhando capim e carrapichos. Jenna aponta para as frutinhas nos arbustos, as bagas agrupadas apenas começando a ganhar cor.

— As amoras parecem promissoras este ano. Você tem que se lembrar de fazer geleia.

Eles passam por metade do corpo de um coelho cheio de moscas e têm de arrastar o cachorro para longe.

O bosque estava logo à frente: uma única bétula prateada tremulava nervosamente, marcando a entrada. Jenna aponta para a árvore, diz a Michael que é aquela que sempre tem visco.

Julian tinha levado Julia e Mira até aquela árvore para colher viscos no Natal. Eles saíram cedo, bem agasalhados, as botas chapinhando, Mira envolta em cachecóis, um chapéu amarrado no queixo com abas de tricô sobre as orelhas. Ela corria à frente em busca de poças, triturando as crostas finas de gelo cintilantes sob suas galochas, cantando uma canção desafinada sobre o menino Jesus que aprendera no jardim de infância.

Ele levava Julia pela mão; ela havia perdido suas luvas, mas ele aquecia as mãos dela entre as suas. Seu chapéu de lã era do mesmo azul claro de seus olhos, tão cristalinos e limpos quanto o céu do inverno. Ela puxou o chapéu para cobrir as orelhas e prendeu o cabelo, enrolando-o para dentro da gola de seu sobretudo. A ponta de seu nariz e suas bochechas estavam um pouco queimadas de frio; ela carregava um cesto, e tesouras de jardinagem assomavam do bolso.

Ele colocou Mira nos ombros quando a bétula prateada entrou em seu campo de visão, sua brancura tornando-a mais desnuda que qualquer outra árvore, um impressionante contraste com os bosques negros, um famoso marco mal-assombrado.

Mira brincava de adoleta na cabeça de Julian, que tinha que se contorcer para falar com ela.

— Veja, é a princesa das árvores, como num conto de fadas. — Ele colocou Mira no chão para que ela pudesse correr e fazer uma reverência. — Ali estão as joias da coroa — disse, apontando para o ramo solitário de visco, enfeitado com pérolas.

Julia batia palmas enquanto Mira subia o morro saltitando, ainda cantando sua canção.

— Você já espremeu um frutinho de visco? — perguntou ele, tentando alcançar um galho.

— Não que eu lembre — disse Julia. — Eu deveria?

— Eu usava como cola. Para purpurina e outras coisas quando fazia cartões de Natal — respondeu ele. — O visco fica pegajoso como sêmen.

Julia fez uma careta.

— Que infância saudável.

— Os antigos o veneravam como um símbolo dos testículos. Por isso beijamos sua parte de baixo... — continuou ele, puxando Julia para si junto ao tronco da árvore. Mira pulava em suas pernas.

— E eu? — gritava ela seu slogan, provocando risadas. — E eu?

Ele pulou novamente para a ponta do galho, agarrando o fruto.

— ... devido à sua aparência e à textura do sumo, que é, digamos, um pouco viscoso...

— Sim, já entendi — respondeu Julia.

Ele puxou o ramo para baixo, o suficiente para que Julia se esticasse e quebrasse alguns pedaços. Ele pegou um raminho da cesta.

— Essência masculina divina — declarou ele, segurando-o no alto, e, quando Julia se inclinou para beijá-lo, ele estourou uma frutinha entre o indicador e o polegar e passou na ponta de seu nariz. Julia gritou e pulou para longe.

— E eu? — continuava Mira.

Quando voltaram, eles prenderam ramos de visco sobre cada porta. Mira corria pela casa fazendo bico. Ela disse "Uuh, lá-lá!" daquela maneira atrevida que havia aprendido sabe Deus onde quando ele e Julia se beijaram na porta do banheiro.

Jenna interrompe seus pensamentos.

— Querido, eu realmente não vou mais falar sobre nada disso.

— Hein? — Ele não se deu conta de ter dito algo em voz alta. — Eu só estava pensando no visco.

— Por favor, entenda — continua Jenna quando eles contornam o bosque, passando por um campo onde cavalos trotam até o portão, esperançosos, levantando poeira, com moscas se banqueteando em seus olhos. Jenna se detém para falar com eles, para espantar as moscas e acariciar seus focinhos. Michael preenche o silêncio. Julian continua andando, olhando para os pés à medida que tocam o chão batido.

— Sei que é difícil — diz Michael, caminhando ao lado dele. — Mas você não vai querer atrasar seus pagamentos.

Jenna os alcança.

— É muito fácil afogar suas tristezas no fundo de uma garrafa de gim — diz ela. — Sei como vocês são, homens da família Vale. E eu vi todas as garrafas vazias nos fundos.

Se houvesse uma porta ali, Julian correria para fechá-la.

— Lembre-se de que seu pai era alcoólatra.

— Sério? Eu não sabia! — Julian pensa que simplesmente gostaria de dar meia-volta e ir para longe. Ela lhe dá uma leve trombada de quadril e o abraça, mas ele a rechaça. Ela usa o argumento do potencial alcoolismo desde a primeira vez que ele chegou bêbado de uma festa. Julian chuta um torrão de lama seca e cascalho. Era apenas questão de tempo até que ele também fosse encontrado morto ao volante. Seu pai havia *escolhido* a bebida, havia colocado-a acima da esposa e do filho, não era o que ela dizia? Ele encontra uma pedra e a chuta para as urtigas, assustando um pássaro e provocando grasnados dos outros.

— Bem, pelo menos você não está escondendo as garrafas vazias — observa ela. — E a casa não parece em mau estado. Para ser honesta, eu esperava que estivesse pior que um cortiço.

Bom menino, você limpou seus sapatos, arrumou seu quarto; ele balança a cabeça, chamando-a de vários adjetivos em sua mente enquanto ela continua a caminhar.

— Você está conseguindo trabalhar um pouco? — pergunta Michael.

— Katie veio me ver ontem, ela limpou um pouco a casa. — Ele ignora a pergunta de Michael. Não quer dizer que Katie armou uma emboscada. Que pensem que foi ele quem a convidou para visitá-lo, se isso for ajudar.

— Que bom. — Sua mãe lhe dá o braço. — Fico feliz que você não esteja se isolando do mundo. Ela voltou de vez para cá?

A cabeça de Julian lateja com o calor, o chão feito de pedras e poeira estorricada sob seus pés.

— Por enquanto sim, eu acho. Ela está trabalhando como professora auxiliar. Acha que tem uma boa chance de trabalhar na escola primária de Woodford.

— É bem longe para o fulaninho viajar para ver os filhos — comenta Jenna, fazendo um muxoxo.

Julian dá de ombros.

— O fulaninho está vivendo na casa do casal, não há muito mais que Katie possa fazer no momento.

— Ainda assim, Penny deve estar nas nuvens por ter seus netos em casa — diz Jenna. Ela dá um leve tropeço e em seguida apoia a cabeça no ombro do filho, e eles caminham desse jeito por um tempo, os passos confusos, o braço dele envolvendo as costas da mãe.

— Eu me lembro da primeira vez que você trouxe Katie aqui em casa — diz ela.

Julian não consegue deixar de sorrir. Um dia de julho, tão quente quanto este. A última viagem daquele ano letivo no ônibus escolar, a mão dele deslizando sob a saia dela. Sua pele muito suave e um pouco suada onde uma coxa se comprimia contra a outra. Katie olhava pela janela do ônibus como se nada estivesse acontecendo, a mochila apoiada no colo, gradualmente afastando as pernas e permitindo que sua mão vagasse por ali.

— Depois da escola. Foi só olhar para ela e eu já sabia que logo alguém teria que conversar com você sobre camisinha.

— Sim, certo. — Ele bufa, irritado com ela por envergonhá-lo. — Raph era meu fornecedor, você não tinha com que se preocupar.

— Você sempre podia pedir a mim — intervém Michael, causando arrepios em Julian. — Em vez de um estranho, um hippie.

— Raph não era um estranho — responde Julian. — Ele nem era mesmo hippie.

Jenna parece pensativa por um momento.

— Ele anda por aqui outra vez, aliás. Não acreditei no que vi quando passamos pelo trailer dele na beira da estrada. Há quanto tempo ele vem aqui? Quinze anos já?

Julian faz as contas nos dedos.

— Acho que eu tinha 15 anos na primeira vez.

— Ok, quase 15 anos — concorda Jenna. — Você estava um pouco difícil naquele verão e propenso a vagar sozinho por horas. Eu nunca sabia o que você estava fazendo. Você passava mais tempo com ele do que em casa. Mostrou a ele onde nadávamos, e depois disso eu me sentia um pouco como uma intrusa quando você estava lá com ele.

Julian aperta os ombros dela.

— Eu sinto muito, nunca me dei conta disso. Mas eu gostava dele. Nós lemos vários dos mesmos livros.

— Tudo bem — diz ela. — Todo mundo sempre disse que você precisava encontrar uma espécie de mentor do sexo masculino. — Michael pigarreia, mas ela interrompe o que quer que ele pretendia dizer. — Mas eu não gostei quando você raspou a cabeça depois do primeiro verão que ele passou aqui. Você ficou com cara de baderneiro.

O verão de 1983. O trailer de Raph na beira do rio, ripas espalhadas, escandalosamente pintadas de roxo e marrom, cães correndo perigosamente perto do local em que o machado caía, um homem musculoso e de cabeça raspada inclinando-se para levantar a lâmina, a bota apoiada num toco de madeira.

Raph estava sem camisa, queimado de sol, as tatuagens saltando aos olhos, quando ele desarmou Julian com um sorriso que transformou seu rosto em um raio de sol. Ele gesticulou para que Julian se aproximasse. Não era possível ver os cabelos na cabeça dele. Seus cachos lustrosos não seriam revelados até o verão seguinte. Seus olhos cintilavam.

Ele lançou o machado de modo que a lâmina ficou presa na relva e enxugou o suor do rosto com o lenço vermelho e branco, manchado, que desatou do pescoço. Por cima de seu ombro, Julian podia ver o interior do trailer, as prateleiras de ripas coloridas apinhadas de coisas: livros, jornais, louça pendurada em ganchos. "Eu me perguntei se você poderia me dizer qual é o melhor lugar para nadar", disse Raph enquanto apertava a mão de Julian.

— Então ele só vinha em agosto? Para onde ia no resto do ano? — pergunta Michael enquanto eles seguem caminhando.

— Ah, um monte de lugares, Devon, Dorset, Glastonbury, Gales. Mas junto com outras pessoas como ele. Ele dizia que precisava tirar agosto para si mesmo, por isso vinha para cá.

Michael pigarreia com um ligeiro "humph".

— Deve ser uma bênção para o vilarejo que o grupo todo não venha junto com ele. Não imagino ninguém daqui gostando muito da ideia.

— Sim, sempre havia um falatório quando alguma máquina desaparecia — comenta Jenna. — Não deve ter sido bom para ele, quando o conselho comunitário começou com seus chiliques. E admito, eu me preocupava às vezes com o tempo que você passava junto com ele. Uma vez saí à noite atrás de você e lá estavam os dois, como uma dupla de ciganos, gargalhando, cervejas na mão, uma pequena fogueira acesa. Você não me viu. Eu me lembro de ter parado ali e pensado que aquele parecia um modo de vida bastante atraente; quase quis me juntar a vocês.

— Eu não suportaria não ter como tomar um banho — confessa Michael, ligeiramente sem fôlego.

— Ele é a pessoa mais feliz que eu já conheci. — Julian sorri só de pensar em Raph. — Não fazia muito tempo que ele estava na estrada quando começou a vir para cá. Ele só se juntou ao grupo de hippies quando pediu dispensa da Marinha; ele presenciou o naufrágio do *Belgrano*. Tomou sua decisão em...

— Maldita Thatcher — pragueja Jenna. — Não admira que ele tenha mudado de vida.

— Sim, e acabou em outra batalha. Você se lembra do estado do trailer dele após o conflito de Beanfield? — Julian se arrepia ao pensar no tanque de água furado, a janela tampada com papelão, as ondulações na lateral onde pés de cabra rasgaram a lataria do trailer.

— Eu não conseguia acreditar que ela ainda andava. Eles quebraram todas as janelas e chutaram as portas para dentro. O grupo estava apenas tentando chegar a Stonehenge, não havia necessidade daquilo. E a cara do pobre Raph... — Uma linha lívida e orgulhosa marcava a maçã do rosto de Raph, resultado de ter sido arrancado de seu trailer pelo para-brisa.

— Eu vi no noticiário — lembra Jenna e faz uma careta. — Aquela mulher maldita queria mostrar força. Eles realmente estavam batendo em qualquer um. A polícia parecia apenas um bando de arruaceiros uniformizados. Alguns ônibus foram incendiados, fumaça em todo lugar, e eu nunca vou esquecer a visão de uma mulher grávida de vestido branco parada entre pés de feijão, implorando para ter autorização de ir embora, e crianças aterrorizadas correndo e gritando em volta dela.

— Raph teve que levar pontos — diz Julian. — Ele tentou negociar com a polícia. Eles queriam ir embora, mas foram encurralados no campo. Era como se a polícia tivesse recebido ordens de não deixá-los sair até dar uma surra neles e incendiar suas casas.

Em um arbusto, Zeph espanta um faisão que alça voo grasnando, e eles param para assistir à deselegante decolagem. Com os dedos como pistola, Julian finge atirar na ave várias vezes.

Eles chegam ao rio, e Jenna pega a toalha de piquenique de Michael, sacudindo-a na margem. Os gansos fizeram cocô por toda parte. Eles chutam as salsichas de cocô verde para a água.

— Bichos imundos, estão sempre importunando e sequer são bons para comer. São como um peixe duro e gorduroso — comenta Jenna. — Você vai convidar Katie para vir de novo enquanto estamos aqui? Ela estava tão bonita no Natal, não engordou nada. Considerando como a mãe dela ficou gorda...

— Não deve ter sido muito agradável para Julia encontrar sua ex-namorada bem ali descendo a rua — interrompe Michael, atirando-se sobre a toalha. Julian se vira de frente, apoia a cabeça nos braços; gostaria que ele parasse. Não teve sorte. — E com Julia sempre tendo que ir a Londres, não deve ter sido nada fácil mesmo — conclui Michael, e, embora seus olhos estejam fechados, Julian sente a mãe tentando silenciá-lo com um olhar.

Michael estava presente na segunda vez em que Julia e Katie se encontraram. Era véspera de Natal. Julia, as bochechas coradas pelo vinho, descalça, colocava os restos de seu jantar de cordeiro na tigela de Zeph, o cabelo escapando de um lenço floral verde e branco. Michael junto à árvore de Natal, girando uma taça de vinho tinto, vestia um festivo colete amarelo que lembrava a Julian a raposa de um desenho animado. Mira correu para a janela: "É ele, o Papai Noel!" Luzes piscavam no caminho que leva à entrada da casa. "Jingle Bells" se tornava cada vez mais alta. Jenna veio pelo corredor em seu mais novo par de pantufas chinesas e escancarou a porta para o coro dissonante da St. Gabriel. Em meio ao aglomerado de homens, mulheres e crianças, Katie se destacava com seu casaco acinturado, a gola de pele emoldurando seu rosto como névoa. Seus meninos, cabelos louros sob suas toucas, eram querubins num cartão de Natal, os rostos iluminados por velas em potes de geleia. Michael, com sua intensa voz de barítono, saiu para se juntar a eles, abrindo o braço como Pavarotti. Atrás dele, em um canto na sala, Mira saltitava, e Julia o abraçou pelas costas, sibilando em seu ouvido: "Essa é Katie, não é?"

Jenna só tinha olhos para sua velha amiga Sue, que acenava e sorria enquanto cantava com uma lanterna na mão. Jenna sussurrou "você está fantástica!", e, quando terminaram, perguntou se eles cantariam outra canção diante da lareira. Ela se ofereceu para trazer xerez e uma torta, dirigindo um olhar breve para Julian para ver se não estava passando dos limites.

— Você não mudou nem um pouco — disse ela, abraçando Sue na porta.

E Sue entrou.

— Ah, e Firdaws está exatamente a mesma. Como se vocês nunca tivessem ido embora.

Jenna apontou para Julian.

— Sim, suponho que sim. Embora seja casa dele agora...

Julia estava parada bem ao lado de Jenna.

— E de Julia — disse ele, sisudo, estendendo a mão. — Minha e de Julia.

O coro foi para dentro da casa, deixando suas botas na porta, embora Julian insistisse que não havia necessidade daquilo. Mira saltou sobre Billy e Arthur. Os meninos das estrelinhas, ela os chamava. "Sim, e depois fomos para casa e a vovó tinha mais estrelinhas só para nós", gabou-se Arthur, limpando o nariz na manga do casaco. Julian desejou que Katie não estivesse vermelha da gola até a raiz dos cabelos louros e que não tivesse acabado de chamá-lo de Jude, o que fez Julia erguer uma sobrancelha. Ele sumiu da sala quando sua mãe o chamou para pegar o creme de conhaque.

Para alívio de Julian, Katie parecia esquecida ao amanhecer do dia de Natal, e ele e Julia se abraçaram na cama, espantando o sono dos olhos, o galo ainda em silêncio. No quarto de hóspedes, o suave dueto de roncos de Michael e Jenna se encerrou quando Mira os chamou, rindo diante de sua meia natalina. Eles a viram da porta, seus sorrisos crescendo à medida que a alegria dela os contagiava. Mira se viu rodeada de papel de embrulho, pronunciando cada palavra como uma senhora educada: "Era tudo o que eu queria." Ela soprou um apito de trem, apertou o pato novo para o banho, fez o pequeno gato de madeira dançar sobre as patas de elástico, fez todos rirem.

Junto à árvore de Natal, Michael sorriu quando Jenna entregou a Julian um grande pacote.

— Ah, espere até ver o que ela fez para vocês — disse Michael, esfregando as mãos.

— Shhhh — Jenna cutucou o colete dele. — Você vai estragar a surpresa.

Julian e Julia passavam o pacote de um para o outro no chão.

— Você abre.

— Não, você.

— Cuidado! Não sacudam! — alertou Jenna. — Ah, pelo amor de Deus, abra um de vocês. Julian?

— E eu? — ouviu-se a voz de Mira, e eles colocaram o pacote com fita de cetim verde diante dela no chão.

— Mas lembre-se de que é para o papai e a mamãe — disse Jenna a Mira, que puxava o laço e rasgava o embrulho. No interior havia uma caixa resistente com tampa solta. — Tenha cuidado agora — pediu Jenna quando Mira enfiou a mão no papel de seda e agarrou duas figuras de cerâmica, uma em cada mão. — Ah, não bata uma na outra, querida. Estou bastante orgulhosa delas.

Eram lindamente esculpidas e pintadas, nuas à exceção das misericordiosas folhas de parreira que Jenna posicionara em seus púbis. Julia imediatamente abraçou Jenna e foi retribuída com um beijo no rosto, mas a atenção de Jenna já estava presa a Julian, que riu dos joelhos ossudos da figura masculina.

Agora Julian está sentado na margem do rio, e eles não querem se recordar de nada daquilo. Uma libélula pousa no ombro de Jenna, e ela fica imóvel para que os outros possam admirar a joia esmaltada. O sol aquece suas costas. Zeph se acomoda um pouco mais acima no barranco, atento.

Jenna se levanta e estica os braços acima da cabeça. Caminha para a margem do rio.

— Deveríamos ter trazido toalhas.

Michael e Julian trocam olhares de pânico.

— Sua mãe me fez nadar no Serpentine no aniversário dela — comenta Michael, parecendo ter pena de si mesmo.

Julian suspira.

— Ah, que pena. Vocês deveriam ter vindo para cá... Não posso acreditar que esqueci.

Jenna dá meia-volta.

— Foi semana passada — diz. — E ninguém esperava que você lembrasse. Não neste momento. Enfim, eu não estou com meu maiô. — Ela se joga no lençol junto deles. — E aquela vez que viemos aqui para o meu aniversário, um monte de gente, e seu amigo Raph nadou pelado? — A lembrança fez Julian gargalhar. Raph não se importava com nada; ele entrou na água e riu para eles, cantando "feliz aniversário" para Jenna e levantando a mão para saudá-la, as tatuagens nas escápulas como asas.

Jenna ri.

— Sue era totalmente a favor de que todos nós arrancássemos nossas roupas para entrar com ele. — Por um momento ele aprecia a lembrança de Sue saltando da margem como grandes montes de marshmallow.

— Foi no primeiro ano que ele veio — recorda Julian. — Depois disso, ele passou a usar calções.

— Estou velho demais para sentar nessa terra dura — reclama Michael. — Vamos para casa.

— Você acha que conseguirá vê-lo? — pergunta Jenna, continuando o assunto. — Eu adoraria saber como ele tem passado.

— Por que está tão interessada de repente? Você nunca se importou com Raph, só me interrogava sobre ele.

— Bem, é lógico — diz ela.

De volta a Firdaws, Jenna se dedica a grelhar algumas costeletas, colocar água para ferver, cortar maçãs e cebolas e circular pela casa como se nunca tivesse se mudado dali. As tábuas de cortar estavam onde deveriam estar, empilhadas ao lado do armário de vidro, as facas dispostas no suporte de sempre junto da pia. Katie não poderia ter feito uma reconstrução mais fiel.

Jenna traz pratos e talheres da cozinha e gesticula para que Julian arrume a mesa. As figuras de cerâmica estão onde ele as deixara: o homem ligeiramente virado de lado na direção da encantadora curva da cintura da mulher, a pele lisa da cor do papel pardo, olhos de um tom azul, cabelos tão lustrosos quanto uma castanha nova.

O cheiro gorduroso de carne grelhada enche a sala. Jenna balança a espátula na direção de Julian, sugere que ele coloque uma música depois de arrumar a mesa. Ele estica o braço e pega a estátua da mulher. Ela tem proporções primorosas, uma beleza, talvez um pouco mais dotada de seios do que Julia. Seus olhos azuis brilhantes, ele agora vê, são um tanto insanos.

Jenna traz a jarra de água para a mesa e começa ela mesma a arrumar os pratos enquanto as costeletas estalam e gotejam na grelha. Ela vê Julian sentado com a estátua na mão e avança até ele, obrigando-o ficar de pé num salto.

— Ok, eu vou ajudar!

— Me dá isso aqui!

Ela arranca a mulher da mão dele.

Ele tenta gritar "Não!", mas a palavra sai devagar demais e ela já arqueia o braço para trás e arremessa a cerâmica contra a geladeira, espatifando-a. Zeph late, e Michael entra na sala com o telefone ainda na orelha, vê os pedaços no chão.

— Que diabos foi isso?

Doze

Luzes. Ação. Corredor lustroso, pés no chão. Ruído do elevador, estômago embrulhado, outro corredor brilha, a grade da cama estremece, uma cabeça repousa no travesseiro cor de sebo. O túnel de acrílico, tudo passando muito rápido; ele se sentia como se estivesse sendo engolido por uma baleia. O bipe de alguém dispara, luzes fluorescentes. Uma mão pressionada contra a testa de Mira, o cicio das portas duplas onde se lê "UTI Pediátrica".

Formas imóveis à deriva em mares de fios e tubos, um borrão de monitores, ondas de néon, horizontes, montanhas, linhas de sinais vitais. Máquinas chocalham, vozes murmuram e chamam, um telefone toca e um alarme soa, bipe bipe bipe. Os bings e bongs dos respiradores, monitores empurrados para suas posições, o ruído de bombas e fitas mantendo os tubos no lugar. A mão de Mira está inerte na sua. Seus minúsculos dedos parecem feitos de nicotina.

Um dos mostradores está piscando uma luz vermelha, e ele não consegue descobrir o porquê. Bate no aparelho com a palma da mão, como se tentasse desprender uma moeda de uma máquina de autoatendimento. Atrás dele, outra pessoa tira a sorte grande com o estrondo de metal contra metal; uma bandeja de cirurgia cai no chão, espalhando seu conteúdo. A moeda não se solta, e agora ele está socando a máquina com o punho. O respirador chega a parar, pondo o alarme num frenesi, e os olhos de Mira se abrem. Ele sacode a cama dela como se fosse uma máquina de pinball e as enfermeiras chegam correndo.

Julian acorda coberto de suor. Sua mãe está de pé diante dele com uma caneca fumegante de café com cardamomo.

— Beba enquanto está quente, querido. — Jenna se senta na beira da cama e ele pega o telefone para ver as horas. Sua mão não para de tremer.

— Merda — pragueja, apoiando-se nos travesseiros. Ele balança a cabeça, tentando dissipar seus pesadelos, mas é inútil. — Meu Deus, não paro de ter o mesmo pesadelo. — Jenna lhe entrega a caneca e vai até a janela.— Isso nunca vai acabar? Não consigo evitar. Eu a vejo na UTI, todos aqueles tubos, o cabelo dela caindo, o couro cabeludo todo amarelado. — Ele protege os olhos quando ela abre as cortinas.

— Shhh...

— Eu temia que ela acordasse e visse que o cabelo havia desaparecido, que susto ela teria...

— Julian, não faça isso.

— E eu queria que ela acordasse de novo, ansiava por um sorriso dela, horas e horas. E depois acordei aqui e pensei em todas as vezes que ela passou mal e eu a evitei colocando um vídeo para ela ver.

— Pode, por favor, parar de se martirizar? — pergunta a mãe, inclinando-se sobre ele e colocando a palma da mão em sua testa. — Você não tinha como saber o que estava errado.

— Não? — As mãos dele se lançam para a cabeça.

— Para agora com esse negócio de puxar o cabelo!

— Você não tem ideia de como eu ficava irritado quando ela passava mal... — Jenna tenta silenciá-lo, passar a mão por seus cabelos. — Eu sentava ela na frente da televisão com queijo e biscoitos até a hora de dormir...

— Eu fazia exatamente a mesma coisa com você. Você era praticamente um pai solteiro durante a semana.

— Eu a enchi de Calpol quando deveria ter procurado um médico. — Ele põe o travesseiro sobre o rosto, enterra seus punhos nele.

— Julian, já passamos por tudo isso centenas de vezes. Você *levou* Mira ao médico. Você a levou ao Dr. Andrews várias vezes.

— E em todas elas eu deixei que ele nos mandasse de volta para casa. — Julian abaixa o travesseiro, imita o velho médico que o despachava, um sorriso tolerante. — "Sim, crianças ficam doentes, têm febre e dores de barriga." — Ele se enfia de volta nas cobertas. — Pobrezinha!

Jenna tenta tirar o travesseiro de seu rosto, mas Julian se agarra a ele, implora para que ela o deixe em paz.

— Julian, por favor, para com isso. Levanta agora e vamos levar aquele pobre cachorro para um passeio.

— Não posso. Eu só quero dormir. — Ondas de desespero tomam conta de seu corpo. Sua mãe se senta e esfrega suas costas exaustas, falando algo sobre dar um passo de cada vez.

Ele precisa trabalhar, nada mais vai salvá-lo. Jenna o obriga a abrir a caixa de correio. Ela lê por cima do ombro dele. Há notificações da empresa que fez a obra da casa e da financeira, más notícias do banco. Os cálculos de seu contador tinham sido otimistas quando ele foi procurá-lo para tratar de Firdaws: no fim, a venda de Cromwell Gardens cobriu menos da metade das despesas. Este ano, sua resolução de Ano-Novo era trabalhar duro para tirá-los da confusão em que haviam se metido.

— Vou brindar a isso. — Julia batera sua taça na dele enquanto o Big Ben badalava e fogos de artifício explodiam na televisão. Por Deus, ele quis dizer, estou fazendo o melhor que posso. Eles deveriam estar em uma festa em Londres, mas Mira estava com mais uma virose. A festa era em uma casa flutuante em Hampton Wick, com um leitão assado e música no deque; Freda estaria lá, e William. Karl iria com a namorada de Amsterdã. Jenna e Michael tentaram convencê-los a ir; não seria problema nenhum cuidar de Mira. Ela tremia no sofá, apesar da bolsa de água quente em seu peito e um cobertor. "Mas e eu?", ela não falou, mas ele podia ouvi-la mesmo assim.

Julian foi buscar o Calpol. Que lugar melhor para ver o Ano-Novo do que aqui, ele pensara, vendo Julia sentada com a cabeça de Mira em seu colo, afastando suavemente os cabelos de sua testa, o aroma de pinho e as luzes da árvore de Natal, os galhos da macieira estalando no fogo.

Julia tomou um longo e silencioso banho a portas trancadas no que ele ainda chamava de banheiro dos Nicholsons. Julian parou no patamar da escada para sentir o cheiro do óleo de banho, uva e rosas, e resistiu à tentação de bater na porta para entrar. Pensar naquela banheira oval monstruosamente fora de lugar, ocupando o espaço onde deveria estar a cama, e nas paredes de mármore falso ajudava-o a ignorar seu Bonnard interior. Ele foi ver Mira. Ela estava deitava na cama, a boca aberta, roncos constantes, um braço atirado na testa, sua temperatura estabilizada pelo mágico Calpol.

No térreo, Jenna resmungava sobre a torta de peru e presunto, que estava ficando ressecada. Por fim Julia se juntou a eles, parecendo mais relaxada depois do banho, a pele brilhando com loção corporal. Ela usava seu suéter lilás e jeans e, presas no cabelo, as íris de seda que ele colocou em sua meia de Natal. Jenna ficou boquiaberta quando as viu.

— Que lindas! Combinam com seu casaco. — Ela apontou para as flores, e Julia levou a mão à cabeça e riu.

— Ah, eu usei para prender o cabelo e evitar que molhasse. — Ela começou a soltar o cabelo e a passar a mão nele, agitando os fios.

Julian pegou as flores de seda. Fechou e abriu a presilha, que se agarrou à pele de seu polegar como uma pequena mandíbula de plástico. As pétalas de seda tinham sido pintadas à mão por uma mulher do vilarejo vizinho: íris delicadamente coloridas com caules pretos e aveludados, e um ardente amarelo no centro. Ele havia encontrado as flores no bazar de Natal da Igreja de St. Gabriel e tinha feito Mira jurar segredo quando o viu comprando a peça."Pela mamãe", disse ele, o dedo nos lábios. Ela o imitou dizendo "Juro por

Deus", colocando a mão sobre o peito em um gesto solene, o que sempre lhe dava arrepios.

Ele parou atrás de Julia, afastando seus cabelos para o lado para respirar o aroma cálido de sua nuca, a nova loção de uvas e rosas e o almíscar mais profundo de sua pele.

— Para de me apertar. — Ela saltou para longe, e ele ficou tão chocado com a expressão dela que deixou cair as íris no chão, onde ficaram até que Jenna as pegou e colocou no alto da cristaleira, como uma grinalda aos pés do homem e da mulher de cerâmica.

Ele se retrai ao pensar no espaço vazio sobre a cristaleira, na fúria de Jenna na noite anterior; a mulher que ela tinha feito com tanto carinho atirada no chão, aos pedaços. Ele ainda acha chocante a violência daquele ato. Sua mãe agora parece mais calma, com sua mão macia de cremes pousada em sua testa.

Para variar, a cabeça de Julian está latejando. Ele queria que Jenna não abrisse as cortinas. Guarda o último gole de café e toma-o com um paracetamol. Desejava também que ela não abrisse as janelas: os pássaros estão insuportavelmente agitados, brigando e gritando. Há uma brisa, e as trepadeiras balançam. Ele vasculha a gaveta de sua mesa de cabeceira em busca de analgésicos. Vaselina, vitaminas, cortadores de unha, pedaços de papel. Ele pega um limpador de cachimbo dobrado no meio, acinzentado de poeira, nenhum sinal dos coelhos que tinha feito com eles para divertir Mira, os rostos pintados de canetinha; toda uma família de coelhos, todos com nomes. Ele sorri quando se lembra de Mira fazendo a voz do Bebê Coelho, o divertido chiado agudo, sua risada estranhamente rouca, e continua a vasculhar a gaveta à procura de comprimidos. Na parte de trás, preso com elásticos, ele encontra o pacote e também um pequeno tubo de vidro contendo metade de um baseado.

Ele segura o tubo contra a luz, o baseado tinha sido feito com extrema habilidade. Está jogado ali desde janeiro, esquecido desde sua noitada com Karl em Amsterdã.

— Você é um completo idiota? — reclamara Julia sobre a estupidez de passar pela alfândega no aeroporto de Heathrow com aquilo ainda no bolso do casaco. Ele dançava de alegria, simplesmente não conseguia ficar parado. A viagem para encontrar os editores holandeses tinha sido um grande sucesso. A fúria dela só o fazia rir.

— Esqueci completamente que estava com isso. Verdade. Karl e eu fumamos no hotel e depois não pensei mais nele.

Julia fez um grande alarde com aquilo. Ele teve que pedir inúmeras vezes para que ela o escutasse, saltitando de impaciência para lhe contar uma notícia especial.

— Agora, se você calar a boca por um segundo... — Julia trouxe uma torta de salsichas fumegando do forno; a luva térmica no braço delgado lembrando a luva de couro que ela usava com o falcão. — Me escute.

Ele havia comprado um ioiô para Mira em Amsterdã, desses que acendem quando giram. Ela estava bem, apenas com o nariz um pouco entupido e chateada por não conseguir brincar com o ioiô sozinha. Ela era baixa demais para o comprimento da corda, e ele a colocou sobre a cadeira da cozinha e prendeu sua mão sobre a dela para girarem e acenderem o ioiô juntos. Julia parou de protestar contra a nova carreira de Julian como traficante internacional de drogas e foi aquecer o creme de cebola para a torta.

— Acho que arranjei um lugar para você ficar em Londres. Com o pai de Karl...

Julia parou por um instante, a mão na testa.

— Meu Deus — respondeu ela.

Por sete meses completos, aquele meio baseado ficou guardado ali. Um súbito impulso o levou a tirá-lo do tubo. Julian cheira, esfrega a ponta queimada para tirar as cinzas. Encontra um isqueiro e o leva para a janela, inclinando-se para fora. Só por acendê-lo, ele já tosse com tanta força que seus olhos lacrimejam. Dá mais duas tragadas, retém a fumaça em seus pulmões pelo máximo de tempo possível, contendo o acesso de tosse, e o apaga no parapeito da janela, a garganta queimando.

Ele não tem ideia de por que fez aquilo, mas imediatamente se sente mais calmo. Inclinando-se mais para fora da janela, ele vê o rio cintilando através das terras de Horseman, alguém passando a trote sobre um pônei malhado balançando o rabo, levantando poeira na brisa. Um corvo chama sua atenção, e ele o vê andar de um lado para o outro na cerca, parando para verificar algo sob a asa. Ele ainda sente dor de cabeça, mas pelo menos os latejos se tornaram rítmicos.

Julian acende novamente o baseado e o apaga outra vez após uma única tragada. Ficar chapado pode ao menos lhe dar fome. As refeições de sua mãe continuam chegando, como se saíssem da cartola de um mágico.

Comer. Comer. Comer. A colher de madeira de Jenna bate na casca de uma romã, uma calda brilhante como os lábios de um bebê cai sobre o cordeiro, e lentilha temperada surge em uma tigela, fumegando, disposta sobre uma cama de arroz. Ela coloca natas em seu *porridge* e passa muita manteiga em sua torrada, fazendo os olhos fascinados de Michael segui-la até sua boca. Comer. Comer. Comer.

Haveria conversas, conversas infinitas, e os pratos continuariam chegando, o tom de voz de Jenna tornando-se cada vez mais agudo, o de Michael soando como um martelo em seu cérebro. Não haveria qualquer indício de que eles iriam embora logo.

Ah, mas aquela última tragada foi um erro terrível. Ele se vê tropeçando pela sala, certo de que há um pacote de biscoitos em algum lugar, mas é claro que não há biscoitos e todos os caminhos levam inexoravelmente ao suéter lilás que se encontra abaixo de sua cama. Ele ouve a porta do quarto, lamenta que não tenha fechadura. Agarrando o casaco, ele volta para as cobertas e se enrosca nele.

Julia estava usando aquele suéter na manhã em que ele partiu para Amsterdã. Ainda sonolenta, abaixou-se para pegar sua calcinha, e ele pulou da cama para agarrá-la.

— Eu não queria que você viajasse... — disse ela.

— Não posso deixar de ir — retrucou ele, segurando-a pelos quadris e comprimindo o corpo contra o traseiro dela.

— Mira está prestes a surgir por aquela porta. — Julia riu, empurrando-o de leve.

Ele a soltou e os dois se sentaram lado a lado na cama.

— Eu me sinto mal de viajar com a saúde de Mira tão instável, mas prometi que estaria lá. É o único dia em que os holandeses podem reunir todo mundo. — Michael o levaria para o aeroporto; as estradas estariam molhadas, então teriam que sair com tempo de sobra. Ele checou o relógio, ainda era muito cedo. — Tempo para uma rapidinha? — Como era um hábito deles, aconteceu no pedaço gasto de tapete entre a cama e a parede, escondendo-se de uma possível entrada de Mira. Depois Julia trouxe café e torradas com geleia enquanto ele jogava algumas coisas em uma sacola de viagem.

— Preciso ir a Londres assim que você voltar — disse ela entregando a xícara. — Pelo menos por alguns dias. Freda está ficando doida.

— É apenas por uma noite. Você nem vai ter tempo de sentir minha falta.

Ela parou de mastigar.

— Roterdã é muito longe de Amsterdã?

— Só pouco mais de uma hora de distância.

— Você vai ver Karl?

— Nós vamos jantar juntos — respondeu Julian e, embora ela estivesse de costas, ele sentiu sua expressão fechada.

A editora holandesa foi generosa. A suíte no hotel Dylan o fez ansiar por Julia: por trás das portas de correr, uma cama king-size em um cômodo iluminado, o arranjo das almofadas sugerindo longas preliminares.

A reunião de Julian tinha corrido bem; ele havia gostado ainda mais de sua editora holandesa pessoalmente. O primeiro *spin-off* de *Fletch Le Bone* seria o carro-chefe. Ele foi apresentado ao tradutor, que se vestia um tanto como Fletch, com um sobretudo estilo detetive Columbo e um tique que lhe dava a aparência de estar constantemente piscando. O filme *Fletch Le Bone* tinha sido um enorme sucesso na Holanda. Julian sentia os olhos faiscando de florins. Ao chegar ao Dylan, Karl o encontrou de excelente humor.

Karl visivelmente perdera mais cabelo, seu terno tipicamente amassado.

— Isso vai dar muito certo — disse ele. Julian lhe passou uma cerveja do frigobar. — O trânsito para sair de Roterdã estava horrível. — Ele explicou algo sobre o trabalho que estava fazendo com um novo antipsicótico enquanto bebiam. — Estamos chegando perto. Pode se tornar o tratamento padrão para a Síndrome de Capgras.

— O que é isso?

— Você nunca ouviu falar? Não? Bem, para resumir, é um transtorno delirante no qual o paciente se convence de que algum parente próximo foi substituído por um impostor.

Julian estremeceu.

— Isso me faz lembrar um sonho recorrente que eu tinha quando menino: eu nos degraus de entrada de Firdaws, apontando para um retrato do meu pai, mas o rosto da minha mãe ficava furioso e ela tentava me empurrar, dizendo que não me conhecia...

— É uma síndrome horrível. Muito difícil para o cônjuge. Às vezes o paciente forma toda uma nova relação com o "impostor", completamente diferente da anterior. O pior é quando eles decidem que odeiam o outro e tentam se livrar dele. Houve um caso horripilante em que um homem decapitou o pai para provar que ele era um robô. Ele disse que queria tirar as baterias.

Julian abriu mais duas cervejas, entregou uma para Karl.

— Ei — Karl tomou um gole —, você deveria telefonar para o recepcionista e pedir um baseado. Uma vez em Amsterdã...

— Eu não posso fazer isso!

— Claro que pode, na verdade, deve; você vai ficar aqui apenas por uma noite.

— Não, eu quero dizer, você sabe, simplesmente chamar a portaria para isso?

— Eles não vão nem pestanejar. É um bom hotel.

O baseado chegou em um tubo de vidro sobre uma bandeja de prata ao lado de uma única orquídea. Era extralongo e feito com esmero. O mordomo do serviço de quarto colocou a bandeja com seu enfeite floral sobre a mesa, dizendo "divirtam-se".

Depois de fumar, eles passearam pelo canal. Karl também estava de bom humor, um braço em torno do ombro de Julian, insistindo que dessem um passeio por De Wallen. De repente Julian ficou tão faminto que só conseguia pensar no restaurante que sua editora havia recomendado. Almôndegas e macarrão foi o pedido.

As luzes saltitavam na água escura, ondulando em dourado, azul e laranja, uma garoa difusa caindo fresca em seu rosto. Ele sorriu para Karl.

— Estou muito chapado. — Ele ria das menores coisas. — Julia não fuma, então faz tempo que eu também não.

— Como ela está?

— Ela passou a maior parte de seu casamento com aquele escroto chapada de maconha. Era a única forma de tolerá-lo.

— Ela está gostando da vida no campo?

Julian se esforçou para abrir o guarda-chuva que tinha pegado no saguão do hotel.

— Que bom que eu trouxe isso.

Eles pararam em uma ponte, e Karl pegou o guarda-chuva e o segurou acima deles. Ambos olharam para a água.

— Milhares de bicicletas são tiradas todo ano destes canais. As pessoas são tão idiotas — comentou Karl. — E então, Julia?

— Ah, sim. Julia. Está um pouco abatida, para dizer a verdade. Seu negócio com Freda decolou, o que é ótimo, mas Londres é longe demais de Firdaws. Ah, é um pesadelo... — Julian deixou o assunto morrer, levantou o colarinho. Pegou o guarda-chuva da mão de Karl. — Ora, eu sou mais alto.

— Ok, pega isso, mas vamos andar rápido para encontrar algum lugar quente! — O rosto de Karl foi iluminado por um barco que passava. Suas sobrancelhas grossas pareciam ainda mais cômicas com o cabelo rarefeito.

— Eu fiz merda — disse Julian com um suspiro. — Fiquei empolgado com a ideia de morar em Firdaws novamente...

— Ouvi dizer que é o paraíso na terra — interrompeu Karl, provocando um sorriso em Julian.

— Sim, bem, você deveria passar por lá na próxima vez que estiver na Inglaterra, isso se eu ainda estiver lá. Meu Deus, acho que o baseado me deixou depressivo.

Aos poucos as ruas se enchiam de gente.

— Estamos falidos, e a distância de Londres torna tudo impossível para Julia. Ela tem que ficar três noites por semana na casa do irmão, e a esposa dele é uma megera. O negócio dela não rende tanto dinheiro assim, a gasolina toma uma boa parte dos lucros, mas, você sabe como é, cada centavo conta...

— Meu Deus. O que vocês vão fazer? — perguntou Karl.

— Não sei. Tenho bastante trabalho como roteirista e um livro que *realmente* quero escrever, mas passo a semana toda sozinho com Mira; é difícil fazer algo, e o orçamento está muito apertado para outra creche.

— Você fica sozinho com Mira? — Karl se afastou um pouco. — Quer dizer que Julia simplesmente se manda?

Julian assentiu.

— Eu não tinha percebido o quanto o trabalho era importante para ela.

— Não seria melhor para vocês e para a criança se Julia arranjasse trabalhos de jardinagem mais perto de casa?

— Eu tentei isso. Havia um bom emprego nas estufas de Harbinger Hall, não muito longe de Firdaws. Minha mãe conhece o dono. — Julian fez um gesto como se cortasse a própria garganta. — Parece não ter sido uma boa sugestão.

Um sino da igreja badalava a hora ali perto, pneus sibilando nos paralelepípedos molhados, xingamentos e sinos de bicicleta ecoando em sua cabeça. Os reflexos na água rodopiavam, e ele ficou contente quando Karl virou em um beco. Estavam em um túnel; grafites se erguiam nas paredes, uma multidão passava por ali, e as luzes não ajudavam em nada a aliviar seu mal-estar.

Eles saíram em uma rua mais larga, onde as placas de néon contrastavam com as famosas vitrines avermelhadas. Uma garota virou os quadris para eles atrás do vidro, o sutiã e a calcinha minúscula tão brancos e reluzentes como num anúncio de sabão em pó. Outras janelas estavam iluminadas em vermelho ao longo da rua, colorindo as poças de rosa-flamingo.

— Meu Deus, é uma máquina de vender gente — disse Julian.

Alguns caras que estavam saindo de uma despedida de solteiro passaram correndo, empurrando uns aos outros e gritando; algumas mulheres conversavam na porta dos prédios, outra rodopiava de quatro em sua vitrine, o traseiro girando como um pião, a calcinha minúscula. Julian estava decidido a não se excitar com nada daquilo.

— É verdade o que dizem? Que a maioria dessas mulheres é vítima de tráfico de pessoas?

— Creio que sim, mas todo mundo vem para ver — respondeu Karl.

— Só quero algo para comer — comentou Julian, e um homem com sotaque inclinou a cabeça para trás e apontou para uma adolescente em uma janela, "Coma isso", e fez movimentos acelerados com a língua na direção dela.

— Podemos sair daqui se quiser, mas primeiro você deveria pelo menos entrar na Oude Kerk. É a construção mais antiga de Amsterdã. Fica logo ali. — Karl o conduziu até a praça. — Podemos ir agora, se você estiver absolutamente certo de que não quer ver casais fazendo sexo — completou ele, lendo o anúncio em um painel luminoso logo acima. — Vem. — Karl o puxou da manga. — Rembrandt costumava fazer suas orações ali. — E eles abriram caminho entre os turistas japoneses e as várias prostitutas, recusando boquetes e ménages.

Julian estava faminto demais para qualquer coisa além de uma passada breve pela antiga igreja que se erguia no coração do Red Light District, em meio ao pandemônio. Lá estava: o templo de Mulciber junto ao de Deus. Uma placa de bronze na qual se via uma mão segurando o seio de uma mulher jazia encrustada no calçamento de paralelepípedo.

— Um escultor desconhecido — explicou Karl a Julian, e depois, no interior da igreja, falou algo sobre sua história. Antes da Reforma, aquele local tinha sido reduto de mendigos, pedintes e fofoqueiros. Karl traduziu um texto sobre uma treliça de bronze: "As práticas desonestas introduzidas na igreja de Deus foram aqui eliminadas no ano de setenta e oito." As "práticas desonestas", explicou Karl, eram basicamente os sem-teto. — Os calvinistas não aceitavam nada daquilo, não mesmo. — Ele falou algo sobre os católicos que vinham todo ano para celebrar o "Milagre de Amsterdã", quando alguém supostamente havia vomitado a hóstia, mas Julian não sabia ao certo se ele tinha inventado aquela parte.

Karl o conduziu a um táxi aquático, e eles voltaram os olhos para a igreja que assomava grandiosa no antro flamejante do pecado. Luzes de vermelho e enxofre cintilavam sobre a água negra e refletiam nas pessoas que passavam por ali, agitadas, como se fossem demônios acorrentados às chamas.

Eles encontraram o restaurante. A especialidade da casa era muito cara, o macarrão era grudado, as almôndegas pingavam óleo, mas Julian, faminto por causa do baseado, engoliu tudo com uma disposição que Karl achou engraçada. Ele falava enquanto Julian comia. Estava entusiasmado com seu trabalho sobre o medicamento para Capgras.

— Imagine a diferença que poderia fazer. Centenas de milhares de pessoas resgatadas da confusão, mais do que eu poderia ajudar se me tornasse médico.

Julian riu por ver Karl ainda inventando desculpas para participar da pesquisa. Parecia que o mundo, ou pelo menos seu pai médico, censurariam aquela decisão para sempre. Julian se lembrava de Heino Lieberman como uma pessoa gentil, de olhos travessos. Era difícil imaginar que um dia ele se irritou com o filho. Certa vez passaram na casa dele quando saíram da universidade para ir a um show no Town and Country. Os pais de Karl moravam bem perto do Great Ormond Street Hospital, o que tornava o local muito conveniente para eles dormirem naquela noite. Ao voltarem do show, na entrada do hospital, Karl levara a mão ao peito e dissera "é aqui que meu pai conserta corações".

O apartamento dos Liebermans ficava em cima de uma floricultura. Era espaçoso e acolhedor, com passadeiras vermelhas em vários cômodos. Heino e Ellie formavam um belo casal; Karl herdara as sobrancelhas do pai e o sorriso trêmulo da mãe.

As almôndegas e o macarrão de Karl ficaram praticamente intocados. Ele ainda estava falando sobre sua pesquisa sobre Capgras, e Julian pensou que fazia anos que não o via sem uma namorada. Ele parou com o garfo à boca para perguntar pela última garota. Brigitte? Sofie? Qual *era* o nome dela?

Karl fez uma careta e mudou de assunto.

— Mudar para Connecticut não poderia ter vindo em um momento pior.

— Connecticut?

— Sim, eu contei a você, provavelmente você não me ouviu. Fui convocado a participar de novo da minha pesquisa original, mas agora ela está sendo financiada pelos Estados Unidos. Então preciso ir e trabalhar lá.

Julian parou com o copo a meio caminho dos lábios, horrorizado.

— Mas nós vamos vê-lo ainda menos do que vemos agora.

Karl apertou seu ombro.

— Bem, terei que vir com frequência. Desde que minha mãe morreu, meu pai se tornou um pouco mais carente.

— Sinto muito por sua mãe. Eu a achei adorável quando a conheci. — Julian se lembrava da noite em que Ellie morreu e Karl ligou para Cromwell Gardens do hospital: Julia, na cozinha, lhe entregou o telefone com um suspiro pesado, a mão na barriga. O bebê podia chegar a qualquer momento. Os soluços arrasados de Karl.

— Foi uma maneira horrível de morrer. Lamento por não ter dado apoio suficiente naquele momento — desculpou-se Julian, e Karl dispensou o pedido de desculpas com um gesto.

— Meu pai vai ser um problema de agora em diante.

— Não existe nenhum modo de você trabalhar em Londres?

— Não. E, bem, há outras boas razões para ir. — Karl tocou o nariz, e Julian pensou: "Ahá, então *há* uma mulher nessa história."

— Meu pai não aceita nem que se mencione a palavra "cuidador" em sua presença. Para ser sincero, ele não ficou tão mal, mas desde que minha mãe morreu ele parece um sonâmbulo, e eu não posso deixar que ele saia vagando por aí, então preciso pensar em algumas pessoas que possam se revezar para passar a noite em Lamb's Conduit Street. Os fins de semana já estão organizados, porque a filha do meu primo, Claudine, quer ir para Londres para ficar com o namorado, mas ela tem que estar em York de terça a sexta.

Julian pousou o copo e cutucou o braço de Karl.

— Você está procurando alguém para passar a noite na casa do seu pai três vezes por semana? É isso? — Seu tom de voz se elevava de entusiasmo. — No meio da semana? — Ele não conseguia imaginar por que Karl ainda não havia pensado nisso. Era a solução óbvia: Julia.

Julian ainda não conseguiu sair da cama, mas sua mãe já está de volta.

— Julian, você está bem? — Ele ouve Jenna fungando quando entra. — Andou fumando maconha?

— Sai, sai daqui! — E, pela primeira vez, ela sai. Ele geme em seu travesseiro, se agarra ao suéter que Julia abandonou como uma pele velha. Quem era ela, aquele monstro? Talvez ele mesmo estivesse sofrendo de Capgras. Karl deveria ter lhe oferecido o remédio. Ele vê Julia se erguendo de seu mar de cobertores e lençóis em toda sua fúria. Vê a alça de renda de sua camisola impostora caindo do ombro, seus cabelos selvagens, e as palavras vertidas do buraco negro de sua boca não fazem sentido para ele.

Treze

O quarto de Julia na casa de Heino Lieberman ficava ao lado da sala de estar. As janelas de guilhotina que davam vista para Lamb's Conduit Street trepidavam sempre que uma ambulância passava e, do banheiro na outra ponta do corredor, dava para ver o pátio da floricultura.

O apartamento tinha três andares. Depois que se subia as escadas ao lado da floricultura e se atravessava a porta da frente, ele assumia ares de casa-grande, com puxadores de porcelana nas portas e passadeiras turcas vermelhas nas escadas; quadros e livros revestiam as paredes. A luz era filtrada por cortinas nas janelas altas que davam para a rua, mas havia muitas lâmpadas. O cheiro do lugar era de alguma forma familiar para Julian: lavanda, pó de arroz, papel velho, cera, esparadrapo, hortelã. Semelhante ao interior da bolsa de sua mãe, mais forte no ponto em que ele parou com Julia e Heino, a porta do que viria a ser o quarto de Julia.

— A cama foi colocada para Ellie quando ela já não podia mais usar as escadas. Antes disso, foi sua sala de música, com o piano para seus alunos. — explicou o pai de Karl, apoiando-se em sua bengala e fechando os olhos por um instante. Julia pegou sua mão. — Vem. — Heino a conduziu para dentro do quarto como uma noiva ao altar. A luz era suave, o papel de parede salpicado de violetas, o edredom lustroso, de cetim cor de bronze, roupas de cama com barras de renda dobradas numa cama queen size. Ao lado da janela, uma pequena cama onde a enfermeira de Ellie dormia às vezes, lençóis dobrados no pé. Heino apontou a bengala para ela. — Traga sua filhinha, certo? Ela poderá dormir aqui.

Pelo que Julian se lembrava, Heino não havia mudado desde sua visita com Karl, embora ele estivesse um pouco mais curvado e a bengala fosse uma novidade. Ela era de madeira escura polida, uma serpente esculpida espiralando na direção do punho. Heino seguiu o olhar dele.

— Meu Bastão de Esculápio — disse ele, mostrando o objeto para Julian. — O deus da medicina e da cura. Karl a encomendou para mim, e eu gostei bastante dela. — Seu modo de falar era preciso, seu sotaque alemão quase imperceptível, apenas detectável na palavra deus, que ele pronunciava "deos".

Heino gesticulou em direção à sala de estar.

— Fiquem à vontade, vou trazer o café. — Julia se instalou na beira de uma poltrona, olhando ao redor. Algumas das pinturas eram surpreendentemente modernas, um grande abstrato laranja e verde acima da lareira, estantes altíssimas, um pequeno piano de cauda no canto. Julian se sentou no sofá e se inclinou para uma fotografia em sépia em uma pequena moldura de couro sobre uma mesa lateral. Um casal de aparência distinta posava lado a lado.

— Eu lembro agora — disse Julian, segurando-a para que Julia pudesse vê-la. O homem tinha um bigode de morsa e sobrancelhas pródigas; a esposa tinha um rosto tão fino quanto o de um camundongo, a renda da gola parecendo espuma.

— Estes são os avós de Heino. Eles não conseguiram sair da Alemanha, nem o pai. Heino e os irmãos vieram para Londres no Kindertransport... — Ele se interrompeu quando Heino trouxe o café em um bule alto de porcelana, as xícaras e pires tilintando, e Julia se apressou em pegar a bandeja dele.

— Obrigado, minha querida — agradeceu ele, recuperando sua bengala e se apoiando nela para sentar na cadeira.

Karl advertira-os de que o pai podia ser um pouco taciturno, mas ele era a própria simpatia em pessoa, olhos concentrados sobre Julia, apoiando a xícara branca de café preto no joelho.

— Conte outra vez o que você faz da vida, minha querida — pediu ele. — Karl mencionou algo sobre jardins de inverno, mas eu não entendi.

Julia contou sobre a Arbour.

— Eu projeto espaços que normalmente encontramos ao ar livre para interiores. Principalmente em escritórios.

— E as plantas continuam saudáveis? — perguntou ele de uma forma tão clínica que Julian riu.

— É incrível o sucesso que se pode ter, mesmo com as árvores, se você instala bem os sistemas de iluminação e irrigação. E Freda, minha sócia, é uma horticultora brilhante. Tentamos trabalhar sempre com temporizadores e removemos as plantas caso adoeçam.

Heino não conseguia desviar o olhar dela, uma sensação que Julian conhecia muito bem. Seu café permanecia intocado.

— Eu gostaria de ver um de seus jardins — observou ele. Julia se inclinou para a frente e disse que ele poderia acompanhá-las quando quisesse. — Sua esposa é muito bonita. — As boas maneiras de Heino exigiram que ele voltasse sua atenção para Julian, que naquele momento estava absorto em um retrato sobre o piano.

— A sua também, Heino — elogiou ele, fazendo um gesto em direção à fotografia. — Foi o que pensei quando a conheci.

Julia seguiu os olhares até a moldura de prata e teve um sobressalto, aparentemente assustada com a visão da mãe de Karl. Ellie era jovem e adorável, com um pescoço gracioso e cabelo preso no alto. Ela se levantou, foi até o piano.

— Temos de ir agora, acho — decidiu ela, tocando o pulso, embora nunca usasse um relógio. — Precisamos pegar o próximo trem ou não vamos chegar a tempo de colocar Mira para dormir.

Ela estava com pressa, e combinou seu retorno para o começo da próxima semana.

— Deixa eu pegar as chaves — disse Heino, e ela lhe ofereceu o braço para ele se apoiar e ficar de pé. — Não, está tudo bem. — Ele sorriu para Julia. — Ainda não sou um velho tão decrépito. — Ele seguiu com a bengala até uma mesa, tirou as chaves com chaveiros de couro de uma gaveta e entregou um molho para cada um deles.

Fechar a porta de Lamb's Conduit Street é um grande esforço mental para Julian; ele não quer pensar nem por mais um segundo em Julia naquele lugar. Ainda está um pouco chapado daquelas poucas tragadas no baseado, e com fome. Ele desce as escadas e se depara com uma casa vazia. Há um bilhete de sua mãe na mesa da cozinha; foram fazer compras em Woodford e depois almoçariam na casa da Sue. Ela deixou uma sopa de abobrinha, que ele toma morna direto da panela. Zeph o cutuca com o focinho, e Julian encontra algum consolo ao acariciar suas orelhas sedosas. O ar está um pouco mais frio hoje: não há sequer uma brisa. Seria um bom dia para cruzar o Moinho e ver Raph, mas ele opta pela paz repentina da solidão. Até os pássaros soam menos afoitos, um deles está cantando uma melodia melosa.

Julian pensa em um bule de café de estanho amassado que parecia ser mais velho que seu dono, esmaltado de marrom por dentro devido ao uso constante. Aquele bule de café suspenso em um tripé sobre a fogueira enquanto Raph aguardava no degrau de seu trailer com uma caneca de louça na mão. Quando ficava assim, sério, ele parecia preocupado, mas, quando sorria, seus olhos desapareciam em meio às rugas simpáticas.

No calor do dia, Raph ficava sem camisa e descalço, sua bermuda cargo caída, os bolsos folgados sobrecarregados de ferramentas e outros objetos. Seu corpo musculoso era da cor de terracota, gravado com o traço fino preto-azulado de suas tatuagens. Uma pomba graciosamente desenhada contraía as asas sobre um bíceps, um ramo de oliveira no bico. Uma sequência intrigante de minúsculos corações entrelaçados se espalhava a partir do lado esquerdo do peito, passava pelo ombro e descia como centenas de pétalas caindo de seu próprio coração, cada um com um nome no centro. Ele se recusou a dizer a Julian quem eram. Alguns eram difíceis de ler; eram escondidos pelos músculos quando ele se movimentava. Suas costas contavam com um poderoso par de asas, cada pena primorosamente desenhada, ondulando à medida que ele se movia.

As asas foram as primeiras, Raph lhe contara. Pouco antes de entrar para a Marinha, ele havia conhecido uma artista, uma garota da Slade School of Fine Arts que só tinha conseguido emprego em um estúdio de tatuagem. As asas foram seu presente de despedida para ele.

Quando ele deixou as forças armadas, Nell, a garota que lhe deu as asas, tornou-se sua esposa. Os corações foram o segundo presente de despedida dela, pouco antes que ele pegasse a estrada. Os nomes misteriosos estavam escritos em letras minúsculas: Matias, Tomas, Santiago, Juancho, Marcelo, Felipe, Kiko, Ricardo.

Que lindas eram, aquelas longas noites de verão: as palavras e os silêncios, os crepúsculos e as estrelas. Raph sentado no degrau de seu trailer ensinando truques com cartas de baralho, a rolar uma moeda pelos nós dos dedos, a acender uma fogueira sem fósforos, a confiar no universo.

Julian para diante da pequena estante de livros para consultar o netsuke, resistindo à tentação de se sentar no sofá junto à janela. Talvez hoje você trabalhe um pouco, diz o macaco.

Mas seus pensamentos estão presos a Raph. A última vez que o viu foi na noite em que perderam Firdaws.

— Você é jovem. Haverá outros lugares — dissera ele quando se sentaram, lançando gravetos e provocando faíscas nas brasas.

Provavelmente Julian tinha falado sobre Julia com muitos detalhes. Ele se lembra de Raph erguendo as mãos para fazê-lo parar.

— Ok, ela é fabulosa e boa de cama. Já entendi. — E balançando a cabeça: — Pensei que você tivesse que estudar para suas provas finais, não? Não sei se você deve deixar que esse tesão animal tome conta da sua mente desse jeito.

— É claro que não é só sexo — retrucou Julian.

A conversa se estendeu até muito tempo depois de a fogueira ter se apagado. Quando chegou a hora de ir embora, Raph colocou uma mão em seu ombro.

— Seu amor por essa Julia está surgindo no instante em que vocês estão perdendo a casa da sua família; isso deve ser difícil. Mas seja forte, meu amigo, seja feliz e ame muito. Há muita coisa por aí para você aprender, a universidade não é tudo. Mas, vendo o estado em que você se encontra, eu diria para ter cuidado com essa Julia. Especialmente se ela for tão bonita quanto você diz. Sabe como é, tenha juízo, estude muito, escreva o seu livro.

Julian olha novamente para seus papéis, para o mar agitado de sua mesa repleta de Post-its. Ele havia começado a rascunhar a história ao voltar de Firdaws naquela noite sem luar, continuou até o amanhecer e ao longo de toda a jornada de trem até Julia, torcendo para que ela estivesse protegida da ira de seu marido atrás da resistente porta da Sra. Briggs.

Ele relê alguns Post-its, senta com a cabeça apoiada nas mãos. Alguns papéis caíram das estantes, folhas com velhas anotações saídas do meio das páginas do Milton. Dobradas ao meio, elas estão ficando amareladas, quebradiças nos pontos em que foram arrancadas de um fichário, a caligrafia espremida. Poucas palavras, algumas frases chamam sua atenção. Um pequeno arrepio se transforma em uma onda de reconhecimento enquanto ele lê.

Julian se lembra de ter esboçado aquilo na casa que pertencia à Sra. Briggs, a garrafa de gim ao seu lado para encorajá-lo, um bloco espiralado que ele passara a levar no bolso desde que a ideia de escrever tomara forma em meio ao turbilhão de conhecer Julia e perder Firdaws.

As páginas estão cobertas por letras pequenas, escritas a lápis e a caneta; ele evidentemente não era tão fetichista com relação a seus instrumentos de escrita na época que era estudante. O enredo não tinha mudado, mesmo depois de anos de boas intenções frustradas. Sua Eva era uma feminista que sempre discutia longa e energicamente com seu Adão em um apartamento acima de um mercado de frutas. Ele a imaginara chegando de bicicleta com suas leggings listradas de preto e branco e botas no melhor estilo não-se-meta--comigo: "Sua cesta transbordando de calêndulas luminosas como seus cabelos e repleta de verduras da feira..."

Calêndulas luminosas como seus cabelos. Bem, aquela parte podia mudar. Isso lhe arrancou risos, mas foi só. Era naquilo que ele vinha trabalhando antes de Mira ficar doente. O falcão. As nuvens escuras. E, no mais fugidio bater de uma asa, todas as peças se encaixam.

Quatorze

A Páscoa foi uma época de doença e de ânimos exaltados, e Julian não teve tempo de fazer muita coisa com o livro que teimava em surgir em sua mente, aquela confusão de Post-its em sua mesa como a única prova de que ele existia. Certa noite, ele se levantou da cama com o título sendo sussurrado em seu ouvido e se arrastou até sua mesa no andar de baixo, ainda dormindo ao fazer anotações. Em seguida, meio sonâmbulo, subiu as escadas e tropeçou no patamar, o que acordou Mira.

Ele acordava de manhã com cenas inteiras na cabeça, mas sem tempo nenhum para anotá-las. Tinha que terminar o roteiro de *Fletch Le Bone II*, e Julia já havia feito o que podia para ajudá-lo, levando Mira para Londres por alguns dias: ela gostou de dormir no pequeno sofá-cama de Heino na Lamb's Conduit Street, mas não de ter andado no furgão da Arbour nem de um executivo que gritou com ela por jogar cascalho no vaso sanitário do banheiro de seu escritório.

Agora Mira estava doente. Durante seu sono febril, ele escrevia. Nos dias em que ela estava melhor, ele não trabalhava. Os dias e noites até o retorno de Julia se prolongavam diante dele, os prazos não cumpridos se acumulando como sucata em um ferro-velho.

A maioria das refeições que ele preparava para Mira acabavam indo para o cachorro. Por várias vezes ela suplicou que ele a levasse ao vilarejo para alimentar os patos ou para ser mimada pelas Srtas.

Hamlyns e espiar os ovos de Páscoa no mercado. Finalmente escolheu um para Julia, com amendoins dentro. Ela estava chorosa e quis ficar encolhida no colo dele no sofá junto à janela, com sua bolsa de água quente em forma de coelho sobre a barriga. Ele leu para Mira enquanto ela cochilava, com seu roteiro já atrasado e pensando em seu livro durante quase todas as horas de vigília.

Finalmente eles foram ao Dr. Andrews, que apalpou a barriga de Mira, disse que provavelmente era constipação e os mandou para casa com um pó para o suco de laranja dela. Julian a levou para caminhar pelo rio, para que ela ficasse mais corada, mas Mira ainda parecia pálida. Ele a carregou nas costas, e ela cochilou com a cabeça em seu ombro. As palavras que Julian queria escrever faiscavam e desapareciam como mosquitos na brisa.

Foi em um desses passeios que ele se deparou com a mãe de Katie. Penny Webster parou-os para conversar, acariciando a bochecha de Mira enquanto ela dormia.

— Katie virá para Horton em breve. Ela trará Billy e Arthur, então essa pequenininha vai ter alguém com quem brincar — disse ela.

De volta a Firdaws, Julia explodiu:

— Como assim, só Katie? Sem o marido? — Ela fixou os olhos em Julian até ele sentir um rubor de culpa, apesar de ser inocente. O ardor vinha espontaneamente, sabe Deus de onde, enquanto ela zombava: — "Ah Jude, Ju-ju, Juuuuuuude."

— Para. Você tem mesmo que fazer isso?

Sim, pelo visto, ela tinha.

Houve uma carta certa vez, em papel azul, a letra de Katie no envelope também azul, combinando. Ele se lembra de Julia lendo a carta, de pernas cruzadas em sua cama na Sra. Briggs, nua exceto pelo roupão dele, ligeiramente aberto. A gravidez dela mostrou-se quase imediatamente com uma linha escura que descia do umbigo para os pelos pubianos, o tórax delgado desproporcional ao novo e impressionante tamanho dos seios. A carta de Katie tremia nas mãos dela. "Bem, isso é realmente muito desagradável", foi tudo o que ela disse, fechando o roupão e estendendo a mão até o isqueiro. Folha a folha, ela queimou as páginas da carta, segurando cada uma pelo canto até restarem apenas três minúsculos triângulos azuis no cinzeiro, o restante transformado em cinzas. Ela chorou um pouco, mas se recusou a deixá-lo saber o que Katie havia escrito. O que quer que fosse, tinha sido o suficiente para tornar Julia hostil sempre que Katie estava por perto.

Na Sexta-Feira Santa, Julia voltou cedo de Londres. Ele não ouviu o furgão estacionar, o que não ajudou. O dia estava claro, fazia calor pela primeira vez no ano. Ele estava deitado na rede com Mira e Billy, com um teto de botões de macieira entre eles e o céu. Katie e Arthur estavam fazendo guirlandas de margaridas ali perto e ouviam-no contar uma aventura de *Fletch Le Bone*. Ele sabia o que tudo aquilo parecia.

Mas, ainda assim, Julian continuou onde estava quando a sombra de Julia recaiu sobre eles. *Quando o gato sai, os ratos fazem a festa* ecoou em sua cabeça; era difícil saber se ele estava punindo Julia por sua ausência.

— Que aconchegante — disse ela, dando as costas quando Katie se pôs de pé, espanando as margaridas do colo.

Eles não falaram sobre o assunto até Katie e os meninos irem embora e Mira dormir. Ele levou chá para que bebessem na cama e encontrou Julia sentada na penteadeira vestindo camisa branca e calça.

— Então agora ela está se separando do marido. É isso?

Ele deu de ombros, já cansado da conversa.

— Eles andam com problemas. Ele é mulherengo.

— Ah, que momento perfeito. Ela vai passar o tempo todo aqui, imagino. Que bom para você.

— Você não tem motivos para ter ciúmes. — Julian observou pelo espelho o modo como ela atacava os cabelos emaranhados com uma escova. Ele mal conseguia resistir àquela visão; desejava terminar logo aquela briga e tirar a roupa dela. Os cabelos de Lady Lilith sibilavam, as bochechas vermelhas.

Ela brigava com um nó, fazendo uma careta.

— Eu sabia que você ia pensar que tudo não passa de ciúme.

— Não me surpreenderia, pela forma como você está se comportando com relação a ela. — Julian estendeu a mão para tocá-la. Julia havia passado três noites fora, era difícil resistir a ela.

Ela se afastou.

— Eu nunca vou perdoá-la pelo que ela escreveu. Não tem a ver com ciúmes. — Julia jogou a escova de cabelo na cama e mudou de assunto bruscamente, passando a abordar um tema que despertava nela a mesma fúria. — E quanto a este lugar? Imagino que você vai continuar com a obra?

— Quê?

Os homens começariam a quebrar a cozinha e o banheiro dos Nicholsons na semana seguinte.

— Isso está ficando ridículo, suas prioridades estão todas erradas — continuou Julia, mas ele já havia pagado antecipado metade da obra aos pedreiros. Ela tinha razão; contratar alguém para ajudá-lo durante as férias de Mira teria sido um uso mais sensato do dinheiro.

Mira começou a ter febre quase no mesmo instante que Julia partiu para Londres. Ele colocava toalhas molhadas sobre a cabeça dela e se perguntava se o Dr. Andrews estava certo ao pensar que Mira na verdade adoecia por causa das ausências da mãe no meio da semana.

Mas ela estava melhor no dia seguinte, embora ainda falasse de dor de barriga e estivesse enjoada para comer. Ela ofereceu sua salsicha para Zeph.

Mary Poppins, onde você está? Olá, Nanny McPhee? Uma babá quase perfeita? O telefone tocava, mas ele não tinha como atendê-lo; tentava registrar os pensamentos que surgiam durante as noites em claro no papel. Julian havia tido um sonho. Julia e Raph, uma estrada iluminada pelo sol. Julia caminhava na beira da estrada, a boca e as mãos manchadas por frutas vermelhas colhidas na Fazenda Horton. Ela trazia uma cesta de frutas, havia selecionado as mais suculentas. Os morangos eram tão doces que Julian sentiu o gosto deles ao acordar. Ainda podia vê-la: o rosto voltado para cima e ligeiramente irônico, o sol refletindo no paquímetro de ouro que Raph usava em suas feições para demonstrar a perfeição de Fibonacci. O telefone parou de tocar.

Mira agora vestia sua última calça limpa; ele precisava lavar roupa. Zeph pulou para pegar a salsicha.

— Para com isso, Mira! — ralhou. — Vai ser culpa sua se ele morder seu dedo.

— Salsicha horrível — disse quando Julian insistiu que ela ao menos a experimentasse. — E papa, você também é uma salsicha horrível! — acrescentou, afastando o prato e fixando os olhos nele.

De fora da casa veio o ruído de uma buzina. Pela janela, ele viu Katie ao volante: Lady Madonna com covinhas e peles, uma linda visão emergindo do Volvo branco da mãe dela. No banco de trás, Billy e Arthur pulavam em seus assentos. Ele correu para a porta com Mira a reboque. Katie atravessou a grama sorrindo para eles, a gola de pele do casaco conferindo certo glamour aos seus jeans e botas.

— Há ovelhas no Tiggy Farm Park, e as crianças podem alimentá-las com uma mamadeira. Será que Mira quer vir? Eu tenho uma cadeirinha extra no carro...

Quando Mira correu para Katie e os meninos, Julian deu graças a Deus por Julia estar fora. Sem olhar para trás, ela calçou as botas e passou por cima das pernas de Billy até o assento entre os dois meninos.

— Bem, então está decidido — disse Julian, rindo, e Katie entrou com ele para pegar o casaco de Mira.

— Vou levá-la para almoçar e brincar lá em casa depois, tudo bem por você? — pergunta ela.

— Para dizer a verdade, isso seria ótimo, Katie. — Ele passou as duas mãos nos cabelos, que ficaram em pé. — Não consigo fazer nada do meu trabalho.

Ela o encarou como se ele fosse idiota.

— Você deveria ter falado. Sempre faço coisas com os meninos. Eles me dão uma canseira, mas vou ficar muito feliz se Mira quiser vir e brincar com eles para você escrever.

— Sério? Ah, Katie, você não faz ideia. — Ele olhou para além dela ao ouvir um grito vindo do banco de trás do carro. Mira fazia cócegas em Billy.

Katie sorriu para ele, as covinhas evidentes.

— Tem certeza? Estou atrasado com umas cem coisas, e Julia só volta sexta-feira para me ajudar com Sua Pequena Majestade Que Deve Ser Obedecida.

— Por que não me deixa cuidar dela?

Ele poderia ter dado um beijo em Katie — na verdade, foi isso que ele fez, erguendo-a bem ali na porta de Firdaws, com as crianças vendo. Depois deu outro quando a colocou no chão e viu que ela corava.

Mira adorava Billy e Arthur, seus "meninos arteiros", e, com entusiasmo quase ofensivo, passou a esperar na porta pela chegada de Katie todas as manhãs com sua mochila pronta. Na ausência de Mira, ele trabalhava como um louco e conseguiu voltar ao ritmo com o infeliz *Fletch Le Bone II*. Ele até encontrou tempo para escrever a outra história, que ganhava vida em sua mente com tanta força quanto os cíclames cujos brotos se erguiam em torno das macieiras onde ele balançava a filha.

Tubérculos. Tumor. Seu livro. Todas as coisas secretas estavam tomando forma, crescendo.

Sua mesa era testemunha do quanto ele desperdiçara o tempo que poderia ter passado com Mira, repleta de mensagens que ele escrevera para si mesmo em uma outra dimensão, anterior à descoberta da doença. Ele começa a arrancar os adesivos lentamente, deliberadamente, amassando cada um como uma bola para mirar na cesta de papéis.

Zeph late ao som de vozes, e Julian o segue até a entrada. Jenna e Michael se vêm andando pelo campo, mãos dadas, o sol baixo entre os ramos às suas costas, de modo que Julian precisa proteger seus olhos da claridade. Sua mãe atravessa o gramado, ágil como um gato; Michael nem tanto. Na verdade, Julian percebe que ele está mancando.

Michael aponta para sua perna e depois para Jenna.

— Ela me fez andar da casa de Sue até aqui porque acha que estou bêbado demais para dirigir.

Jenna o ignora e começa a falar de cordeiro e cuscuz. Julian queria tapar os ouvidos quando eles entraram, e sua mãe começou a ganir a respeito de quiabos e chalotas vermelhas.

— Ainda está tudo no carro. Deixamos as compras! — Ela dá um tapinha na orelha de Michael como punição. — Eu disse para não deixá-la abrir a segunda garrafa. — Michael tenta beliscar seu traseiro, mas ela se esquiva. Ambos têm o rosto afogueado, tanto pelo vinho de Sue quanto pela caminhada para casa. Jenna olha para o filho. — E as compras? Julian, você buscaria?

Ele se obriga a fazer a coisa certa, estende as mãos com um suspiro.

— Vocês trancaram o carro? Me dá as chaves.

O telefone toca e Jenna corre para atendê-lo, ignorando todas as vezes que o filho lhe pediu para deixá-lo tocar.

Ela cobre o bocal.

— É William. De novo.

Julian balança a cabeça.

— Você não acha que deveria falar com ele? Ele é um bom amigo, continua telefonando...

— Estou saindo para buscar suas compras na casa da Sue. Diga que vou ligar mais tarde.

— Ok — diz ela e sussurra em seguida: — Mas você nunca liga.

Michael se adianta.

— Aqui, me dá o telefone.

William, um bom amigo? William com seus óculos de Clark Kent, colarinho aberto e sua ascensão meteórica na Random House? William e seus infinitos romances malfadados? William: que grande padrinho ele se tornou, aquele poema idiota de Larkin e o que mais? Para ele, era quase como se Mira não existisse, tamanha a atenção que lhe dava. Ele jamais a visitou uma única vez no hospital, mas agora vivia ligando.

William viu Mira apenas uma vez depois do Dia do Nome. Foi em Cromwell Gardens, na primeira vez que Julia colocou Mira no *jumper* com aquele fecho de aparência inadequada. Julian ainda ria ao se lembrar do rosto de Mira enquanto saltitava, surpresa com a força dos próprios pés, uma expressão concentrada. Ele e Julia gargalhavam ao assisti-la, mas William apenas esperava com uma garrafa de champanhe prestes a estourar, olhando para eles sem entender nada.

Eles beberam o champanhe de William e comeram à mesa na sala cor de ameixa. Julia preparara ossobuco em honra àquela rara visita, e William lhes contara tudo sobre sua nova namorada. Mira passava de colo em colo, e William tentava parecer interessado na mais recente conquista da menina: ela conseguia bater com uma colher em um pote, um pedaço de osso em sua mãozinha engordurada. Os gostos sofisticados de Mira. Eles a colocaram para dormir entre o prato principal e o pudim, e William fingiu vomitar quando Julian trocou a fralda dela no sofá. Julia o censurou com um cutucão no estômago.

— Para com isso! Ela vai ficar complexada.

Embora Julia achasse que William era uma companhia fácil, rindo com frequência na presença dele, ela logo incentivou os dois a saírem para o que William irritantemente chamava de "noite dos rapazes". Ela não parava de bocejar.

— Pode ir — disse ela, partindo para a cama com seu livro e uma xícara de chá quente. Julian desejava que ela dissesse: *Não vá. Fique aqui comigo.* — Pode ir. Você não sai desde que Mira nasceu.

Com velocidade surpreendente, eles chegaram a uma boate de strip, e William pediu alguns drinques, o tom de voz mais alto que a música: "Você não precisa contar à Julia." As garotas tinham os púbis raspados. Uma ruiva em uma explosão de lantejoulas esgueirou-se até a mesa deles. William engoliu em seco e fez um gesto de aprovação. A garota dançava Madonna, dublando as palavras como se estivesse em algum êxtase alucinado. "Crazy for you... touch me once and you'll know it's true..." Sua pele era tão branca que parecia quase azul, leitosa, as veias transparecendo. As alças de sua roupa se soltaram, e os tecidos deslizaram para longe. Rebolando e pulsando na batida da música, a pele de frango recém-depenado, trêmula e ligeiramente lustrosa a apenas centímetros do rosto dele.

A estrada de saída do vilarejo está deserta, e Julian atravessa a ponte arqueada em alta velocidade, como fazia desde que passara nas provas. Agora faz mais por hábito que pela emoção. Ele ainda sente o frio na barriga quando os pneus se descolam do asfalto.

Ele diminui a marcha na Curva do Morto — todos no vilarejo a chamam desta maneira, mas não na frente de Jenna. Ela nunca pega essa estrada, mas Julian passa por lá com frequência. Há uma grande vista de todo o caminho que atravessa o vale, uma parede rochosa coberta de musgo para se sentar. Não passam muitos carros. Há uma encosta, arbustos, árvores e, lá embaixo, o rio serpenteia pelas terras alagadas. Julian sempre para ali e tenta imaginar o que passava pela mente de seu pai quando perdeu o controle do carro. As pessoas diziam que era uma sorte Jenna e o bebê não estarem no veículo; talvez Maxwell tenha pensado nisso quando suas rodas deixaram o chão.

No dia em que Mira foi internada, Julian rezara desesperadamente, implorando a seu pai que não a deixasse morrer. Dispostos sob os vitrais da capela do hospital, uma multidão totêmica de bichos de pelúcia testemunhava sua tolice. "Aleluia!" em grandes letras douradas, gladíolos de tom coral, a imagem de um bebê apoiada no vaso de flores. Ele rezou para seu pai. A quem mais poderia recorrer?

Pelo que diziam, estava frio e escuro na noite em que aconteceu. Maxwell não apreciou a vista do lugar quando partiu. Seu carro capotou três vezes de frente, disseram. Ele já estava morto quando foi tirado das ferragens e, quando o porta-malas foi aberto, havia ali um mar de vidro quebrado de todas as garrafas vazias escondidas ali.

Julian dá partida no carro. Jenna precisará de suas compras, cozinhar é a única coisa que mantém sua sanidade.

É claro que Sue já está esperando quando Julian encontra o carro de Michael estacionado na porta da mercearia. Sem chance de apanhar as compras na surdina, como um ladrão. Ela espera com a porta da frente já aberta, um avental de açougueiro torto por cima dos seios irreprimíveis

— Ah, Julian, querido. — Ela o atropela com um abraço sufocante, e ele se prepara para suas lágrimas. Por um momento, lembra-se de que era sempre ele quem tinha de oferecer consolo aos outros.

— Chá? Eu ofereceria uma taça de vinho — Sue enxuga os olhos e assoa o nariz com um lenço do bolso do avental —, mas creio que acabamos com minha última garrafa.

Ele começa a tirar as sacolas da mala do carro de Michael para levar ao seu.

— Tudo bem. É melhor eu levar logo isso para Firdaws. — A julgar pela quantidade de compras, sua mãe e Michael não planejavam ir a nenhum outro lugar tão cedo.

Sue tenta prender os fios de cabelo mais rebeldes em seu coque louro, passa a língua pelos lábios.

— Jenna me contou o que vai cozinhar, pena que estou de dieta.

— Mas você não está gorda — comenta ele, pouco convincente.

Quando Julian era garoto, achava que Sue era um dos pontos altos nas festas de sua mãe na beira do rio, de calcinha e sutiã, com toda sua deliciosa pele rosada se derramando para fora deles. Ela o abraça novamente.

— Ah, é sempre bom vê-lo de volta ao seu lugar. — Ele sente o rosto ardendo pela lembrança. Sue preenche o silêncio. — Seu amigo meio alternativo está de volta, eu soube. Você o viu? — E Julian se lembra que Sue certa vez disse a Jenna que tinha tesão por Raph. — Sua mãe comentou que você deveria passar algum tempo com ele, e eu pensei, bem, isso é surpreendente.

Julian abre a porta do carro.

— Provavelmente vou encontrá-lo nos próximos dias ou ele vai se mandar. Ele nunca fica até o fim de agosto. — Julian já está atrás do volante, pronto para partir.

— Raph continuou bonitão com o passar dos anos — observa Sue quando ele dá partida.

Julian nunca queria partilhar Raph com ninguém, essa era a verdade. Quando iam ou voltavam dos bares de Woodford, alguns homens do vilarejo às vezes paravam junto à fogueira de Raph, e Julian os encontrava papeando ali, agachados. Ele ficava calado quando havia estranhos lá, um menino que ainda não tinha idade para beber cerveja, mas, na maior parte do tempo, eram só os dois naquelas noites de agosto: uma fogueira, um céu, um papo de homem para homem.

Julian entra na estrada esburacada, a mesma que não permitiu que seu pai chegasse em casa.

Ele mete o pé no acelerador, ganhando velocidade na subida do morro; lá vem a curva, ele guia o carro na direção do muro, mas seu pé alcança o freio e ele desvia. Julian estaciona, as mãos tremendo no volante.

O crepúsculo cai, a lua ainda não nasceu. Ele olha para o vazio. Jenna terá que esperar por suas chalotas porque ele precisa mijar. Seus tênis de corrida trituram pedras soltas e cascalho quando ele pula a mureta e chega ao mato. Os pássaros desistiram do dia, à exceção de alguns notívagos que trinam nas sombras das árvores. Julian abre o jeans e urina sobre arbustos e urtigas escuras enquanto, no alto, o Fiat de seu pai alça voo e cruza o céu, uma constelação cintilante se estilhaçando em seu rastro.

Quinze

Julian e Julia param na entrada da capela bizantina da Great Ormond Street, seu silêncio dourado e luzidio, PAX escrito em um mosaico sob seus pés, o próprio conceito de paz se tornando um sonho despedaçado. PAX: o que era isso? Uma espécie de imperativo? Uma promessa impossível em troca de obediência?

Ele tentava falar enquanto seguia Julia, mas sua boca estava tão seca que nada além de absurdos sairiam dela. Julia o silenciou e se ajoelhou para rezar. Ao redor deles, um turbilhão dourado, um simulacro do céu preso dentro de um ovo Fabergé ou nos mecanismos de bronze de um relógio elaborado. Ele não sabia se sentava no banco esculpido da igreja ao lado dela ou se continuava de pé, andando por ali.

No fim, ele se ajoelhou. Rezou ao pai morto. Pai-Nosso. Meu pai. Ambos começaram a chorar de novo; ela, em silêncio, escondida pela cortina ondulada de seus cabelos, ele com soluços devastadores. A capela era apenas um refúgio, só isso; no sexto andar, a equipe médica trabalhava para estabilizar a pressão arterial de Mira, e assim, meu Deus, meu pai, eles aguardavam.

Em Firdaws, ele tira as compras do porta-malas, feliz por estar em casa. Mas agora há vozes; ele para e escuta, o plástico das sacolas de Jenna machucando seus dedos. Há uma gargalhada. Katie, se não estiver enganado.

A cozinha está em polvorosa. Jenna não parece ter ficado sóbria; está descalça e um pouco cambaleante, falando alto e fazendo barulho com as pulseiras. Elas colocaram música: Leonard Cohen. Jenna canta "Closing Time", errando a letra. Katie cantarola ao seu lado.

— Um corte suave e firme, assim. — Sua mãe está ensinando Katie a fazer seus *kebabs* especiais, cortando filé de cordeiro em fatias finas como folhas. Através das janelas abertas ele sente o cheiro do carvão que Michael está preparando para a grelha. — Você corta quase até o final, mas não completamente, para que fique como um livro de muitas páginas...

— Caramba! — exclama Katie enquanto a faca de Jenna se agita. — Isso é cirúrgico.

Jenna corta a carne, um corte para cada estrofe da canção. "...And it's one for the devil and one for Christ."

As patas de Zeph ressoam no piso quando ele abandona a carne para vir correndo em direção a Julian. Ele ergue as sacolas de compras, e Katie vem em seu auxílio. Ela está usando um vestido e um cardigã verde-esmeralda que combinam com a sombra de seus olhos. Seu beijo pousa desajeitadamente entre a bochecha e a boca de Julian.

Julian pensa em dar uma desculpa, a cama sendo a única que vem à sua mente, mas Katie o silencia.

— É tão bom ver sua mãe outra vez. — Ela pega sua faca ao lado de Jenna e observa Julian por cima do ombro. — E muito gentil da parte dela me convidar.

Elas cortam a carne de costas para ele, os ombros de Jenna ligeiramente erguidos em seu vestido cinza amassado. Ela parece um pombo fazendo complô com o papagaio vibrante de Kate, mostrando-lhe como colocar a carne no espeto. O tecido verde se estica quando Katie mexe o quadril.

Jenna aponta para uma bandeja com uma pilha de pratos e talheres:

— Por que você não faz algo de útil e leva essas coisas lá para fora? — Ela gesticula em direção à janela com uma expressão de quem não conseguirá conter sua empolgação nem por mais um segundo. — Acho que Michael tem uma proposta para você.

Os lampiões fora da casa estão acesos. Michael tem um pano de prato listrado enfiado no cós da calça e suas mangas estão arregaçadas. A noite está pontilhada de estrelas.

— Foi muita gentileza sua buscar as compras — diz Michael, revirando pedaços quentes de carvão e acenando na direção da cozinha. — Ela cismou que ia preparar um banquete hoje à noite. — Ele larga os espetos de metal e passa a mão pela barriga. — Sorte nossa! — Michael limpa as mãos no pano de prato, olha para Julian por cima dos óculos. — Sua mãe quer que eu converse com você sobre Firdaws. Ela teve uma ideia... — Mas Julian o interrompe e corre em direção à cozinha.

Na segurança da despensa, ele entreouve Jenna e Katie.

Sua mãe comentava o tema que vinha se tornando batido.

— Eu nunca a achei bonita, sinceramente...

— Ah, Jenna, como não? Ela é espetacular.

— Olhos frios — diz Jenna quando ele entra com uma garrafa de Sambuca. — Geleiras — acrescenta a meia-voz com um pequeno arrepio.

Ele mostra a garrafa a ela.

— Talvez não muito vinho esta noite, que tal? — Jenna mistura o conteúdo em um jarro de vidro com água com gás. Fatia limões. Bolhas seguem rumo à superfície, mas tudo que ele consegue ver é Julia na cadeira de plástico junto à cama de Mira no hospital, lendo seu *Patinho feio* pela enésima vez. "Eu sou um belo cisne, na verdade." Havia lágrimas em seus olhos porque, quando ela era pequena, sua mãe dizia "Viu? Há esperança até para você, Julia..."

— Julia nunca se achou bonita — comenta Julian ao mexer o gelo no jarro. Jenna e Katie continuam cortando a carne, as cabeças tão próximas que ele sente vontade de batê-las uma contra a outra.

— Ora, conta outra. — Um rubor surge no rosto de Katie.

Ele pega o jarro.

— Se você convivesse um dia com a mãe dela, entenderia o motivo.

Lá fora, Michael coloca a grelha sobre as brasas, enxuga a testa com o pano de prato e ergue seu copo.

— Tive uma conversa muito interessante com William — anuncia ele.

Julian lhe serve um pouco de Sambuca, põe o jarro sobre a mesa e se senta em um dos bancos feitos de ripas de madeira.

— Ele disse que vocês conversaram sobre um livro antes de Mira ficar doente e quer fazer uma proposta... — Michael faz uma pausa, espátula na mão. Julian belisca o pão. — Respondi que ele teria que falar diretamente com você, é claro. Mas pensei um bocado e, embora o adiantamento não seja grande e a gente tenha que resolver o que fazer com Firdaws, tenho a sensação de que talvez não seja uma má ideia. Você sabe, escrever o seu livro pode até ajudar um pouco a entender o que aconteceu...

— Certo. Vou buscar uma bebida de verdade, quer uma? — Julian ejeta de sua cadeira e tromba com Katie, que está carregando o cordeiro para a grelha. Zeph quase conquista seu maior desejo, mas Michael dá um salto incrivelmente ágil e salva o prato antes que caia no chão.

Uma garrafa de vinho tinto e o cheiro de carne na brasa apaziguam todos. As tiras finas de *kebab* quase derretem na boca, o quiabo está com gosto bem suave. Katie os brinda com histórias sobre Billy e Arthur. Ninguém menciona Mira. Jenna traz uma tigela de barro marrom para a mesa. Pudim de arroz com açafrão, amêndoas e pistache.

— Seu favorito — diz ela a Michael ao erguer a tampa, liberando uma nuvem de vapor perfumado.

Julian dá tapinhas leves na barriga, o estômago reclamando.

— Vou me retirar só para um cigarrinho.

Ele enrola seu cigarro e deita na rede, balançando-se com um pé apoiado no chão. Ele ouve as vozes ali do gramado e olha para o céu por trás das folhas. Morcegos passam. Ele tenta descansar a vista e não procurar por estrelas cadentes. Quando força os olhos, nunca consegue ver uma. Tem apenas um desejo. Seu olhar se torna mais suave. E pronto, lá está ela, reluzindo através do tempo. Uma fagulha mágica e o dito se torna não dito, o conhecimento é desaprendido, a tranca volta à caixa de Pandora. Ele fecha os olhos e faz um pedido, quase consegue acreditar que ele pode se tornar real: Julia esperando por ele, lendo na cadeira da cozinha, Mira no andar de cima, com o polegar e uma das orelhas de seu coelho branco na boca. Ele abre os olhos para encontrar Katie, que o observa de pé.

— Posso acompanhá-lo?

— Você não fuma...

— Não, quero dizer na rede. — Ela não espera pela resposta, tira as sapatilhas e deita com a cabeça nos pés dele e as pernas esticadas ao seu lado. Ele ainda mantém um dos pés no chão, mas para de balançar. Katie se ajeita para assumir uma posição confortável e Julian sente o tecido se retesando abaixo deles, a rede estalando amarrada às árvores.

— Sua mãe realmente não quer falar sobre Mira, não é? Eu só estava contando a ela sobre uma brincadeira...

— Uma com coelhinhos, inspirada em Beatrix Potter?

— Sim, essa; eles só queriam brincar disso. Mas todas as vezes que menciono o nome de Mira, ela muda de assunto.

— Nem me fale. — Ele se move na rede, e seu braço fica pendurado do lado de fora, como em *A morte de Chatterton*.

— Deve ser difícil para você.

— É. — Ele fecha os olhos na última tragada de seu cigarro e o atira no meio dos arbustos.

— Nós nos divertimos tanto com ela nos feriados de Páscoa. Eu posso dizer sinceramente que ela e os meninos não poderiam ter brincado mais.

— Sim, eu me sinto mal agora por ter simplesmente empurrado Mira para você.

— Ora, não diga isso... Eu me ofereci. Ela era bem esperta, muito mais articulada que meus filhos. E depois, na semana seguinte, todos vocês sumiram e ela foi para Great Ormond Street, e fiquei vasculhando meu cérebro para lembrar algum tipo de indício que eu não havia notado. Tenho certeza de que é terrível pensar nisso, mas o que eu nunca entendi é... se você não se importar que eu fale a respeito... como ela foi parar no hospital tão de repente daquele jeito? Houve algo que eu não notei?

— Eu fui um idiota, foi isso que aconteceu — responde ele e ri amargamente por algum tempo, até que ela o cutuca com o pé para fazê-lo parar. — Foi no dia em que os pedreiros chegaram para começar a quebrar a cozinha. — Julian pega o pé dela e lhe dá um aperto agradecido, e ela entrelaça os dedos dos pés nos dele. — Foi um pesadelo, o dia inteiro. Mira passou a noite acordada reclamando de dor de barriga. Eu desisti de colocá-la de volta na cama e deixei que ela dormisse no meu quarto. Não conseguia fazer ela parar de chorar. Ela queria a mamãe, dizia.

"EU TAMBÉM", ele se pegou gritando na cara dela às quatro da manhã, mas tem vergonha demais dessa parte para contar a Katie.

— Ela estava pálida e chorosa, e os homens tinham começado no andar de cima, no banheiro. Eu tentava arrumar as coisas da cozinha em caixas, o gesso caía do teto que trepidava, batidas, batidas, a Radio One aos berros.

"Eu planejava deixá-la na creche e passar o dia escrevendo na biblioteca de Woodford, mas Mira estava fraca e o Calpol não baixava a temperatura, então nós dois ficamos presos aqui. A banheira oval teve que ser serrada no meio para ser removida, imagina o barulho que isso fez. Era poeira para todo lado, o que fazia Mira tossir, então eu levei um fogareiro para a sala e, embora ela não quisesse comer nada, preparei comida para ela. Karl ligou enquanto eu fazia um pouco de arroz. Ele pareceu estressado, disse que tinha que falar comigo. Parecia tão perturbado que eu me perguntei se algo havia acontecido com Heino. Mas fomos interrompidos por Mira gritando do lado de fora, e eu larguei o telefone e corri para ela. Ela ardia de febre, apontava para o chão sem que nenhuma palavra saísse de sua boca. Finalmente, ela conseguiu falar: 'Um s-s-s-sapo. Ele tá olhando para mim', e começou a chorar descontroladamente. Eu a levei para dentro e, quando ela se acalmou, liguei novamente para Karl.

"Ele disse que o que queria me contar não era o tipo de coisa que podíamos falar no telefone. Insistiu em me ver, em vir aqui. Mas, naquela altura eu só queria me livrar dos pedreiros. De qualquer maneira, eu não conseguia trabalhar.

"Coloquei Mira com uma caneca de mingau de banana quente na frente dos *Teletubbies* e tentei trabalhar. Usei tampões de ouvido. Obviamente não adiantou nada, porque ela mal podia ouvir a televisão com todas aquelas marteladas, e no final eu decidi que era melhor levá-la para Londres."

— Então foi aí que vocês partiram? Você foi encontrar Karl? — Katie permitiu que ele falasse ininterruptamente até ali. Está ficando um pouco frio; Julian se sente quase contente por ter o calor dela ao seu lado na rede.

— Sim, fui. Com gritaria no banco de trás ao longo de todo o caminho. Eu sei agora que ela estava sentindo dor, mas o idiota aqui simplesmente continuou dirigindo. Até aumentei a música.

"Mira só conseguia engolir coisas pastosas naquele dia. Ela se queixava de que o cinto de segurança a apertava, e eu tinha que parar toda hora para ajustá-lo. No final, deixei o cinto tão frouxo que teria sido inútil em caso de acidente. Em algum momento ela parou de gritar e dormiu com a bochecha caída sobre o ombro. Acordou gemendo quando saímos de uma via expressa: pálida, um vômito coalhado se derramando de sua boca. Eu dei mais Calpol no acostamento e a limpei o melhor que pude. Ela apenas olhou para mim e disse: 'Desculpa, *papa*...'"

Katie assume uma nova posição na rede, de modo que eles ficam virados para o mesmo lado. Ela apoia a cabeça dele contra seu peito enquanto a rede balança, envolvendo-o.

— Ah, Mira — geme ele em voz alta.

Karl chamou o pai no andar de cima enquanto Julian saía do carro aos tropeções, Mira gritando em seus braços.

— Meu Deus, começou de novo. Onde está Julia?

Karl abriu caminho até o apartamento, os gritos de Mira ecoando pelo corredor. Julia correu na direção deles e tomou a menina de Julian, beijando seu rosto quente e vomitado.

— Amorzinho, o que está acontecendo?

Heino apareceu apoiado em sua bengala, balançando a cabeça quando disseram que era dor de barriga.

— Acho melhor dar uma olhada nela.

Mira ficou mais tranquila nos braços de Julia. Resmungou quando a mãe a deitou no sofá e se encolheu. Heino gesticulou para que Julia erguesse a camisola de Mira.

— Posso? — Ela se encolheu ainda mais quando ele colocou o estetoscópio em seu peito, pressionou sua barriga com as mãos nodosas, tirou o estetoscópio do ouvido e se virou para Karl. — Tateie você, diga se estou errado. — Ele olhou para Julia enquanto Karl examinava a barriga de Mira. Heino pousou a mão no cotovelo de Julia. — Você precisa levar essa criança ao hospital. É sempre melhor ter certeza.

Foram admitidos quase imediatamente na emergência pediátrica do UCH. Mira foi colocada em um leito, e sua pressão já estava sendo aferida no instante em que Karl voltou do estacionamento. A pressão era 15/10. Deram alguns telefonemas. Karl se ajoelhou diante de Julia, pôs a mão em seu ombro para acalmá-la, encarou-a.

— Eles sabem o que estão fazendo.

Eles foram transferidos de ambulância para o hospital da Great Ormond Street. Houve mais exames de sangue — era ainda pior quando Mira não chorava por causa da picada da agulha. Raios X. Tomografias. Em meio a tudo isso, Mira não passava muito tempo consciente. O coração dos pais disparava quando seguiam sua maca pelos corredores e atravessavam portas, entravam e saíam do elevador, iam e voltavam da enfermaria. Julia virou o rosto ao ver um bebê minúsculo e cabeludo passar em uma maca, uma enfermeira inclinada sobre o berço e gentilmente bombeando ar em sua boca através de um tubo de plástico corrugado.

Mira foi ligada ao soro, os enfermeiros em torno de seu leito, e resistiu chorosamente quando eles tentaram inserir a cânula, desfalecendo outra vez. Karl disse que ficaria ali com ela, e eles acompanharam Esther Fry, a médica supervisora, até uma sala mais adiante no corredor. Ela se sentou com a prancheta apoiada no joelho. Julian e Julia se acomodaram em rígidas cadeiras azuis, e a médica passou a caixa de lenços de papel para Julia, os cachos de saca-rolha balançando.

— Agora que baixamos a pressão arterial dela, podemos falar sobre a próxima etapa — disse com distinta confiança.

— Que próxima etapa? — Julian começou a puxar os próprios cabelos, e Julia teve de segurar as mãos dele para fazê-lo parar; ele sentiu que ela tremia.

— Deveríamos ter feito algo antes... — disse Julia. Havia tantos motivos para se culpar. — Nós ríamos da barriga redonda dela.

Esther Fry folheava as anotações diante deles.

— Esse tipo de tumor pode ser muito difícil de diagnosticar no estágio inicial. Ela está aqui agora e isso é o mais importante. Vocês estão no lugar certo.

Tumor. Pronto, estava dito.

— Por favor, apenas me diga que ela não vai morrer — suplicou Julia.

— O importante é que ela está confortável. Está levemente sedada e nós vamos seguir administrando a nifedipina para baixar a pressão. Podemos falar sobre o restante amanhã.

— Doutora, por favor...

— Podem me chamar de Esther. — Ela lhes dirigiu seu sorriso mais amável. — Esse será o pior dia; de agora em diante vai melhorar. — E ao longo das semanas seguintes, eles repetiriam essas palavras um para o outro, *de agora em diante vai melhorar.* — Primeiro ela vai precisar passar por uma biópsia, e um cateter será inserido em seu peito. — Esther Fry apontou para um local abaixo de sua própria clavícula, e a ideia de que uma parte tão delicada de Mira seria perfurada fazia Julian suar nas palmas das mãos. — O cateter ficará sob a pele, e os medicamentos serão administrados por ele. — Novamente ela tocou o local onde Mira seria cortada; ele pôde ver as veias violáceas sob a pele dela. — É um procedimento simples e significa que não teremos que furá-la toda hora.

Esther Fry apresentou alguns folhetos e os colocou sobre a mesa. Eles teriam que fazer algumas escolhas, embora sentissem que isso era a última coisa que eram capazes de fazer no momento.

— Se as tomografias mostrarem que o tumor está dentro do rim, vocês podem fazer parte de um estudo clínico randomizado que compara o procedimento adotado nos Estados Unidos, que é a remoção imediata do rim esquerdo para normalizar a pressão sanguínea, e o procedimento europeu, que indica quatro a seis semanas de quimioterapia para diminuir o tumor e reduzir os riscos de ele se romper ou se espalhar para outros órgãos durante a cirurgia.

Julian foi dominado pela fraqueza.

— Vamos perguntar ao Karl — sugeriu ele. — Ou, melhor, ao pai dele. Tenho certeza de que Heino deve saber o que é melhor.

Eles pararam na porta da capela. Dentro, um coro de anjos dourados silenciosamente tocava seus instrumentos em torno da cúpula estrelada. Ele tinha os olhos turvos; não havia nada ali além de brilho, PAX a seus pés e, dentro, uma grande águia abrindo as asas douradas no púlpito. Ele se ajoelhou e rezou para que seu pai lhe enviasse um sinal de que Mira ficaria bem. Ao redor, ele viu os aglomerados de brinquedos e pelúcias que os pais deixavam ao longo das paredes: ursinhos, tigres, coelhos, macacos segurando um coraçãozinho, um pequeno rato de feltro com um nariz vermelho e flores bordadas nas orelhas. Julia apontou para eles.

— Não consigo suportar — sussurrou. — Isso deve ter pertencido às crianças que morreram aqui.

— Para — retrucou Julian. Eles se abraçaram até ouvirem alguém tossindo atrás. Era Karl, segurando o coelho de Mira. Ele tinha voltado a Lamb's Conduit Street para buscá-lo; Mira nunca dormia sem ele. O coelho usava um vestido de bebê de Mira, aquele com seu nome num aplique vermelho.

— Ela vai ficar bem — dizia ele. Julia apontou para os brinquedos e começou a soluçar. Karl pôs o braço em torno dela. — Imagino que os pais deixem isso aqui como uma oferenda a Deus para que conserve seus pequenos. — Ele a puxou para mais perto. — Na verdade, tenho certeza disso.

Dezesseis

K atie acaricia o cabelo de Julian; os dois continuam na rede.
— Pobre Jude, você está exausto.

— Acho que você tem razão. Vamos encerrar a noite por aqui.

A névoa se ergue do rio. Eles cruzam a grama; Katie está tremendo, e Julian então põe o braço em torno de seu ombro, apertando-o. Michael e Jenna arrumaram as coisas do jantar e fugiram para a cama sem serem vistos.

Katie se senta com os joelhos para cima na cadeira junto ao Rayburn, e ele joga o cobertor de Zeph sobre ela. Julian acha que um conhaque os aquecerá; não passa pela cabeça dele se Katie estará sóbria para dirigir até sua casa. Julian lhe entrega o copo, e ela ergue os olhos para ele, os pontos amarelados de suas íris semelhantes a grãos de pólen. A sombra verde ainda está no lugar, mas o rímel borrou, marcando o rosto com anéis escuros. Seu vestido havia se retorcido e, quando Katie o ajusta, ele vê com uma pontada de pena que o sutiã é verde para combinar com o restante da roupa. Ela ergue uma sobrancelha.

— Aaah, veja só você, Cassandra. — diz ele, envergonhado por ter sido pego em flagrante.

— O quê?

— Não finja. Como em *I Capture the Castle*, quando os Mortmains tingem todas as roupas de verde? Lembra?

O pólen dança nos olhos dela. Ah sim, ela lembra.

Eles passavam pela colina do cemitério depois da escola, pedalando suas bicicletas entre os bosques de jacintos. *I Capture the Castle* era o romance favorito de Katie, e nem o fato de que ele era leitura obrigatória para os exames finais do ensino médio estragou o livro para ela.

A colina era gramada, cercada por anêmonas brancas e jacintos, e abrigava um aglomerado de prímulas, fezes de coelhos que mais pareciam uvas-passas e um tímido arbusto de violetas. Eles apoiaram suas bicicletas nos jacintos.

— É perfeito — decidiu ela. — Temos que fazer aqui. — O aroma de jacintos era inebriante, as covinhas de Katie bem marcadas. Era possível distinguir o curso do rio rumo a oeste entre as árvores. — Vamos ver o pôr do sol.

Havia ruínas de um muro ao pé do monte onde antes existira um marco divisório, então eles soltaram algumas pedras grandes e dispuseram-nas em um círculo para a fogueira. Katie se agachou, sorrindo para ele por trás de sua franja.

— Do que precisamos? Sal, ervas, uma garrafa de vinho canônico...

O sol se pôs, suas oferendas foram feitas, o vinho canônico foi bebido. As guirlandas confeccionadas às pressas estavam tortas, a pele nua de Katie coberta de pétalas. Um cheiro doce e terroso misturado com jacintos amassados, seus caules esmagados grudados nos joelhos.

— O ritual do solstício de verão exatamente como fizeram no livro... Ah, eu ainda amo aquele livro. — Katie estremece brevemente com a lembrança e sorri para ele.

Julian ri.

— Não me lembro do ritual do solstício de verão terminar com uma trepada no livro. Aliás, nem era solstício de verão, estava um frio terrível.

— Ah, não enche, Jude. É uma palavra horrível para isso. Por que você tem que estragar as coisas? — Ele fica pasmo ao ver que os olhos dela estão marejados.

— Bem, você ficou muito bonita coberta pelas minhas oferendas, aquelas flores... Ah, para com isso, Katie. Lá vem você fazer isso outra vez.

Ela funga.

— Fazer o quê? — Ela fica de pé, ajeita o vestido e dobra o cobertor.

— Você sabe do que estou falando — responde ele, olhando para trás. *Por que* ela agora estava subindo as escadas atrás dele?

— Eu não sei.

Ele para no topo da escada, na porta do quarto de Mira, e volta-se para Katie.

— Você está tentando me seduzir.

— Ah, você me conhece, eu só quero trepar. — Ela sorri para ele. — Jude, estou *brincando*. — E, por ela conseguir fazê-lo rir com aquele seu enorme sorriso, ele quase estica o braço e gira a maçaneta da porta do quarto que, por um momento, voltou a ser seu e não de Mira, tamanho o salto no tempo. Ele se detém e apoia as mãos nos ombros dela.

— Então pare de me provocar, Katie. Não é justo.

Ela sustenta o olhar dele, primeiro confusa e depois ultrajada, tentando ignorá-lo. Julian apoia o braço no batente da porta acima da cabeça dela, tenta evitar qualquer indício de maldade em sua voz.

— Como no hotel.

— No hotel? Ah, eu estava fora de mim. Estava bêbada. — E ela empurra o braço dele para abrir caminho.

— Sim, bem, você está bêbada agora. Bêbada demais para dirigir para casa esta noite, pelo menos. — Ele faz Katie girar e a conduz ao longo do corredor para uma parte escura da casa. — Pode escolher qualquer quarto que quiser ali.

Ele foge para o próprio quarto, chutando de lado pilhas de roupas jogadas no chão, abre a janela e põe a cabeça para fora. Pelo menos desta vez o jasmim não incomoda. Ele respira fundo algumas vezes e deixa que a brisa agite seus cabelos.

Depois de um tempo, ele ouve a porta se abrindo às suas costas.

— Todas as luzes estão apagadas naquele lado. Não consegui ver nada, mas até onde pude perceber, não tem nenhum lençol, nem mesmo travesseiros.

— Creio que você terá que dormir aqui então. — Relutante, ele se afasta da janela. Ela está ao lado da cama, mexendo no abajur.

— Espero que os lençóis não estejam muito fedorentos. Talvez seja melhor ver se tem algum limpo.

— Tudo bem. — Ela segue os olhos dele na direção da cama desfeita, que parece ter sido atingida por um furacão, reduz a intensidade da luz e se junta a ele na janela.

Julian aponta para sua mesa de cabeceira.

— Só preciso pegar meu remédio e vou dormir no sótão — diz ele, mas ela o puxa para perto, sussurrando em seu ouvido.

Ele volta a se deitar no travesseiro, um braço dobrado sob a cabeça. Junto à janela, Katie consegue desabotoar o sutiã.

— Desculpa, ele me aperta demais. — Katie saca uma grande faixa de renda verde pelo buraco do braço do vestido. — Tchã-ram! Ah, não precisa fazer essa cara preocupada. Vou dormir com o restante das minhas roupas. — Ela se deita ao lado dele, puxa o braço que está sob a cabeça e faz com que ele a abrace. Julian não faz nada além de olhar para o teto. Algo dentro dele está transbordando, preenchendo-o. Ele fecha os olhos. Não há nada além de uma saudade leitosa, e por um momento ele consegue acreditar: elas mergulham nas profundezas da cama. Pele suave, doce, braços e pernas junto de seu peito e sua virilha. Seu amor, sua criança, todos juntos como massa de pão quente. Ele solta um suspiro e Katie o silencia, passa um dedo ao longo de seus lábios. Ele quase grita os nomes delas.

— Você vai tentar me perdoar? — pergunta Katie, apoiando-se em um cotovelo.

— Pelo quê?

— Por Marylebone. Pela forma como me comportei no hotel.

Ele não responde. Os cabelos dela fazem cócegas em seu pescoço.

— Pelo amor de Deus, eu nunca *deixaria* de acompanhá-la ao seu quarto — assegura Julian, retirando o braço de cima dela e voltando a apoiar a cabeça nele. O que ele quis foi deixá-la em segurança. *Só isso.*

— Shhh. — Ela se inclina sobre Julian e acaricia seu peito, mas ele gostaria que ela parasse. — Foi um momento terrível para todos nós. Não há por que ser tão duro consigo mesmo. Só tente dormir e eu vou velar seu sono em meus braços.

Já passava das duas da manhã quando os dois entraram cambaleando no quarto de Katie no terceiro andar daquele hotel Marylebone. O barman os deixara no térreo com uma garrafa de uísque; a lista para os pedreiros e decoradores de Firdaws já tinha sido colocada em prática. Ela se pôs a trabalhar imediatamente, deu alguns telefonemas do saguão: o emassador estava marcado, e ela encontrou alguém que entendia de restauração e poderia encontrar um Rayburn antigo. Ele se sentia entusiasmado com Katie, claro que sim.

Os planos de Julian para Firdaws estavam dobrados dentro da bolsa de mão de Katie. Em vez de retribuir seu beijo de boa-noite, ele a envolveu com seus braços e pousou o rosto no alto de sua cabeça. Ela fazia com que ele se sentisse um pouco mais calmo, *só isso.*

Julian ficou no bar, a mão erguida numa saudação silenciosa para o traseiro de Katie quando ela saiu rebolando em seu vestido justo demais, e sentiu uma onda de bom humor e afeição; na verdade, isso foi tudo. Ele pegou seu casaco para sair e lá estava: a bolsa dela ainda pendurada em sua corrente no espaldar da cadeira. Ele a pegou e correu até o elevador, mas as portas já estavam fechando. Ele subiu as escadas de dois em dois degraus, chegando sem fôlego ao terceiro andar para encontrá-la saindo do elevador. Ela desfilou pelo corredor, a chave do quarto pendurada em um dedo, passos levemente trêmulos enquanto ele andava ao seu lado, empurrando a bolsa para ela, tentando fazê-la parar com a brincadeira.

Katie estava tão bêbada que precisou de duas ou três tentativas para enfiar o cartão no leitor da porta. Ele colocou a bolsa numa mesa e se virou para encontrá-la cambaleando na direção da cama. As costas de Katie estavam viradas para ele, os quadris balançando de um lado para o outro.

— Abra meu zíper, Jude. — Ela faz movimentos sensuais em seu vestido justo, a cintura como um caule acima do bulbo de seu traseiro. As cobertas na cama estavam dobradas, um chocolate em papel laminado verde-menta sobre o travesseiro. As tábuas do chão estalavam sob o manto espesso do carpete. Através da parede, ele ouviu o som da porta do elevador se fechando. Sua mão se ergueu brevemente, apenas brevemente, em direção ao zíper que serpenteava da nuca ao cóccix de Kate. Ao primeiro movimento de sua mão, Julian afastou aquele pensamento e deu um passo para trás.

— Para, Katie. Você não deveria fazer isso.

Ele já havia decidido antes que o telefone começasse a tocar. E *isso foi crucial*.

Katie se aninhou na cama, chutando os sapatos para longe.

— Relaxa, Jude. Tenho quase 30 anos e posso muito bem dormir sozinha, muito obrigada. — Mas ela já não existia mais. O telefone de Julian estava tocando. A tela mostrava que era Julia.

— Julia, o que está acontecendo?

— Onde diabos você está?! — E sua voz começou a ficar trêmula. — Mira, Mira... — Era difícil entender o que ela estava tentando dizer entre os soluços. Ele ouviu as palavras "tratamento intensivo". Katie estava distante, novamente de pé, movendo o corpo ao ritmo de uma música que só ela ouvia, banhando-se numa nuvem de perfume que o fez tossir.

Ele ouve os pios das corujas, o ruído da descarga e Michael cambaleando de volta para a cama. As pálpebras de Katie estremecem, os lábios entreabertos. Julian consegue liberar seu braço centímetro a centímetro, e ela geme baixinho quando ele se esgueira para o lado de Julia na cama. Pela forma como o vestido ficou embolado em torno dela, Julian pode ver a curva de um seio fora do tecido verde, as suaves trilhas prateadas das estrias. Ele puxa a colcha até os ombros dela, rola na cama e silenciosamente abre a gaveta para pegar seu remédio, aliviado por encontrar ali perto um copo de água velha.

As dobradiças da porta do sótão bocejam, uma lâmpada nua transforma a cama numa poça clara. As tábuas rangem e têm farpas perigosas. Nunca há muita coisa ali em cima, nunca houve: a cama e uma mesa de madeira na qual ele deposita seu copo de uísque, uma poltrona de bambu e, sob o beiral, uma pilha de malas e bolsas de viagem, caixas de tralhas velhas. Ele se senta à mesa e vasculha uma tigela com bugigangas variadas, tira um cachimbo esquecido, um cadeado de bronze, um ovo de jade. O cachimbo era de seu pai, há marcas de seus dentes na haste. Ele cheira a tigela, ainda pode ver o carvão da borda queimada, o aroma do tabaco tão fraco que é pouco mais que uma lembrança. Ele segura o ovo na direção da janela, maravilhoso, liso, verde-claro com um brilho alaranjado no centro, como um embrião petrificado. "Você não pode dar isso à sua mãe!", dissera Julia. Eles estavam em uma lojinha interessante em Hay-on-Wye. Ele pensou que, sob as condições certas, aquele poderia ser um ovo de fênix se colocado em uma fogueira com aparas de lápis e goma-arábica, por exemplo.

— Mas é bonito. Veja como a luz o faz cintilar. E o toque, é delicioso e liso na mão.

Julian se lembra da risada dela.

— Você não sabe o que é?

Ele balançou a cabeça.

— É um ovo de jade. Sabia? As concubinas usavam para fortalecer a xoxota.

O travesseiro parece áspero, e Julian lembra que hordas de moscas se proliferam naquele sótão. Ele tenta não se ater ao zumbido baixo e caótico de seu voo apático e ao som distinto de seus corpos se chocando contra os objetos. Pernas de moscas ressecadas que mais pareciam vírgulas caídas na fronha o impedem de dormir. Ele se levanta, sacode o travesseiro, espana os lençóis, volta a se aninhar.

Logo Julian sente que vai cochilar, mas criaturas terríveis o prendem à superfície, lutam contra o inevitável, conduzindo-o ao longo de um túnel escuro até ele emergir num clarão fluorescente, as formas queimando suas retinas, luzes pulsantes, o tubo do respirador verde-claro, a cama de ferro branca e lustrosa. Ele segue em frente pelos corredores luminosos do hospital, o coração em alerta, atravessando com um assobio as portas com a placa "UTI Pediátrica".

Mira estava deitada numa cama alta, as grades de metal erguidas em toda a volta, inconsciente e nua, os pontos do monitor cardíaco presos no peito, com tantos esparadrapos que ele não conseguia ver seu rosto.

— Dê um beijo na sua menina. — A enfermeira. — Mesmo dormindo, ela vai saber que você está aqui.

Julia chorou com o rosto apoiado no casaco dele.

— Onde diabos você se meteu? Há horas que tento falar com você. Toca a barriga dela. Parece um tambor. — Havia tubos ligados ao nariz e à boca de Mira, além do cateter e de um saco coletor amarelo como sua pele. Quando ele colocou a mão em sua cabeça, fios de seu cabelo fino e suave se soltaram na palma de sua mão. Em algum lugar um telefone tocava, abafando o choro agudo de um bebê. Era possível ouvir sussurros, o "shhhh" suave de alguém pedindo silêncio, o som dos sapatos dos enfermeiros. Era o meio da noite, a ala estava na penumbra; pais permaneciam sentados como penitentes nas cabeceiras das camas sob os halos da luz dos monitores. A cada vez que se batia uma tampa de lata de lixo, todos saltavam.

— Eles estão mantendo Mira inconsciente. O fígado está intoxicado — disse Julia. Eles estavam abraçados quando um médico chegou; não Esther Fry, mas um tal de Sr. Goolden, com olhos azuis injetados que Julian perscrutava em busca de indícios de tranquilidade.

No consultório, o Sr. Goolden explicou o diagnóstico enquanto eles esticavam os pescoços em suas cadeiras.

— É uma reação rara. O tratamento-padrão é Vincristina e Actinomicina D — explicou ele, puxando três lenços de uma caixa e entregando-os a Julia. — Sua filha não teve sorte.

Julian se pôs de pé num salto. Ele pensou em Esther Fry, seus cachos balançando, "este será o pior dia...". Uma onda de desespero o fez agarrar o Sr. Goolden pelos ombros.

— Sorte?! — Julian não se deu conta de que seu tom de voz era tão alto. Ele ficou surpreso ao ver os nós dos dedos esbranquiçados sob a pele, tão brancos quanto o jaleco do médico.

— Há muito que podemos fazer — disse Goolden tranquilamente, convidando Julian a se sentar de volta em sua cadeira. — Ela tem todas as chances de superar isso.

Depois que o médico saiu para seu plantão, eles se viram mais uma vez na capela do hospital, mas Julian sairia em breve para fumar um cigarro. Julia escolheu a janela mais próxima da porta da capela. Depositou o coelho de Mira entre os outros brinquedos no parapeito. Do vitral acima dela, Santa Eunice mostrava um livro, sua sandália de ouro apoiada em uma tábua esmeralda. As orelhas do coelho estavam gastas nas partes que Mira havia mordido, e uma delas caía sobre o olho. A cabeça tombava junto ao corpete do vestido de bebê de Mira, o nome num aplique de feltro vermelho. A seda branca caía do parapeito. Julia se ajoelhou e rezou. Julian pensou que os brinquedos pareciam ter a mesma sorte que os brindes fajutos de uma barraca de tiro ao alvo em uma quermesse.

Dezessete

O sótão sem cortinas não é nada perto do amanhecer intranquilo, com mau hálito matinal e piados estridentes. Julian se senta com os pés nas tábuas nuas, a cabeça apoiada nas mãos. O sol atravessa o vidro texturizado com seus raios de fogo, as moscas já estão zumbindo. Há um pingo de água de ontem no copo. Julian se espreguiça na única parte do cômodo que lhe permite esticar o corpo e pega o cadeado de bronze do chão. Tem forma de coração, está um pouco esverdeado em torno da tranca. Pedaços de verniz ficaram aderidos ao relevo, e ele passa o polegar em um par de Js entrelaçados.

Julian põe o cadeado no bolso, desce pelas escadas do sótão xingando cada tábua que rangia. Ele ouve os roncos constantes de Michael quando passa pelo quarto de hóspedes; o som da água nos canos parece amplificado quando ele espia pela porta de seu próprio quarto, torcendo para Katie não acordar.

Julian tem vontade de amordaçar o cachorro quando ele corre até a porta dos fundos e começa a latir para um corvo. Ele dá uma olhada no bolso em busca de fumo e leva o café para a varanda. Esfrega o cadeado para lustrá-lo, como se um gênio pudesse aparecer e gira a chave. A dobradiça está bem lubrificada. É a coisa mais linda. Julia e ele na Pont des Arts, caminhando de braços dados em direção ao Louvre. Estavam apaixonados. Era aniversário dele, o vigésimo quinto. O sol brilhava. Um *bateau-mouche* deslizava pelo rio, passageiros de roupas coloridas balançando como flores no campo.

No meio da ponte, eles pararam para que Julian abrisse seu presente. Ela mordeu o lábio quando o embrulho de papel caiu no chão.

— Meu Deus! — Julian ficou surpreso ao vê-lo novamente e ao se dar conta de que ela havia lembrado de que ele tinha gostado do objeto. Girou o cadeado de coração nas mãos, virando a chave de filigrana de bronze, sorrindo e fazendo saltar a tranca. — Como você sabia?

— Eu o consegui há alguns anos. Quando nos conhecemos. Mas nunca aparecia um momento apropriado para dá-lo a você. — Ela levou sua bolsa de lona ao ombro. — E eu gostava de guardá-lo, porque sabia que um dia seria seu. — Julia retribuiu o sorriso dele. — Como um lindo segredo.

Um saxofonista soprou as notas iniciais do *Cânone*, de Pachelbel. Uma brisa agitou algumas fitas amarradas à ponte, e Julia ajeitou um lenço que havia amarrado no cabelo. Até em Paris ela parecia prestes a mexer num jardim, com sua blusa marrom solta e calça chino enrolada nos tornozelos. Julian sentiu uma leve decepção infantil por ela não se arrumar para o seu aniversário. Ele tirou o lenço da cabeça dela, despenteou seus cabelos. "É meu aniversário", disse ele quando ela se opôs. E foi assim que tudo começou.

Eles não estavam tão acostumados a ficar separados naquela época anterior a Firdaws. Ele se sentia revigorado após as noites que passara sozinho em um hotel parisiense chique que cheirava a canela, a cama forrada com uma colcha escura e paredes com efeito aveludado.

Na pressa de sair de Londres, Julian esqueceu todo tipo de coisa: que marcara com um encanador para consertar o boiler e que havia prometido jantar com Karl.

Ele tentou ligar para Julia e avisá-la sobre Karl, mas o telefone imediatamente voltou a tocar. Era o animador francês Claude De'Ath, o grande homem em pessoa, e, claro, Julian estava preparado para largar tudo para trabalhar com ele em Paris. Na correria de arrumar malas e com Julia chegando da estufa um tanto chorosa por sua partida, ele se esqueceu de desmarcar com Karl.

Julian só se lembrou do encontro na manhã seguinte, ao caminhar com Claude De'Ath pelas Tulherias; ele teve que colocar em prática todo o francês que havia aprendido na escola para entender a visão do diretor para seu filme. Eles pararam para ver os barquinhos de brinquedo na fonte, e Julian pediu licença. O número de Karl caiu direto na caixa postal, e ele se lembrou de que o amigo apenas passaria por Londres em seu caminho para uma conferência em Brighton. Julian estava prestes a deixar uma mensagem quando um rato marrom-escuro cruzou seu caminho. Era gordo, tinha a ousadia de um gato. Julian balançou a cabeça para o animal, que desapareceu no meio dos arbustos.

Ele contou a Julia sobre o rato enquanto caminhavam pela ponte, e ela estremeceu. "O rabo era como uma minhoca gorda atrás dele." Julian decidiu ("Meu aniversário") que eles deveriam se beijar de novo ao som de um violão de cordas de nylon, embora Julia, desesperada para ver a Mona Lisa, disse já ter ouvido coisa melhor no metrô.

Ele começou a listar todas as coisas que "Meu aniversário" deveria acarretar.

— Café *crème* em St. Germain, *madeleines* quentinhas, bancas de jornais franceses e outdoors com garotas francesas sem roupa, baguetes e manteiga sem sal, ostras em uma cama de gelo, de preferência alguma com uma pérola no meio, o quarto de hotel e minha língua... — Ela o interrompeu, riu, o silenciou e puxou Julian para a beirada da ponte.

— Coloque seu cadeado aqui. — Julia apontou para a treliça na balaustrada. — Vamos fazer isso. — Ela sacudiu o braço dele. — Vá em frente, rápido. Tranque aqui agora e jogue a chave no Sena.

— O quê? Por quê? — perguntou Julian, mantendo os dedos fechados em torno do cadeado.

— Ah, não sei. Fiquei supersticiosa, só isso — respondeu Julia.

— Tudo bem, mas me deixa ficar com ele um pouco mais. — Julian já estava triste em ter que se separar do cadeado. — Mas, em troca, e como é meu aniversário, tudo vai ser do meu jeito. — Ele se empolgou com a ideia de um desafio. — Vamos passar meia hora com sua Gioconda, mas depois será *pastis* e compras.

A Mona Lisa sorria, o licor os embriagou, a butique era cara.

— Essa aqui, sério? Preciso mesmo disso? — Julia emergiu do provador com as roupas que ele havia escolhido. — Não sei nem se consigo andar nessa saia, parece que estou enfaixada. — A saia não combinava com os mocassins, a blusa fluida. Ele mal conseguiu continuar sentado na cadeira junto do espelho quando a assistente da loja voltou com os saltos altíssimos do tamanho de Julia.

— Julian... — Ela fez uma expressão suplicante.

— Meu aniversário — respondeu ele, rindo. — Você concordou.

A princípio ela se esforçou para manter o equilíbrio naqueles sapatos, oscilando ao caminhar na direção do espelho. Ele nunca a vira daquele jeito, diferente e, de certa forma, mais nua. Julian arrancou dela um gritinho quando lhe deu um beliscão através da blusa de seda.

— Essa blusa é um pouco transparente, por sinal... — Ela o empurrou. — E, hoje à noite, sem sutiã. — A vendedora fingia não ouvir ou não falar inglês.

O almoço foi na Rue Bucci, em um restaurante com painéis de cerâmica *belle époque*, deusas e nenúfares, túnicas etéreas, baguetes quase alucinantes de tão boas, duas dúzias de ostras prontas para o sacrifício em uma travessa de prata. Julia caiu na risada, inventando gritinhos desesperados para as ostras na medida em que Julian derramava tabasco nelas.

A parte de dentro dos pulsos dela estava manchada de batom, borrões desbotados. Seu queixo estava apoiado nas mãos e, ultimamente, ele vinha notando pequenos vincos em torno dos olhos quando Julia franzia o cenho. Ele ergueu o copo para ela, e Julia torceu o nariz — as sardas lhe davam a aparência de uma garota de qualquer idade. Julian gostaria que ela usasse os cabelos soltos com mais frequência. Ele tirou o cadeado do bolso, colocou na mesa entre os dois.

— Então. Como você adivinhou que eu adorei isso?

— Ah, há séculos que quero dá-lo a você. Desde meu último dia na loja, quando o Sr. Gelding me perguntou se havia algo que eu queria...

— Uau, isso foi um grande risco para o Sr. Gelding.

— Para ser sincera, eu esperava que ele talvez me desse algum tipo de bônus, já que trabalhei lá por tanto tempo. E eu não tive o bom senso de pedir algo que pudéssemos vender. — Ela parecia bastante decepcionada com a lembrança.

— Com o dinheiro que tínhamos para tentar sobreviver, teria sido bastante útil... — comentou Julian.

— Eu me lembro de ver você, certa vez, refletido na vitrine da loja. Eu estava com um cliente e vi você pegar o cadeado da bandeja, olhar ao redor para ver se eu estava observando e depois levá-lo na direção do bolso. Isso me fez prender a respiração. Quando seus dedos estavam prestes a desaparecer, você colocou o cadeado de volta no lugar.

— Sério? — Ele engasgou com um gole de vinho. — Eu não me lembro de absolutamente nada disso.

— Se você tivesse roubado o cadeado, não teríamos nenhum futuro juntos, foi o que eu disse a mim mesma na época. Enfim, foi o que eu pedi, e o Sr. Gelding ficou bem satisfeito. Eu queria dá-lo a você imediatamente, até mandei gravá-lo na High Street. Mas, depois... Meu Deus, Julian, foi horrível. Lá na Sra. Briggs, no dia em que você abandonou a faculdade. Eu havia passado o dia inteiro no quarto mexendo no aquecedor de gás, contando as moedas que tínhamos. O cadeado estava na minha bolsa, prontinho. Pensei que ele alegraria você. Esperei você, cercada por seus livros e anotações, sua mesa abarrotada, sua caligrafia atroz, todas as coisas que, por minha causa, não se completariam. Você entrou correndo no quarto. Parecia um menino. Tinha até algumas espinhas.

— Tinha nada! Julia, para com isso.

— Você era tão magro, e seu cotovelo saía por um buraco no casaco. E lá estava eu, prestes a me tornar uma mulher de 30 anos, grávida, desmiolada e falida. Eu sentia que já havia aprisionado você. A última coisa que eu podia dar era um cadeado.

Julian se inclinou e a beijou na ponta do nariz. Ele sentia o coração apertado por imaginá-la tão ansiosa e assustada. Ele se lembrou do quarto na Sra. Briggs, seu horrendo colchão manchado, o tapete gasto e pegajoso, o gosto de sangue no lábio inferior de Julia, de tanto ela tê-lo mordido. O quarto de hotel que esperava por eles tinha morangos mergulhados em chocolate numa travessa de cristal, uma colcha escura com dobras se acumulando em torno da cama. Ele pegou o cadeado. Prometeu que voltaria à ponte pela manhã se ela cumprisse o desafio. As sacolas de compras estavam em cima de uma banqueta. Toda vez que olhava para Julia, ele sorria para si mesmo, mas precisou tomar o restante da garrafa para acreditar que ela iria até o final.

Mas ela foi, apenas por ele. Julian nunca esqueceria o homem no terno de veludo marrom nem a visão de Julia rolando nos lençóis escuros e amassados daquela cama, os saltos batendo em seus ombros e seu rosto se contorcendo em um grito descontrolado ao responder: "Eu queria. Eu queria. Eu queria."

Pela manhã, ela tinha uma ressaca forte demais para ir até a Pont des Arts.

— Tudo bem — mentiu ele escondendo o cadeado em sua *nécessaire*. — Preciso atravessar o rio para encontrar De'Ath. Vou fazer isso no caminho. — Quando Julian retornou, eles saíram para um café e, escondendo-se do sol fraco atrás de óculos escuros, passaram por uma loja que vendia coisas de bebê. O braço dela estava apoiado na dobra do cotovelo dele; Julian sentiu uma puxada sutil quando ela reduziu o passo e, num impulso, virou-se e levou-a para dentro da loja. Nunca tinham feito algo assim antes. A vendedora embalou o vestido de seda branca para batizado em camadas de papel fino, como se ele pudesse se quebrar.

Sozinho na varanda, Julian engole o resto de seu café, enrola o segundo cigarro da manhã. Vira a chave no cadeado uma última vez e, a caminho da cozinha para pegar mais café, atira-o na caixa com as tralhas de Julia. Que ela saiba que ele não cumpriu sua promessa. Que importa agora? As coisas continuam aparecendo pela casa: pedaços de papel com a letra dela, seu maiô, esticado e desbotado como uma pele velha, um pote de creme Clarins que ele cometeu o erro de abrir e cheirar antes de jogá-lo ali. A caixa está quase cheia. Ele precisa se lembrar de comprar fita adesiva.

Uma mão em seu ombro lhe provoca um sobressalto. Katie esfregou seus olhos de panda. Se está de ressaca, consegue disfarçar bem sob as bochechas rosadas, cabelos penteados para trás em um rabo de cavalo, a menta de seu hálito sugerindo que ela usou a escova de dentes dele. Katie levanta a mão de Julian e a pressiona em sua testa.

— Preciso de paracetamol — diz e se joga ao lado dele. Ela tomou um banho de perfume de jacinto. Balança as sapatilhas nos dedos do pé. — Não me lembro de muita coisa da noite passada. Espero que você não tenha se aproveitado de mim.

— Para com isso — pede Julian, e ela cutuca as costelas dele com o cotovelo.

— Espero que eu não esteja mais bêbada. — Katie boceja. — Vou precisar me recompor antes de enfrentar a inquisição. Vou ter que dizer aos meninos que meu carro não queria pegar.

— Se você sair agora, talvez haja uma chance de eles ainda estarem dormindo? — sugere Julian e ela o ignora, diz que está desesperada por um café.

— Acordei pensando em nossa conversa de ontem à noite e agora não consigo tirá-la da cabeça.

Ele se sente irritado.

— Temos que entrar nisso novamente?

— No quê? Ah, entendi. Não, o hotel não. Eu quis dizer, sobre Mira no hospital. Eu fico pensando, se eu tivesse que ver Billy ou Arthur inconsciente, dia após dia... — Ele abre o braço e ela se aconchega, a cabeça em seu peito. — Simplesmente horrível.

— O pior de tudo é o tempo que você fica lá e se arrepende de cada coisa escrota que fez. Nós temíamos a quimio e a cirurgia, mas, como você viu quando nos visitou, de certa forma entramos na rotina da internação. Quero dizer, era melhor isso do que ter que ir correndo para a emergência por causa da pressão dela. Sabe que não teve uma única noite que um de nós não ficou lá? E então, depois do que aconteceu com o fígado dela, não havia esperança de tirá-la de lá antes da cirurgia, só depois que ela recebesse o diagnóstico de cura completa.

Ele revê Mira apoiada nos travesseiros da Disney no dia em que saiu do respirador. Ela voltou ao mundo chorando; a princípio um choro sem som, os lábios se movendo, mas as cordas vocais silenciadas pela presença do tubo. Lágrimas furiosas, silenciosas. Inclinados sobre ela, ele e Julia tentavam enxugá-las com beijos, esforçavam-se por acalmá-la, seus gritos se tornando chiados agudos depois que o respirador foi removido. Enquanto empurravam sua cama de volta para o sexto andar, Julian pensou que ela nunca pareceu tão bonita quanto agora que havia perdido todo o cabelo. Seus grandes olhos e cílios encantadores, o domo suave de sua cabeça vulnerável como um ovo.

— Meu Deus. Katie, me faça parar agora. Vamos falar de outra coisa. Qualquer coisa.

Eles ouvem Jenna chamando da cozinha.

— Tem alguém mais acordado neste lindo dia? Julian, levanta e ofereça uma mão a Katie.

Ela o segue para dentro, dizendo:

— Ok, vou contar: acho que vou aceitar o emprego permanente na Escola Primária de Woodford.

— Você vai continuar morando com sua mãe? O que Adrian pensa disso?

Ela fez um gesto de quem está pouco se importando.

— Bem, sempre há o trem. Espero que ele passe metade das férias com os meninos, mas vamos ver... — Ela parece rancorosa, o suficiente para fazer Julian estremecer. — Ele deveria ter pensado nisso antes de colocar o pau para fora.

Jenna já está picando coisas na cozinha. Michael está espremendo laranjas. Ele para o que está fazendo, olha para Katie e ergue uma sobrancelha para Julian, que retribui o gesto balançando a cabeça com irritação. Jenna pergunta se alguém se lembrou de alimentar o cachorro.

Katie apoia a bochecha nas costas de Julian com as mãos em torno de sua cintura enquanto ele aquece o leite.

— Só um café e eu vou embora.

Julian ouve um carro estacionando, a batida da porta. Michael se sobressalta, Zeph late. Julian se desvencilhou de Katie, e sua mãe empurra tigelas para eles. O café da manhã especial: fatias assadas do pudim de ontem à noite, cobertas com frutas e nozes. Michael retorna da sala, o rosto um pouco triste, e atrás dele vem William.

William ocupa o vão da porta em seu casaco no melhor estilo "isso-é-o-que-se-veste-no-campo", cheio de bolsos largos e forro xadrez. Ele larga sua mala e abre os braços.

— Meu camarada! — Ele envolve Julian em um volumoso abraço de algodão engomado.

— William, *o que* você está fazendo aqui? — Ele não tem chance de explicar, pois Katie avança com o bule de café. — Esta é Katie — apresenta Julian quando ela lhe entrega uma caneca. William fixa o olhar nele e, pela segunda vez naquela manhã, Julian balança a cabeça em um gesto negativo. William o liberta com outro tapa nas costas.

— Meu chapa, que bom vê-lo. — Ele se vira para dar uma conferida em Katie, visivelmente aprovando-a e depois se dirigindo a todos: — Jesus, vocês não ouviram a notícia?

Michael faz que não com a cabeça.

— Que notícia?

Jenna para de picar frutas.

William puxa uma cadeira e desaba diante da mesa.

— Uma notícia terrível — anuncia ele, olhando lentamente cada rosto. — Foi confirmado. Ela está morta.

Dezoito

Jenna empurrou uma tigela para ele: coma, coma, coma. O noticiário berrava na TV. O primeiro-ministro parado diante de uma igreja, retorcendo as mãos. "Perguntas precisarão de respostas", diz ele. Katie, os cotovelos no encosto do sofá, encara a TV com os olhos arregalados em choque; o braço de William envolve a cintura dela, embora tenham acabado de se conhecer. Há cenas de metal destroçado no túnel.

— É triste demais — lamenta Jenna, secando o canto dos olhos com a manga da blusa.

Julian tem que gritar para se fazer ouvir.

— O que vocês todos estão fazendo aqui?

Michael o conduz ao escritório, fechando a porta atrás de si.

— Julian, não desconte nos outros. Fui eu. Eu disse que William deveria vir...

— Mas por quê?

Julian derruba o cesto de papéis, espalhando seu expurgo de anotações amassadas, e se inclina sobre a mesa, a superfície de vidro agora arrumada. Ele se mantém de costas para Michael, tentando conter sua raiva, fracassando e batendo na mesa com tanta força que as canetas saltam no pote.

— Não está vendo? Eu quero ficar sozinho!

Michael coloca a mão em seu ombro.

— Fica calmo.

Ele tenta virá-lo, mas Julian o rechaça.

— Se você fica sozinho, precisa se ocupar com algo. William veio para falar sobre o livro. E agora parece um bom momento, enquanto ainda estou aqui. Como você sabe, torço muito para que você faça isso: é o livro que você sempre quis escrever e, neste momento, você precisa de algo para salvá-lo de si mesmo. — Michael se apoia na quina da mesa de Julian, pernas balançando. — Esta é a sua chance. Agarre-a.

Ele silencia as objeções de Julian com a mão erguida.

— Eu sei que a vida não foi do jeito que você achou que seria, mas você ainda é jovem — prossegue Michael. Ele faz uma pausa para apontar para o mar de papéis amassados. — Não é o fim da sua história, nem é a única história. Você recebeu muitos dons, uma grande imaginação, a capacidade de escrever.

— Por favor, para.

Michael respira fundo, dramática.

— Eu não poderia ter mais orgulho de você se fosse seu pai. — Aí está. Ele nunca tinha dito algo assim. Julian ergue os olhos e torce para que aquilo seja reflexo da luz nas bolsas sob os olhos e não lágrimas. Ele olha para a janela atrás de Michael, que respira fundo mais uma vez e continua: — Você foi feliz e agora está triste. Mas, acredite em mim, a felicidade virá novamente. — Julian balança a cabeça. Michael coloca a mão na lateral de seu rosto e a deixa ali, o que parece estranho, porque eles nunca fazem isso. — Há diferentes versões da felicidade. — Novamente, Julian balança a cabeça, mas a mão de Michael ainda está em sua bochecha e ele ainda está falando. — Eu sei que sua perda parece insuportável agora, sei que tudo ao seu redor parece o inferno, mas talvez escrevendo você encontre algum tipo de paraíso interior. — Michael tosse, constrangido. — Desculpe sobre aquele Milton, minha péssima paráfrase, mas você entendeu a ideia. Deixa eu tomar conta de Firdaws por alguns anos, enquanto você tenta sua sorte. O que acha?

O problema é que Julian não acha nada, em absoluto. Enquanto Michael fala, uma vespa bate na janela, seu incessante zumbido engolfando aquelas sábias palavras. Os membros de Julian se tornam pesados, e sua garganta começa a se fechar. A vespa se atira contra o vidro. Julian está lutando para engolir. Da sala de estar, ele ouve os outros, as sirenes na TV. Michael lhe dá um tapinha na bochecha, e ele sente o calor de sua bondade em sua pele.

— Então. O que você acha? Chame isso de convalescença, se preferir. Sua mãe e eu queríamos falar com você sobre isso ontem à noite, mas não conseguimos porque você tinha... — Michael faz um gesto com a cabeça na direção do quarto. — Humm, companhia.

Julian salta para longe dele, como se tivesse sido picado.

— Ah, chega disso! Eu não convidei Katie. Você convidou. Ou minha mãe convidou. E nada aconteceu. Não sei o que vocês todos pensam que estão fazendo aqui, mas eu juro por Deus que gostaria que me deixassem em paz.

Teimoso, Michael se apoia com mais firmeza sobre a mesa.

— Sente-se por um momento, Julian. — E depois, menos rígido: — Por favor. Vamos dar uma olhada em todos os seus possíveis futuros... — Ele mostra as mãos, as palmas para cima, abertas como um livro.

— Nós precisamos mesmo fazer isso?

— Bem, eu poderia ficar de fora vendo você não fazer nada além de afogar seu cérebro em bebida, sem sequer tomar banho direito, enquanto sua mãe traz as refeições e chora até dormir à noite. É isso que você quer? Deixar que a tristeza governe a sua vida? Se for, mesmo assim eu vou assumir a dívida de Firdaws. Eu me importo com você o suficiente para encontrar uma forma de fazer isso, mas não sei se este seria um bom futuro. Diga, o que você acha?

A vespa na janela ricocheteia no vidro, lançando-se na direção de Julian. O zumbido enlouquece seus ouvidos. Ele corre para a porta. Rostos aparecem, inclinam-se sobre ele, pessoas o apalpam, tocam. Suas perguntas chegam até ele como flashes. Ele luta para sair da casa, ofegando por ar. Corre mais rápido que Michael e, ao olhar para baixo, encontra Zeph correndo a seu lado. A dor de cabeça é ofuscante, cada folha e grama parece o estilhaço de um espelho, a poeira cintilando com o impacto de seus pés na terra áspera. A luz desenha listras na cerca de Horseman, o sol batendo forte o suficiente para derreter o creosoto. O piche quente e a poeira de feno invadem suas narinas.

Ele passa pela Srta. Hamlyn mais nova ao lado do celeiro de Horseman, o labrador preto da casa desenhando círculos em torno Zeph, farejando seu traseiro.

— Julian! — chama ela com sua voz ligeiramente trêmula, acenando com a bengala. Seu cabelo grisalho está preso em bobes, esmagado sob uma rede azul-clara. — Venha ver isso. — Ela lhe dá pouca escolha, embora o coração de Julian ainda esteja acelerado. — Olha aqui embaixo, quantos figos maduros! — Ela enfia a bengala entre os galhos, desencadeando o som de zumbidos furiosos. — Ah, mas tem tantas vespas — diz ela, agitando as mãos. O cheiro da fruta madura nunca agradou Julian, algo muito parecido com xixi de gato. No ponto onde ela abre os galhos, ele vê um par de figos pendurados como testículos roxos e já começa a se desvencilhar, mas ela se apressa a acompanhá-lo, dizendo que é uma pena que ninguém consiga comer aqueles figos que parecem tão deliciosos. Suas pequenas pernas se esforçam; a cada passo de Julian, ela dá dois. A Srta. Hamlyn o segura com uma mão em seu cotovelo. — Deixa eu recuperar o fôlego. — Ela para por um momento, reajustando a rede que envolve seus bobes, pisca algumas vezes. Uma nuvem passa por seu rosto, o tremor de uma súbita percepção, ela até fica um pouco pálida. — Eu tive que vir para cá para ficar longe do rádio. Minha irmã está colada nele. — Sua mão tremula no peito e ela se aproxima.

Julian fica momentaneamente intrigado. O que a Srta. Hamlyn mais velha poderia estar ouvindo que acabou enxotando a irmã mais nova da loja? Radionovela? Jazz? Hip-hop?

— Meu Deus, quer dizer que você não ficou sabendo? Ah, aquela pobre mulher. — E, para horror de Julian, uma lágrima deixa uma trilha na bochecha craquelada.

Ele volta a caminhar e, olhando para trás, para onde ela fica imóvel com sua bengala, diz:

— Eu tenho que sair daqui. Se for picado por uma vespa, entro em choque.

Julian começa a correr novamente, e o cachorro não poderia estar mais feliz, agitando seu rabo. A trilha está sulcada por um trator, e os pés afundam entre as cristas de terra. Na ponte de pedras ele passa por uma mulher com uma criança que joga pão para os cisnes. O que a morte de uma princesa tem que a ver com ele? Com tudo?

Ao correr, Julian busca indícios em sua mente: ele deve ter deixado alguma coisa passar. As refeições corridas na cantina do hospital; Julia nunca dizia muita coisa. Àquela altura, ela parecia conversar mais com a mãe de Oscar, Becky, que roera suas unhas tão brutalmente na UTI infantil que seus sabugos tiveram de ser cobertos com emplastros. Julia franziu o cenho quando ele mostrou as fotos que Katie tirou do Rayburn recuperado para Firdaws e do novo quarto de Mira, seu abajur de dinossauro ao lado da cama e estrelas prateadas na janela. Todos os dias ela saía para trabalhar assim que ele chegava. Deixava a sala dos brinquedos porque não estava se sentindo bem.

Os enfermeiros tinham sempre que dizer a eles que fossem comer. "Mesmo que seja só chocolate ou bolo." Mas era difícil até engolir. "É claro que é", eles comentavam. "Sabemos como vocês se sentem, há um nó na garganta que não vai embora." Eles os encorajavam a sair, mas Julia nunca queria. "Veja, ela está dormindo agora. Vamos ficar aqui cuidando dela." Mas Julia apenas balançava a cabeça.

Ele se lembra de Mira com Oscar, os dois de joelhos brincando com os trenzinhos — ele com Thomas e ela com Percy, seu cabelo nascendo de novo com o aspecto de um dente-de-leão. A forma como a penugem esparsa descia por sua nuca lhe dava uma aparência de recém-nascida e provocava uma pontada no coração de Julian. Ainda havia mais seis semanas de Vincristina até que ela pudesse ser operada.

Mira era alimentada através da sonda nasogástrica; ela tinha que obter suas calorias de algum lugar. Heino foi visitá-la na primeira vez que a enfermeira permitiu que Julia instalasse a sonda sozinha. Ele se sentou ao lado da cama, alisando a testa de Mira como um avô, e Mira pegou sua bengala porque gostava de olhar para a escultura de cobra. Julia se inclinou sobre ela e ligou uma seringa plástica ao tubo que subia de seu estômago, saía pelo nariz e era preso com fita em sua bochecha. Com um sorriso para tranquilizá-la, Julia puxou o êmbolo, retirando uma minúscula quantidade de líquido amarelo — essa parte sempre causava ânsia de vômito em Julian, o gosto de seus próprios sucos gástricos subindo pela garganta. Julia era menos melindrosa. Ela testou a pequena poça de líquido amarelo com papel de pH e segurou-o contra a luz para ver a cor. Ele mostrou que o líquido era ácido e todos suspiraram de alívio. O tubo estava onde tinha de estar — havia relatos horríveis de outros hospitais onde pacientes morreram porque as sondas nasogástricas foram empurradas por engano para as vias aéreas e não para o estômago. Julia ligou a bomba para girar o aparelho e conectou a sonda ao recipiente com um alimento cremoso.

— Muito bem — comentou Heino, assentindo para ela. — Acho que esse hospital deveria contratá-la imediatamente. — Enquanto Mira fechava os olhos, Heino se inclinava sobre a cama e a envolvia com o braço, seu velho rosto moreno ao lado do pequeno rosto pálido no travesseiro. Os dias pareciam semanas. O mundo lá fora estagnado.

A eleição passou. Tony Blair estava agora no poder. Julian se juntou a Julia e Becky na sala reservada aos pais; elas estavam amontoadas, tão próximas que suas cabeças se tocavam. Só havia espaço no pequeno sofá duro para duas pessoas. Elas ergueram os olhos quando ele entrou e continuaram a conversa, Julia de costas para ele. Becky estava tentando dizer alguma coisa, mas toda hora tinha que assoar o nariz em um lenço de papel. As costas estalaram quando ele se sentou na cadeira ao lado da TV, virando a cabeça para se distrair da infelicidade delas.

Ao que parecia, toda a nação estava em festa. Os filhos de Blair apareceram em frente à porta do número 10, todos os três calçados com tênis esportivos. As mãos da menina se retorciam; o boné de beisebol branco mal escondia sua ansiedade, pobrezinha. Os meninos, braços impotentemente junto ao corpo, tinham cortes de cabelo terríveis, que só chamavam a atenção para o fato de que haviam herdado as orelhas do pai. Cherie, a mãe, elegantemente vestida com um terninho laranja, e Tony Blair acenavam, o punho branco da camisa e abotoaduras adequadas, o rosto voltado para o céu, agradecido. As crianças não pareciam fazer parte daquele cenário, desajeitadas, nada agradecidas, uma espécie diferente.

— Estávamos falando daquela pobre mulher lá na UTI infantil — disse Becky, e Julian se esforçou por acompanhar a conversa.

Lágrimas tremulavam nas pálpebras de Julia.

— Aqueles gritos terríveis, nunca mais quero ouvir alguém sentindo tanta dor — disse ela. Julian se ajoelhou ao lado do sofá para que ela pudesse chorar em seu ombro e se sentiu um porco insensível quando percebeu que Becky chorava também, mas não tinha ninguém para confortá-la. Assim como naquele tempo, ele agora não consegue se lembrar de quem elas estavam falando, da mulher cujo filho morreu naquele dia. Não tem nenhuma lembrança dos ruídos que ela fez quando desabou no chão. Ele a apagou da memória. Cada célula nervosa vibrava por uma só coisa: Mira.

As horas passavam com lentidão, como as gotas que percorriam os tubos intravenosos. Ele observava o sobe e desce do peito de Mira: se sua concentração falhasse, o coração dela podia parar. Seus olhos se contraíam de monitor a monitor, o ouvido sintonizado a cada respiração e clique. A sonda nasogástrica podia sufocá-la. O respirador podia falhar. Ela podia abrir os olhos, ou falar em seu sono, ou apertar seus dedos. Para a mulher desesperada, sobrara apenas um vazio.

Mira estava bem o bastante para fazer pirraça quando chegou o dia da cirurgia. Ela chorou e reclamou sem parar desde as cinco da manhã; queria seu café, e nada que eles diziam conseguia convencê-la de que não queriam que ela passasse fome sem motivo. As mãos de Julian estavam tão molhadas que ele precisou enxugá-las em um pano quando o cirurgião e as enfermeiras foram cumprimentá-los. Mira se agarrava a Julia, seus braços fechados em torno de seu pescoço como um macaco. Uma mulher vestida de palhaço passou com sapatos chatos e uma peruca verde fluorescente. Mira se recusou a buzinar seu nariz vermelho e virou o rosto para os adesivos que ela lhe deu. O anestesista apertou a mão úmida de Julian e deu o tapinha reconfortante de costume, mas Julian não conseguia falar direito, a palhaça o irritava. Ele temia que Mira tivesse pesadelos.

O anestesista disse que preferia não usar máscara; mostrou-lhes um tubo preto escondido na palma da mão. Ele disse que simplesmente aproximaria a mão da boca de Mira quando ela estivesse sentada no colo de Julian.

Julian se sentiu horrível, como um agente duplo, quando segurou Mira e tentou conter sua luta contra a mão do médico, como se brigasse pela própria vida. Foi preciso duas enfermeiras para segurá-la, e ambas saíram com arranhões.

— Que bom que ela é uma guerreira — disse uma delas, esfregando a mão enquanto Mira desabava nos braços dele, traída e inconsciente, ainda usando seu próprio vestido. O anestesista parou para acariciar o topo de sua cabeça, e a enfermeira tirou a bela adormecida dos braços de Julian para deitá-la na maca.

Por trás das portas de aço fechadas da sala de cirurgia, um bisturi, uma manhã. O tempo ia e vinha. Um borrão. Uma aflição. Julia, ajoelhada na capela, recusou-se a sair com ele. Julian saiu sozinho do hospital, tudo para que as horas passassem mais depressa. Uma mulher alimentava pombos na praça: o farfalhar das asas parecia um mau presságio. Sirenes soavam, e os ônibus faziam o chão trepidar.

Julian entrou na loja de conveniência mais próxima para tentar não pensar no que estavam fazendo com Mira na sala de operações. O tempo se prolongava. Esther Fry, a enfermeira Emma, aquela com olhos bondosos da UTI pediátrica, o Sr. Goolden, Martin, o anestesista. Ele ouvia as vozes de cada um deles dizendo as temidas palavras ao vasculhar os corredores à procura de uma poção mágica, uma panaceia. Julian pegou e devolveu vários pacotes, sanduíches da seção de frios. Para que tudo aquilo? Nada daquelas coisas parecia comestível. As prateleiras estavam lotadas; os objetos se acumulavam em pilhas mais altas que ele. Julian pegou uma garrafa do suco de pera favorito de Mira, e uma garrafa de vidro azul brilhante caiu e se espatifou no chão aos seus pés. Ele olhou para seus sapatos preferidos, os *brogues* de cor clara, e chorou por dentro quando viu os salpicos escuros no couro. Outro mau sinal. As vozes do hospital continuavam pairando à sua volta, oferecendo suas mais profundas condolências.

Diante dele, o rapaz do caixa ficou parado e boquiaberto como um peixe dourado vestindo camisa xadrez. Outro, não mais perspicaz, se posicionou ao seu lado. Uma mulher de cadeira de rodas se aproximava, seguindo decididamente para a poça de vidro azul. Ainda assim, os dois patetas não fizeram nada, a não ser perguntar: "Como isso aconteceu?" Julian agarrou a cadeira de rodas e, guiando-a, afastou-a rapidamente do vidro quebrado. Atravessou o corredor e desceu a rampa de saída da loja. Era como empurrar Mira em seu carrinho. Mas então a mulher coaxou para ele: "Me larga, seu idiota. Ainda não paguei pelas minhas compras."

Julian pega o caminho para o Moinho. Não consegue se lembrar da última vez que saiu correndo daquele jeito. Ele para na porteira, apoia-se nela, ofegante. Zeph choraminga para que ele a atravesse, uma mistura de capim, carrapichos e flores presos ao seu pelo.

199

Julian tem que invadir as terras de Lordy para passar pela casa de Katie sem ser visto. Ela deve estar em casa agora, os meninos pulando nela, beliscando sua pele. Ele se esgueira como um fugitivo, passando abaixo da linha da cerca viva brutalmente aparada, e acaba rasgando a camiseta no arame farpado ao chegar na estrada. O sol se reflete no asfalto, tornando-o pegajoso sob os sapatos. Julian mantém Zeph por perto, embora não haja nenhum tráfego, nem mesmo de tratores. Passa por três pessoas voltando da igreja. Todos querem parar e falar sobre a princesa morta, e ele se pergunta se deveria começar a fingir algum tipo de emoção.

Mais à frente, o trailer de Raph surge no gramado, as conhecidas ripas roxas e marrons. De repente, Julian sente muita sede. Sua língua está áspera. Não há nenhum sinal de Raph, nem mesmo o resto de carvão de uma fogueira. Ele tenta abrir a porta do trailer, mas está trancada. Julian ouve um grito e se vira para ver uma mulher gorda de jeans caminhando a passos largos ao longo da grama em sua direção, agitando um braço.

— O que você quer? — Ela tem uma expressão fechada, bochechas rosadas, os cabelos amarrados para trás em um rabo de cavalo louro-acinzentado que merecia uma lavagem. Ela segura os jornais junto ao peito, a princesa morta ocupando toda a capa. Julian vê os dentes, as joias, um vestido azul com um módico decote real. Agora há um movimento atrás dele. A porta do trailer se escancara, e Raph desce saltando os degraus, parando junto às suas costas.

Aí está: aquele velho sorriso. Depois, um braço em torno de seus ombros, um abraço.

— Ora, ora, Julian, aí está você.

Raph está mais corpulento do que Julian lembrava, uma barriga bastante protuberante sob a camiseta fina, os cachos grisalhos e achatados sob um boné verde que não combinava com o peixe saltando e os dizeres *Tunbridge Wells Anglers* bordado em amarelo.

A mulher foi para o lado dele.

— Esta é a minha esposa — anuncia Raph quando ela empurra os jornais para ele. — Esta é Nell. — Raph coloca a mão de Julian entre as suas, olhos radiantes acima do sol de seu sorriso. — Que bom ver você... — E para Nell: — Este é o garoto de que falei. Julian. Meu Deus, quantos anos você tem agora?

— Vou fazer 30 no ano que vem. E você? Ainda viajando, pelo visto...

— Não tenho mais viajado com os hippies, só viemos em agosto para nossas férias... — Raph estende o braço para trazer Nell para a conversa. — Não é, amor? — Ela sorri para ele, suas bochechas gordas e rosadas agora angelicais. Raph assobia por entre os dentes. — Mas você! Quase 30 anos, você diz, eu me sinto muito velho. Pouco antes de sumir, você estava loucamente apaixonado por uma mulher. Uma mulher mais velha e *casada*, se me lembro bem.

— Julia.

Nell interrompe.

— Está em todos os jornais. Estou muito abalada...

É estranho. Raph não acende uma fogueira, mas Nell traz para fora um fogareiro e põe para ferver uma chaleira com apito. Ela mistura mel ao chá de Raph; por algum motivo, ela não para de chamá-lo de Kevin. Raph desdobra três cadeiras florais e Nell lhe passa uma lata de arroz-doce e um abridor. Ela percebe a expressão no rosto de Julian.

— Comida pastosa é o melhor que podemos fazer para a úlcera de Kev.

— Acho que bateram no carro dela, não? — pergunta Raph, soprando seu chá. Nell entra no trailer para ouvir o noticiário no rádio, e ele se vira para Julian, estremecendo ao tomar um gole de camomila quente demais. — Então, aquela Julia. Você se casou com ela?

Nell bota a cabeça para fora para falar com eles.

— Afe, até que ponto de morbidez isso vai chegar? O guarda-costas está vivo, mas estão dizendo que ele não pode mais falar.

Julian se esforça para encontrar palavras.

— Não. Mas nós... — Seu corpo começa a tremer, e não há nada que Raph ou Nell, com seus braços macios e envolventes, possam fazer para acalmá-lo. — Tivemos uma filha. Uma menina. Mira.

Algumas páginas do jornal de Nell se espalharam por ali. A princesa morta virou o rosto para a grama. Nell embebe uma toalha em lavanda, coloca-a no rosto dele. Respire.

Dezenove

Enfim, o começo. Julian está na beira do rio. O brilho metálico de seu reflexo acompanha o movimento da água, contornado por sombras intermitentes. As palavras de Michael voltam à sua mente, o calor da mão em seu rosto. "Esta é sua chance. Agarre-a."

Ele permanece ali, olhando para baixo. A grande superfície vítrea estende-se sobre correntezas ocultas. A serpente de Jenna nada em sua mente, a mão dela assumindo a forma da cabeça se erguendo da água, seu longo pulso se movendo na direção de Julian até ele ver os olhos cintilantes e ouvir o som sibilante.

Não há uma nuvem no céu; o rio cintila em seu tom perolado, minúsculos insetos o sobrevoam em círculos, o sol bate no topo de sua cabeça. Julian respira fundo. As palavras se formando, escrevendo a si mesmas. Ele arranca a camiseta pela cabeça e se livra do tênis e do jeans. Fica de pé ali, na beira da água, a grama dobrando-se sob seus pés, e uma súbita onda de energia o lança na água.

Ele é poderoso. Seus braços rasgam o rio como asas no ar. É no fim que ele encontrará o começo. Sem esforço. A correnteza praticamente o carrega. A escuridão do túnel de espinhos não o perturba. As algas deslizam para trás; ele sente suas carícias no estômago, seus tentáculos escorregando por suas pernas.

Cobras e escadas. Ele passava horas brincando com Mira para ajudá-la a passar o tempo. Os resultados dos exames demoraram uma eternidade, mas tudo parecia bem. O relatório da histologia. Sem anaplasia. Cada vez que lançava os dados, Mira chegava às escadas, seus pontos cicatrizando bem. Em sua ronda, Esther Fry parou para analisar o prontuário de Mira, seus cachos de saca-rolha balançando enquanto ela examinava as páginas. "Parece que tem alguém que logo voltará para casa. Só mais alguns dias", disse ela, e Julian sentiu seu ânimo renovado quando ela sorriu. Ele notou pela primeira vez que ela era realmente muito bonita.

Julian voltou para Firdaws. Finalmente era hora de se preparar para o retorno de Mira. Ele ultrapassou todos os limites de velocidade para chegar a Woodford antes que as lojas fechassem, fazendo uma lista de compras enquanto dirigia. Comida, papel higiênico, xampu de bebê, aquele produto para o banho que fazia a pele dela parar de coçar. Ele queria flores para a mesa. Katie telefonou para dizer que ele precisaria comprar lâmpadas porque o eletricista havia detonado todos os fusíveis da casa para religar o quarto de Mira. A névoa subia do rio, um vento frio o atingiu ao contornar a casa para levar as compras para dentro. Ele não tinha dormido para fazer a viagem; sentia uma dor latejante no pescoço, estava exausto e com dores por todo o corpo.

A casa estava fria, e a lenha que alguém — provavelmente Katie — havia colocado na lareira lançava apenas uma nuvem de fumaça acre pela chaminé. Ele não encararia uma saída para buscar madeira seca. Na cozinha, foi preciso um bocado de esforço para levantar a tampa do Rayburn. O suor começava a pontilhar sua testa, embora ele estivesse tremendo de frio. Deu tudo de si para forçar as dobradiças rangentes, abrir a portinhola de baixo e limpar as cinzas.

Julian pensou que talvez estivesse morrendo. Ele se arrastou escada acima e caiu na cama ainda vestido, e esta era a última coisa de que ele lembrava. Acordou com a garganta doendo muito; Katie o observava, sentada de pernas cruzadas na cadeira do quarto.

— Aí está você — disse ela. Julian tentou reunir fragmentos febris: a vergonha por Katie tê-lo ajudado a tirar suas roupas ("Não se preocupe, Jude, não há nada aqui que eu não tenha visto antes."), Katie ajudando-o a se erguer do travesseiro para tomar uma colherada de algum xarope enjoativo, alguns goles de água morna com limão e mel, uma compressa gelada em sua testa, gotas escorrendo por seu pescoço, provocando calafrios e dor.

— Você acha que consegue comer uma sopa? — Atrás dela, através de uma abertura nas cortinas, o céu da tarde se mesclava num crepúsculo. Isso não fazia sentido.

Julian se sentou.

— Há quanto tempo estou deitado aqui? Que horas são?

— Você estava com uma febre muito alta quando o encontrei. Eu não esperava ver ninguém aqui. — Katie se levantou da cadeira, alisando o vestido. — Só vim trazer lâmpadas porque eu sabia que você esqueceria. Quase morri de susto quando ouvi seus gemidos.

Ele esfregou os olhos. O vestido de Katie era azul com debruado branco em torno da gola, o cabelo puxado para trás. Em seus delírios, ele havia acordado várias vezes com o coração acelerado, achando que estava no Great Ormond e que ela era uma enfermeira.

Katie se sentou ao lado dele na cama, os olhos verdes brilhando.

— Eu desliguei o telefone aqui de cima para que não o incomodassem.

— Mas há quanto tempo estou aqui?

— Você dormiu por dois dias. Julia telefonou, mas eu não quis acordá-lo.

Ele jogou as cobertas para longe.

— O que ela disse? Mira recebeu alta? — Ele já estava fora da cama, passando as mãos freneticamente pelo couro cabeludo em sinal de frustração, coçando-o por causa do suor seco. Com o cabelo em pé, puxou uma camisa limpa do cabide.

— Para, Julian. Não seja idiota. Você provavelmente está com uma infecção.

A calça do pijama se acumulara em torno de seus pés, e ele começou a saltar como se estivesse em uma desesperada corrida de saco.

Katie bloqueou sua passagem.

— Julia disse que você não deveria ir.

Ele a ignorou e encontrou um jeans limpo na gaveta, suas mãos tremendo de alívio, não por causa da doença. Julian passou por ela e desceu correndo as escadas, encontrou os sapatos, as chaves de Heino, entrou no carro e partiu.

Lamb's Conduit Street estava tranquila quando ele chegou. Postes, sombras, uma solitária luz laranja pulsando para alertar sobre as obras de reparo na calçada. Ele subiu as escadas e se esgueirou para dentro do apartamento, tomando cuidado para não acordar o velho Heino. Seu coração saltava de alegria; o relógio carrilhão no corredor quebrava o silêncio. Na sala de estar, uma lâmpada brilhava timidamente ao lado do piano, a tampa levantada como se um fantasma estivesse tocando-o. Ele tirou os sapatos, seguiu na ponta dos pés. A luz refletia na solitária moldura de prata, e ele procurou algum traço de Karl no retrato da mãe. Encontrou-o indubitavelmente no sorriso dela. Os cabelos escuros penteados para trás e um vestido de veludo preto expondo a curva graciosa de seus ombros; do pescoço pendia um pequeno sol de ouro em uma corrente fina. O nome estava gravado ao longo da parte inferior da moldura, seu nome completo, não o diminutivo. Julian sentiu o coração se sobressaltar: Eliana. Ele apagou a lâmpada. A porta do quarto de Julia estava entreaberta.

Lentamente, em silêncio, ele a abriu. Ali estava mais escuro que na sala de estar, e seus olhos demoraram a se ajustar. Ele ouviu um ronco baixo ao andar de meias até a janela para abrir a cortina e deixar entrar um feixe de luz da rua no quarto.

Ele se virou. A luz entrou cortante.

Julia, com os cabelos espalhados pelo travesseiro, estava abraçada a Mira, uma das mãos segurando-a por baixo do braço, a outra... A luz se derramava nos contornos de seu corpo. Havia ombros, cotovelos, mãos. Mira protegida entre eles. Segura, aconchegada. Eles.

Julian deixou a cortina cair. Karl não se mexeu, o queixo no topo da cabeça de Mira. A mão dela como uma estrela-do-mar em seu ombro. Eles continuaram dormindo, juntos.

Qualquer que tenha sido o som que saiu da boca de Julian, foi o suficiente para acordar Julia, e ele se esforçou para conter a ânsia de vômito. Karl murmurou algo quando ela se ergueu da cama, seus cabelos de Medusa se retorcendo sobre as alças de renda daquela camisola desconhecida, e as palavras que saíram de sua boca o deixaram petrificado.

LAMB'S CONDUIT STREET

Agosto de 2002

Vinte

Os olhos de Mira estão fechados, seu cabelo flutua de um lado para o outro, como algas. Seus braços e pernas pequenos e escorregadios assumem tons prateados por causa dos reflexos. Ela permanece deitada, imóvel. Julia espera com uma toalha, olhando para a água até que não aguenta mais.

— Mira! Querida! Vamos!

Mira continua imóvel, cruel, a luz pontilhando sua pele. Julia se senta na borda do cesto de roupa suja, odiando cada segundo. Mira está tampando o nariz com uma mão, a outra flutua com a palma para cima, e Julia não tem dúvidas de que ela sabe muito bem o efeito que está provocando. O peito de Mira tem veias azuis, as pálpebras também, minúsculas bolhas prateadas aderidas à sua pele.

Julia nunca deveria ter mostrado a Mira aquele quadro no Tate; sabe que a filha tem uma queda por heroínas trágicas. Ela se posiciona entre a luz e a água, estendendo a toalha.

— Vamos, Ofélia. — Mira emerge, o ruído de seu corpo deslizando pelo esmalte da banheira, derramando água. Ela enxuga os olhos na ponta da toalha e inspira grandes golfadas de ar, exagerada. — Pensei que tinha dito para você não molhar o cabelo. — Julia controla uma onda de irritação e cansaço. — Já passou da hora de você dormir, e Heino não deve ter um secador de cabelo... — Mira sorri e se enfia de novo debaixo d'água. Ela ficaria na banheira a noite toda se Julia deixasse.

Uma sirene se sobrepõe ao ruído do tráfego e ecoa pela rua, e, embora Julia tape os ouvidos com a toalha, o som penetra seus ossos. Luzes azuis se refletem no espelho, ondas azuis percorrem a água do banho e se estilhaçam nas torneiras. Ela puxa o braço de Mira, forçando-a a vir à tona.

Julia dá uma bronca maior do que pretendia, provavelmente por culpa do *jet lag*.

— Menina mais irritante! Agora lava logo o cabelo, já que está todo molhado. — Ela derrama xampu nas mãos abertas de Mira.

As ambulâncias assustam Julia. Logo ela vai parar de notá-las, mas agora a proximidade com o hospital lhe causa sobressaltos. A ausência de Karl não ajuda: ela precisa do apoio de seus braços firmes e sente uma pontada de frustração por ele não ter conseguido terminar o trabalho no laboratório a tempo de pegar o voo.

Mira está brincando com o cabelo no banho e fazendo caretas para si mesma no espelho, esticando o pescoço para admirar seu pagode de cabelo espumoso.

Julia tenta não pensar em Karl: ele deve estar no trabalho, talvez na hora do almoço. Ele terá que interromper o que quer que esteja fazendo para ligar para ela antes de dormir. Ela dá uma olhada na hora, imagina Karl no Clamshack no centro da cidade, um de seus lugares favoritos, com frondosos buquês de limônios pendendo em suportes claros e vinho branco gelado servido em taças embaçadas. Lá está Karl, as chaves de seu Dodge na mesa, inclinando-se para dizer algo a sua acompanhante...

— Mamãe, mamãe... — A porta do banheiro se escancara e Ruth entra pulando, um querubim rechonchudo de pés delicados, pronta para dormir. Julia não se contém e lhe dá um beijo. Ruth está vestindo a camisola desbotada de babados de Mira, o cabelo uma massa de cachos desgrenhados típicos de uma criança levada.

— Manda ela sair! — Mira se encolhe, segurando com força os joelhos contra o peito. — Eu disse pra sair daqui! — Mira espirra água em Ruth.

— Mira, não molha a Ruth! — Julia sente uma pontada de saudade dos dias em que conseguia dar banho nelas juntas, das bolhas e dos patos que esguichavam. Ruth esconde o rosto no colo de Julia, que tenta passar os dedos pelos cachos frisados de sua filha mais nova sem desfazê-los. O cabelo de Ruth é tão incontrolável quanto o seu. Mira deu sorte. Seus cabelos se derramam em fitas grossas e molhadas pela curva hostil das costas, voltadas naquele momento para a mãe e a irmã.

Ruth se arrisca a levantar a cabeça.

— Minha tartaruguinha — diz Julia.

— O vovô disse que vai ler uma história se a gente não demorar — anuncia Ruth, mas Mira joga mais água nela.

— Manda, mamãe, manda ela sair.

Julia aperta Ruth; se ela apertasse tão forte quanto gostaria, iria machucá-la. Ela tinha vontade de morder aquela criança. Os olhos de Ruth são redondos como gotas de chocolate, as sobrancelhas arqueadas, cômicas como as do pai.

— Heino pode contar sua história lá embaixo. — Julia esfrega o nariz no rosto de Ruth e dispara um olhar para Mira. — E a madame vai ficar presa aí enquanto eu tento encontrar uma maneira de secar seu cabelo.

— Fecha a porta, idiota — grita Mira.

O telefone toca. Julia entrega a toalha à filha.

— Ei, você, sai daí.

Ela corre para o quarto para atender, chega bem a tempo. Do outro lado da linha, Karl pigarreia. Um pedido de desculpas apressado.

— Sei que isso a deixa triste, desculpa.

Julia afunda na cama.

— Triste? Isso é um eufemismo. — Ela tenta insistir com ele para que mude de ideia, seu punho cerrado em torno do bocal do telefone. — É o funeral do meu pai, pelo amor de Deus. — Lágrimas saltam aos olhos. Ela vê suas roupas prontas, penduradas no armário. Terno para ele, seu vestido de lã com pregas, os vestidos e casacos pretos das meninas comprados especialmente para a ocasião. Ele tinha que estar ali, firme e impecável a seu lado, usando o chapéu borsalino que ela deixou na mesa da sala.

Karl fala de sua equipe, algo a ver com testes da FDA e o resultado de três anos de trabalho. Ela odeia a forma como que ele diz "minha equipe"; gostaria de ouvi-lo dizer "minha família" da mesma maneira.

— É um momento crucial para a minha equipe...

— Ah, e quando não é?

— Eu não posso simplesmente ir embora — conclui ele.

Julia se enfurece ao pensar em todos juntos usando seus imaculados jalecos brancos: o jovem e empolgado Peter, Merlin — sim, é sério, Merlin — e, claro, Sofie van blá-blá-blá com as longas pernas delgadas e o sorriso branco.

— Só mais alguns dias e eu estarei aí com vocês. Prometo.

— Mas você já prometeu. — Julia se odeia por insistir. Ela o imagina em seu amado laboratório, agora que ele está de volta do que quer que tenha feito no almoço, seu jaleco branco aberto e a gravata frouxa e torta. Julia ouve uma voz chamando-o ao fundo e depois dizendo "Opa, desculpa". Uma voz de mulher, ah, claro, essa deve ser Sofie, quem mais poderia ser? Imagina os olhos dele acompanhando as pernas delgadas dela caminhando até um microscópio, o telefone preso entre o ombro e o ouvido.

— Duvido que eu consiga um voo antes da segunda-feira. — Os olhos de Karl já devem estar voltados novamente para seu maldito microscópio; ele parece ansioso por desligar o telefone. — Vernow é muito longe para você ir dirigindo sozinha. Talvez Freda possa lhe dar uma carona? — Como se um motorista fosse tudo o que estava faltando.

Julia o imagina gesticulando para Sofie, indicando que não vai demorar muito.

— E eu também não conheci seu pai muito bem — continua ele, e ela se sente melhor por poder finalmente ser dominada pela fúria.

Está prestes a arrebentar o bocal, já se imagina fazendo isso, quando Ruth entra correndo, os olhos brilhando.

— Eu ouvi o telefone lá embaixo. É o papai?

Julia põe o telefone para Ruth ouvir e escuta Mira chapinhando no banheiro.

— Você ainda está aí? — grita. — Sai agora!

Ruth conta para Karl a história que Heino estava lendo para ela, sobre o tigre que bebeu toda a água das torneiras.

— Mamãe vai levar a gente ao jardim zoológico amanhã.

Julia puxa Ruth para perto e diz em voz alta, esperando que Karl a escute:

— Foi no zoológico que o papai beijou a mamãe pela primeira vez, sabe?

Ruth ergue as sobrancelhas, faz o som de beijos para ele pelo telefone e continua papeando.

Foi o calor do momento que a levou àquele beijo nos braços de Karl. Num instante, viam o tigre, indo de um lado a outro, desamparado e humilhado; no outro, lá estava ela, entre Karl e o vidro, deixando-se beijar, retribuindo o beijo.

Agora Ruth está reclamando da irmã:

— Ela pegou minha boneca e disse que era dela e agora não quer devolver.

Julia abraça Ruth com a orelha perto o suficiente do bocal para ouvir o blá-blá-blá das banalidades de Karl. É uma pena que as meninas não se deem tão bem agora. Ela lembra de Ruth vestida em sua jardineira herdada da irmã e de Mira com suas tranças, parada nos degraus da escola em seu uniforme largo, prestes a cruzar o limiar pela primeira vez. Ela teve que separá-las — ficavam de braços dados o tempo todo, como um par de ursos de pelúcia com velcro nas patas. Mas, desde que chegaram a Londres, Mira tem andado de péssimo humor, e a pobre Ruthie é quem leva a pior.

Do lado de fora, outra sirene, uma noite movimentada no hospital. No banheiro, um silêncio assustador. Ela espera que Mira não esteja bancando a Ofélia novamente.

Julia atravessa uma nuvem de vapor em direção à banheira. Mira irrompe à superfície, a água deslizando rapidamente por seu tórax magro.

— Trinta! — Ao terminar sua contagem, ela para, ofegante, triunfante, o adorável torso de uma ginasta, e estende os braços para pegar a toalha. É uma coisinha leve, com joelhos ossudos e um gracioso bumbum empinado, ainda um pouco bronzeada das férias, a linha pálida da cicatriz na cintura como um rasgo no papel.

Mira percebe que a mãe a observa, e Julia reprime um arrepio. O quanto ela *de fato* lembra? Mira passa um dedo pela cicatriz.

Julia sabe que não é bom pensar demais nisso, mas mesmo assim ela se pergunta: quando eles falam sobre a época que passaram no hospital, é Karl quem Mira vê ao seu lado na cama, e não Julian? Ao que parece, ele foi removido da vida dela de forma tão eficiente quanto o rim. Mira está curada agora. Apenas um check-up anual de rotina por volta do seu aniversário.

E quanto a Julian?

É mais fácil não pensar nele quando estão todos em casa em Old Mystic, com um oceano entre eles.

Julia se lembra do começo da história de amor deles. O suéter furado no cotovelo, o cabelo caindo nos olhos, os dedos dele afastando-o toda hora, agachado de meias diante do aquecedor a gás com defeito, sua xícara de chá de porcelana azul, seus pulsos e mãos com grandes articulações.

No trem de volta para casa, para Julian, ela se sentiu suja depois de seu encontro com Karl no zoológico. Seus lábios estavam feridos pelo beijo dele, o cheiro de bosta parecia impregnar sua roupa e seu cabelo. Quando chegou ao alojamento, ela conseguiu passar direto por Julian, e estava tão decidida a tomar um bom banho que quase se esqueceu de dizer que recebera a proposta de trabalho com horticultura que tinha sido o propósito de sua viagem. Ele também tinha uma boa notícia, disse. Seu padrasto lhe oferecera um emprego na Abraham and Leitch. Era um trabalho bastante tedioso, então ele teria muito tempo para pensar em seu próprio livro à noite, especialmente agora que havia abandonado seu trabalho de conclusão de curso.

A lã do roupão de Julian foi um abraço de boas-vindas. Ela o vestiu imediatamente após o banho quente, tinha mania de vestir as roupas dele. Os suéteres de Julian pareciam mais macios. Ela gostava de sentir as camisas recém-passadas contra sua pele, ainda com cheiro dele, as golas gastas por seu queixo bonito e forte, o roçar de sua barba. Julian a chamou até onde estava agachado, ao lado da lareira, e abriu as dobras do roupão para pressionar seu rosto contra a barriga dela. Julia aninhou a cabeça dele, apaziguando sua consciência ao acariciar seus cabelos enquanto ele cantava para o bebê que ainda não haviam perdido. Às vezes só de pensar em Julian as lágrimas já brotam em seus olhos. Ela percebe que isso geralmente acontece quando Karl a irrita.

Julia estende a toalha.

— Vem cá!

Hoje Karl a irritou, sem dúvida, e ela treme de impaciência enquanto Mira sai da banheira.

Vinte e um

Julia acorda cedo com os sons no pátio abaixo, alguém batendo a tampa de uma lata de lixo, assobiando. Ela demora um instante para lembrar onde está. O rosto que a censura no espelho do banheiro nunca é agradável, principalmente depois de uma noite agitada e de um telefonema lamentável para Karl às quatro da manhã. Ela parece especialmente emaciada com o cinza das olheiras e as manchas nos cantos da boca, e nem mesmo o *Touche Éclat* (comprado em um acesso de tédio no avião em um voo rumo ao JFK) poderia fazer algo para disfarçar essas imperfeições.

Julia se veste em silêncio, jeans cinza dobrado no tornozelo, uma camisa branca limpa. É o auge do verão, mas o clima inglês continua com sua habitual indefinição, então ela amarra um cardigã na cintura e enfia os pés nos velhos mocassins de camurça que não lhe dão bolhas. Tudo que ela tem que fazer é passar as mãos pelo cabelo, agora que está curto. Karl e as meninas ficaram horrorizados quando ela apareceu em casa com o cabelo tosado. Às vezes ela ainda sente falta de ter algo sob o que se esconder, mas chegar aos 40 foi um bom momento para o corte.

Julia se esgueira pelas escadas na ponta dos pés, torcendo para que as meninas continuem dormindo; só assim ela terá um pouco de tempo para si antes do suplício. Em dois dias, ela terá que fazer a longa viagem com as duas brigando no banco de trás e sem Karl para revezar no volante e promover a paz. O funeral se estenderá noite adentro no apartamento de sua mãe, no único prédio de Vernow. Confinada entre as paredes furiosamente despidas, em poucos minutos Gwen estará com os nervos à flor da pele. Karl cuspiu o chá quando ela contou que a cremação seria em Vernow.

— No inferno?

— Sim, sim — respondeu ela, entregando-lhe um pedaço de papel-toalha. Karl nunca tinha ido a Vernow, nunca tinha visto a fumaça da chaminé ao sair da cidade. Ele encontrou os pais dela em Londres só uma vez antes do casamento. Gwen pegou um voo para Connecticut após o nascimento de Ruth, mas Geoffrey não. Julia nem lembrava se tinha convidado o pai. Bem, tarde demais agora. Ela se sentia estranhamente indiferente quanto à morte dele, e não se importou com as piadas de Karl sobre os círculos do inferno de sua cidade natal.

No avião, ela conseguiu se obrigar a pensar no pai, forçando-se a vasculhar os escombros em busca de um ou outro tesouro, e quase conseguiu: uma lembrança distante do pai empurrando-a em um balanço, o mais próximo que ela chegou de chorar. No final, ela ficou mais triste pela relação que nunca teve com ele do que por aquelas poucas recordações. Não havia nada pior do que um alcoólatra gerenciando um bar. A culpa era sempre da bebida, nunca dele.

As meninas chegam juntas à cozinha, sonolentas e mal-humoradas. Mira faz exigências para seu café da manhã. Julia oferece tudo que há no armário, mas ela ainda choraminga e diz que só quer suco. A mãe de Julia a esbofetearia se ela se comportasse dessa maneira. Ou a obrigaria a passar fome como castigo.

— Estou ouvindo vozes de anjos? — Heino tido cada vez mais dificuldade para andar, especialmente pela manhã; ele está curvado sobre a bengala e leva um tempo para chegar à mesa, a cabeça instável emergindo de sua camisa e gravata. Mira o ignora, está muito ocupada fechando a cara diante da pequena torrada triangular que sua mãe havia recomendado que comesse para não ficar de castigo. Julia aponta para Ruth inclinada sobre sua segunda tigela de cereal e suspira para Heino:

— É muito mais fácil com uma criança que adora comida. — Ruth sorri para ele por cima da colher.

Heino se acomoda em seu lugar à cabeceira da mesa. Ela sente conforto na presença dele, algo que nunca sentiu com o próprio pai.

— Ah, Mira está exigente de novo? Você não precisa se preocupar. As crianças comem quando têm fome. — Ele levanta o bule de café e pisca para Mira. — E se tudo que elas quiserem for purê de batata, não importa, batata é pura caloria.

A mão treme quando ele serve café na xícara de Julia, e uma parte se derrama no pires.

— Sou tão desajeitado — lamenta ele, o bule oscilando sobre a mesa. — Vem com a velhice.

Julia afaga as costas da mão dele, os tendões azuis e duros como corda. Ela fita seus olhos tranquilizadores.

— Você nunca envelhece, Heino. Está exatamente do mesmo jeito que o conheci.

Ele ergue uma sobrancelha ao retribuir o sorriso. Sua corcunda de viúvo o faz parecer mais do que nunca com uma tartaruga.

— Bem, se eu ainda for útil para algumas pessoas, nem tudo está perdido.

Ruth escala a cadeira ao lado do avô, planta um beijo sujo de leite em sua bochecha e fixa nele um olhar solene.

— Papai não vem hoje.

Ele despenteia os cabelos dela, chama-a de "minha gatinha" e lamenta quando Julia confirma que Karl provavelmente não vai conseguir ficar livre até segunda-feira.

— É aquele projeto de contracepção sobre o qual estamos ouvindo falar o tempo todo. Os testes em humanos talvez comecem ano que vem, mas para isso ele precisa reunir todos os dados para a reunião de financiamento da pesquisa na próxima semana... Meu pai não poderia ter escolhido um momento pior, realmente.

— Tsc! — Heino sacode o guardanapo, espalhando migalhas na mesa. — Karl não muda; quando se envolve com alguma coisa, parece um cachorro que não larga o osso. Isso está errado, ele deveria ir ao funeral com você.

Julia morde o lábio. Sente um aperto no coração, não com a lembrança do funeral, mas pelos dois impiedosos dias e noites que passará com Gwen, que não poupará insinuações. Julia já consegue ouvi-la botando lenha na fogueira: "Não está aqui com a família? Ora, o que poderia ser mais importante que isso?"

As meninas discutem enquanto ela arruma as coisas para o passeio no zoológico. Julia insiste que elas levem seus agasalhos impermeáveis. Do lado de fora, a chuva ameaça cair e as rajadas surpreendentemente geladas de vento entram pelo chão do carro, causando-lhe calafrios apesar de seu cardigã. Ela ainda não sabe para que servem todos os botões misteriosos no painel do carro de Heino, então gira alguns com impaciência, tentando desligar o ar-condicionado. O verão inglês não está ajudando a atrair boas lembranças, incapaz de se decidir sobre o que fazer. A combinação de ventos cortantes, poeira da cidade e pólen faz os olhos de Mira lacrimejarem, e Julia se pergunta se deveria parar em uma farmácia para comprar um antialérgico. Ela vê a filha no retrovisor. A cabeça de Mira está inclinada na direção da janela; ela parece absorta na história que está sendo contada em seus fones de ouvido vermelhos. Talvez seus olhos estejam um pouco rosados, nunca adianta dizer para não esfregá-los. Ruth mastiga batatas fritas e abre um sorriso quando percebe que a mãe está olhando para ela no espelho.

Mira está vestida com uma camiseta verde-escura, uma de suas preferidas, apesar de Julia ter tentado sumir com ela muitas vezes. A cor não a favorece, lança um tom insalubre em seu rosto. Parece ainda pior agora porque ela está franzindo a testa.

Era uma vez um tempo em que havia diversão no zoológico de Londres. Julia tinha certeza de que havia passeios com alguns animais, lembrando-se da sensação pegajosa do couro roçando suas coxas nuas em contato com a corcova, quase a mesma emoção de um parque de diversões no passo bamboleante do camelo. Mas agora não havia mais isso, e os chimpanzés já não eram treinados para tomar o chá das cinco. Nada do que ela prometera se materializou, nem mesmo os elefantes, que eram confinados de forma terrível. Ela parou diante da plataforma de concreto cinza segurando as mãos das meninas, tentando induzi-las a ver os infelizes fantasmas dos elefantes que um dia viveram ali. A ideia de Casson de um local adequado para os elefantes poderia ganhar um prêmio por sua falta de empatia: uma grande massa sem forma, que, além de aprisionar inúmeros elefantes e rinocerontes, evocava o imperialismo britânico. Alguns anos antes, um elefante pisoteara um tratador até a morte, dando a todos um passaporte para o Whipsnade Park. A notícia chegara ao *Connecticut Post*. Julia balbucia a respeito, mas as meninas fogem de suas velhas e tenebrosas memórias e correm para ver um tipo de porco barbudo focinhando a lama sem achar nada.

Mira e Ruth veem todo o lugar como nada mais do que uma espécie de feira de animais de estimação. A princípio Mira não consegue entender por que não podem criar pinguins na banheira. Ruth fica chorosa quando Julia diz: "Não, nem mesmo um sagui." Depois disso, elas começam a arrastar os pés, desanimadas, em vez de saltitar, e ela sente falta de Karl, que teria animado as coisas, levando as duas para a sala dos insetos, por onde ela passou direto. Ele não caminharia pelo zoológico de forma tão apática, teria histórias sobre a evolução das espécies e fatos misteriosos, daria uma explicação para o traseiro dos babuínos e provocaria suas risadas.

Os tigres têm nomes feios: Reika e Lumpur. Um deles está deitado preguiçosamente sobre algumas tábuas e tem mais em comum com um tapete roído por traças do que com seu primo esplendidamente musculoso que tinham visto na TV. O outro marcha de um lado a outro bem na frente delas ao longo de uma trilha muito gasta, mal se dá ao trabalho de levantar o peso da própria cabeça e do rabo. Um garotinho não para de bater no vidro gritando "Leão, leão", sem se importar com quantas vezes é corrigido pelo pai. Toda vez que o tigre se vira, emite um lamento de angústia, algo entre um rosnado e um gemido, seu pelo branco pendendo sem força. Julia sente vergonha até de olhar para ele.

— Foi aqui que papai beijou você? — pergunta Ruth.

Karl a esperara bem ali, como combinado. Um dia cinzento de novembro há quase treze anos, tão frio que ela estava contente por ter escolhido usar aquele casaco; poderia virar a gola dele para cortar o vento. Ele ficou de pé quando a viu, retorcendo as mãos, parecia não querer começar aquela conversa. Pediu que ela o perdoasse pelo que estava prestes a dizer. Seus ombros pareciam dolorosamente pesarosos.

— Entenda, Julian tem algo que me compele a protegê-lo.

Julia tentou rir do que quer que estivesse por vir.

— É aquela cara de garotinho perdido que ele tem... — Mas Karl parecia preocupado.

— Ele é uma alma sensível. Não parece ter só 21 anos, não é? — Ela começou a morder o lábio à medida que ele prosseguia. Francamente, se alguém o ouvisse, pensaria que ela era uma espécie de Jezebel. Por que Karl tinha tanta dificuldade de entender que a idade não tinha nada a ver com aquilo, que ela e Julian estavam apaixonados?

— É uma loucura que ele abandone a faculdade antes das provas finais. Você sabia que ele foi premiado com a bolsa da Milton Society? Sim? Ele trabalhou muito duro por isso. E agora... — Ele apontou para a barriga dela.

Julia o encarou e virou-se para ir embora.

— Ele pode ficar e terminar, sou só eu quem tem que sair da cidade. — Karl colocou a mão em seu ombro, e ela teve um vislumbre momentâneo de seu marido Chris, seu rosto deformado, um close direto, a saliva acumulada nos cantos da boca, e sentiu uma indignação crescente à medida que Karl falava. Ela não precisa se justificar para aquele moralista. A situação de seu ex-marido e as ameaças que ele lhe fazia não eram da conta de Karl.

— Onde quer que você for, Julian a seguirá, você sabe disso tão bem quanto eu, mas ele trabalhou duríssimo — dizia ele. — Você não pode simplesmente esperar um pouco antes de *sair da cidade*?

— Ele fez uma careta no "sair da cidade", imitando-a como se ela fosse Mae West.

Julia sentiu o ímpeto de esbofeteá-lo ao responder:

— Nunca ouviu falar de livre arbítrio, Karl?

— O quê? — Ele se aproximou e ela sentiu que se retraía. Karl colocou a mão em sua cintura, a outra rígida em sua nuca. Os olhos de Julia se fecharam quando ele a puxou para si, uma dor profunda e vergonhosa entre suas pernas.

Foi o beijo mais longo que ela já experimentou; eles poderiam ter ficado ali para sempre, mas, quando pararam, ambos gemeram o nome de Julian ao mesmo tempo. Ela começou a recuar, mas ele imediatamente veio por trás e a puxou de volta a seus braços. Julia tremia, e Karl a tranquilizou, gentilmente afastando os cabelos de seu rosto. A dor se tornou insuportável e ela se esticou para outro beijo, mas ele virou o rosto. Aproximou os lábios do ouvido dela.

— Viu, Julia? Essa é a prova. Você vai com qualquer um.

Julia se debateu para se libertar dos braços dele, transbordando de vergonha. Precisava ficar o mais longe possível dele. Karl limpou a boca com as costas da mão enquanto ela cambaleava.

— Você pelo menos tem certeza de que esse bebê é de Julian? — perguntou. Ela recuperou o equilíbrio, mas ele a agarrou pelo braço novamente. — Não faça isso, Julia. Não jogue um bebê para cima dele, não agora. — O tigre parou às costas de Karl, os olhos flamejando diante do pânico dela. — Tenha compaixão dele — gritou Karl quando ela saiu correndo.

Julia passa rapidamente com as meninas pelo local, quase esperando que algo no ar esteja diferente, uma vibração, algo de sobrenatural. Karl não tinha qualquer conhecimento científico que explicasse aquilo, o desejo súbito e injustificado e a força da atração que o levara a trair seu amigo. "A questão é que, naquele exato momento, eu odiei você", dizia ela depois, quando conversavam a respeito. E ele sempre rebateu imediatamente: "Eu odiei você também."

Vinte e dois

O caminho para a casa de Freda é melancólico e tristonho, sem nada para mostrar para as crianças, que ainda estão reclamando da sua recusa em comprar alguma coisa para elas na lojinha do zoológico. Brent Cross, Asda, o Colindale Retail Park, Mecca Bingo. A história que Mira estava ouvindo terminou; ela tira os fones das orelhas, tem uma discussão breve com Ruth, erguendo o tom de voz num lamento indignado.

— Isso não é justo. Ela comeu os dois pacotes de batatas fritas.

— Calma — respondeu Julia. — Falta pouco até chegarmos à casa de Freda. Tenho certeza de que ela vai arrumar alguma coisa para você comer.

— Quem é Freda? — perguntou Mira.

Ela começa a explicar, provavelmente pela terceira vez desde o café da manhã.

— Antes da nossa mudança para os Estados Unidos...

— Sim, quando eu estava na sua barriga. — Ruth entra na conversa.

— Não, antes disso até, Ruthie. Aqui em Londres, Freda e eu trabalhávamos juntas fazendo jardins. Ela era, é minha melhor amiga e, como eu já falei, Mira, ela é sua madrinha. Você estava com a gente o tempo todo. Você realmente não se lembra nem um pouco dela?

Mira apenas dá de ombros e boceja. Julia vê que ela revira a mochila em busca de outra fita cassete. Mira escuta as mesmas histórias sem parar. Parece ter pouquíssimas lembranças de sua vida antes de Connecticut. Às vezes ela fala sobre o hospital, mas principalmente das coisas que eles lhe contaram.

Ela encontra a fita e a coloca no aparelho, faz uma pausa com os fones na mão.

— Freda era amiga do papai, ou só sua?

Julia tem que se concentrar; a chuva desaba com força sobre o para-brisas e ela avança com cautela, sentindo-se patinar perigosamente perto do gelo fino.

— Freda e eu fazíamos jardins para escritórios, tínhamos um pequeno furgão branco, pintei algumas flores nele. Você às vezes vinha com a gente. Havia uma cadeirinha para você na parte de trás com as plantas, e você brincava na estufa enquanto trabalhávamos. — Julia hesita, gostaria que a mão firme de Karl a ajudasse a sair daquele terreno perigoso.

Ela se sentiu ardilosa por se esquivar da pergunta da filha. Mira é inescrutável, fones novamente presos aos ouvidos, a cabeça junto à janela observando as ruas cinzentas.

Nunca houve a intenção de criar nenhum tipo de segredo; ela e Karl conversaram a respeito logo no início, imaginando que conseguiriam estabelecer algum tipo de contato com Julian. O que eles não tinham previsto era o inquebrável silêncio de Julian. Nem a voz de Jenna ao telefone, fria e desagradável, libertando-a com a eficiência do aço cirúrgico. "Vá para Firdaws, tire todos os seus pertences de lá. Está escutando? Seus e da criança. É o que ele quer." E depois, quando eles chegaram aos Estados Unidos, tudo se dissipou, e dentro das paredes de madeira de sua nova vida em Old Mystic, uma versão mais simples da verdade acabou tomando forma. Mira parou de fazer perguntas, Ruthie nasceu, era natural que as duas meninas chamassem Karl de pai. Eles jogaram fora as fotos de bebê de Mira, evitavam entrar em detalhes, decidiram esperar.

Julia faz um desvio quase sem pensar: afinal, Burnt Oak fica no caminho. Não mudou muito: ainda as ruas com carne *halal*, a

Greggs, a Pennywise, o mercado oriental onde ela e Julian compravam legumes e refeições misteriosas embrulhadas em pacotes laminados.

— Eu morei aqui quando cheguei a Londres — diz ela às meninas.

— Com o papai? — Ruth imediatamente quer saber.

— Não, antes. Bem ali, naquele prédio com a árvore na frente. Brrr. — Ela estremece involuntariamente. — Fazia muito frio lá em cima. Caía muita neve no inverno e nós só tínhamos um aquecedor a gás. — Ela logo se corrige quanto ao "nós", sente-se cada vez mais perto do gelo rachado. — Eu usava luvas dentro de casa.

Julia coloca a marcha errada e o carro quase morre. Ela se lembra de sua chegada, o frio cortante dentro e fora de casa. Eles fugiram da Sra. Briggs em meio a uma tempestade de granizo, um furgão branco fretado levando tudo que tinham. Ela estava grávida de quatro meses, e Julian não lhe permitira carregar uma única caixa. Julia subiu para ver se conseguia preparar uma xícara de chá enquanto Julian e seu padrasto, o sábio e adorável Michael, subiam as escadas trazendo as caixas, a rua congelante.

Era uma sala de tamanho decente, em formato de L, e eles planejaram colocar o berço do bebê na parte menor e pendurar uma cortina no meio. As janelas da frente davam para a rua, com telas de segurança encardidas; as dos fundos tinham vista para alguns jardins com arbustos e um abrigo Nissen. Tudo pareceria mais alegre quando as árvores ganhassem folhas.

Julian tinha sido eficiente na hora de embalar os pertences, então ela logo encontrou tudo que precisava: chaleira, canecas e até leite fresco e biscoitos recheados dentro de uma caixa que ele, de forma adorável, marcou com caneta vermelha "EXTREMAMENTE URGENTE – ABRIR PRIMEIRO".

Julian entrou cambaleando pela porta com as caixas caindo, braços e cabelos diante do rosto; era surpreendente que ele conseguisse enxergar alguma coisa. Colocou-as no chão, derrubando livros de uma embalagem que havia rasgado. A chaleira começou a ferver. Ele procurava coisas, resmungando.

Julian veio até ela e abriu um rolo de tecido que ela nunca tinha visto: seda azul, bordada em dourado.

— Para nossa cama. — A colcha brilhava com lantejoulas e estrelas douradas. Julian depositou o tecido aos pés dela. — Comprei do Pete, o hippie. Sabe, o cara da tabacaria?

Ela se ajoelhou para passar a mão pelo tecido, alisá-lo.

— Deslumbrante.

— Os tecidos bordados no céu... — disse Julian com um sorriso satisfeito. Ela não pareceu entender. — Conhece o poema? — Julia balançou a cabeça, levantou-se. — É Yeats. — Ele pigarreou. Embora nunca dissesse isso, Julia odiava quando ele citava poesia para ela, algo que sempre a deixava envergonhada e imóvel. Julian fez um floreio à la Sir Galahad, como se esperasse que ela andasse sobre o tecido enquanto ele recitava. — "Desfraldo meus sonhos a teus pés; pisa com suavidade, pois pisarás em meus sonhos." — Ele estendeu uma mão obsequiosa para ela, e Julia imediatamente sentiu o peso da responsabilidade.

É um alívio chegar à casa de Freda — facilmente reconhecível pelos limoeiros junto à porta da frente amarela, dispostos em vasos esmaltados, três de cada lado dos degraus da entrada, com folhas brilhantes e o aroma de suas flores no ar. Julia se inclina para cheirar as imaculadas flores brancas e desliza a mão pelo ponto em que o enxerto e o porta-enxerto se unem. Cada polegada do jardim de Freda está repleta de plantas, em vasos ou espalhadas, seus ramos emaranhados. Ruth corre no meio delas, uma pequena selvagem gorducha que tinha acabado de sair do carro. "George, George, George, o rei da floresta", canta ela entre as folhas, e Mira olha para a irmã de cara amarrada quando Freda abre a porta com um grito de alegria.

Julia e Freda se abraçam, lágrimas saltando aos olhos.

— Julia, seu cabelo! — exclama Freda. — E Mira! Você cresceu! — Mira se retrai, e Ruth avança para ver melhor aquela mulher com cabelos cor de Tang que nem a notou ainda. — E Ruth também! Meu Deus, você era um bebê nos braços da sua mãe. — Freda a pega no colo.

As meninas se animam instantaneamente na alegre cozinha pink de Freda. Elas se sentam em bancos altos no balcão, falando ao mesmo tempo para responder às perguntas de Freda sobre o zoológico. Ela anda de um lado para o outro em suas botas engraçadas, servindo chá e torradas, espremendo laranjas para fazer suco. As portas de vidro para o jardim estão entreabertas; as palmeiras lançam sombras na sala, e dois imensos vasos derramam galhos do plumbago carregado de flores azul-bebê. Freda usa suas habituais botas de couro de jardinagem, sem cadarços, de modo que a lingueta balança quando ela anda, o vestido azul e cinza com uma bela estampa floral. Ela tem um cinto de ferramentas em torno do vestido, e uma lâmina de metal reluz nele. Ela ri com facilidade, seus colares de contas de âmbar refletindo a luz, o cabelo tingido da cor da tangerina. Mira e Ruth não conseguem tirar os olhos dela, e logo as duas disputam sua atenção aos berros.

Freda empurra um prato de pães torrados para Julia.

— Suas meninas têm sotaque americano! — Julia tenta não dar um sorriso amarelo, mas a tensão da ausência de Karl a esgotou. Freda arregala os olhos, põe a faca de manteiga na mesa. — Você está bem? — Julia fica horrorizada ao perceber que está repentinamente à beira das lágrimas, fitando as plantas, a massa de caules e folhas balançando ao vento. Em sua cozinha em Connecticut, há um único pé de babosa, um exemplar solitário sobre a superfície branca e lisa. Ela não consegue encontrar as palavras, as palmas do coqueiro semelhantes ao esplêndido leque da cauda de um pavão, e agora as duas meninas estão olhando para ela. Freda a abraça e a conforta como uma criança.

Juntas, elas caminham de braços dados até as estufas. Lá dentro, Freda se detém para cortar um ramo ou ajustar uma amarra. É uma nuvem familiar, vaporosa e verdejante de nostalgia, seu perfume celestial cem vezes mais forte do que o jasmim. Julia sente o roçar das samambaias em seus braços, respira o calor de seiva madura, terra fértil e, acima de tudo, das doces flores dos cítrus.

— Está muito mais fácil agora — diz Freda. — Tenho dois rapazes que me ajudam com as instalações e eu deixo para eles o vaivém pela cidade e a manutenção. São bons garotos.

Mira e Ruth correm de um lado para o outro nas trilhas de lajotas. Ruth para diante de uma laranjeira calamondin, os ramos suavemente vergados pelo peso das frutas.

— Posso pegar uma? — pergunta.

Mira está fascinada por algumas fúcsias com botões rosa em forma de bailarinas *en pointe*. Freda tem que chamá-la duas vezes para entrar e escolher uma laranja para levar para dentro.

As meninas se aninham entre as almofadas e cobertas de Freda, rindo com os apresentadores de algum programa infantil, que atiravam com pistolas d'água. Um contraste de estampas étnicas e de rosas, tapetes felpudos com estampas de tigre, laranjas doces cortadas ao alcance da mão. Marcel, o gato malhado de Freda, ronrona no colo de Mira, e Ruth se inclina para afagá-lo sob o queixo.

Quando sai da sala, Julia ouve Mira resmungando e vira-se a tempo de ver o cotovelo dela a postos.

— Para de mexer nele assim, Ruthie — diz Mira. — Ele gosta só de mim, revira os olhos toda hora que você encosta nele. — E Julia tem que controlar o impulso de ir até ela e dar-lhe um tapa.

Na estufa, o pomar de cítrus de Freda se estende diante delas. As árvores estão em seu auge, com flores e frutas, mas o mau humor de Mira ainda ocupa a mente de Julia. Ela suspira, e Freda pergunta o que há de errado.

— Estou começando a ficar cansada de verdade. Mira tem se comportado de forma terrível desde que chegamos; é grosseira comigo, faz maldades com Ruthie.

— *Jet lag*?

— Talvez. E talvez sinta falta de Karl. Eu com certeza sinto. — Ela explica para Freda sobre o atraso ao marido. — É o Santo Graal da pesquisa farmacêutica — diz, um pouco sarcástica. — Você sabe,

Karl e sua equipe estão bem avançados na corrida para pôr um fim à superpopulação deste planeta.

— Ahã. — Freda ri. — Como se inventar um anticoncepcional para homens fosse fazer diferença. — Freda puxa alguns ramos pesados de limões, colhe cerca de uma dúzia e os separa para uma limonada. — Vou ter que começar a fazer doce se não conseguir vender esse lote em breve.

Julia caminha entre as árvores respondendo às perguntas de Freda sobre sua nova casa em Old Mystic. Tem duas chaminés, telhado inclinado e vista para o estuário; as meninas pegam um ônibus amarelo para ir à escola, acordam com os grasnados dos gansos e em cerca de trinta minutos Karl já está a postos na Pfizer.

— Perdi o entusiasmo quando a grama precisava ser cortada ou o jardim estava cheio de ervas daninhas. — Ela tenta justificar sua inatividade, e Freda, preocupada, coloca a mão em seu braço.

Em sua casa, há apenas aquela coroa solitária de babosa na janela da cozinha, colocada ali por Karl para o caso de queimaduras, e algumas orquídeas *Phalaenopsis* que ela mantém em seu quarto e negligencia vergonhosamente por meses a fio.

— Tudo isso aqui está me dando uma baita inveja — diz Julia.

— Todo mundo quer plantas ornamentais agora. — Freda franze a testa. — Talvez eu tenha que vender algumas dessas árvores grandes para abrir espaço.

Julia conhece todas: limões Meyer, laranjas amalfitanas, limas-da-pérsia, algumas já mais altas que ela. De certa forma, parecem velhas amigas. Ela corre o dedo pelo enxerto de um pinheiro e Freda assente, lendo seus pensamentos.

— São suas, daquele primeiro lote de porta-enxertos; foi um ótimo lote — lembra Freda. — Não perdemos nenhuma árvore, todas ainda são saudáveis e, como você pode ver, dão muitos frutos. — Freda acrescenta algumas laranjas à pilha. — Há uma creche especializada em Sussex que poderia me pagar um preço razoável, então talvez você ganhe um cheque em breve.

— Ah, Freda, não há necessidade disso. — Julia nunca deixaria de se sentir culpada pela forma como foi embora. — Eu jamais poderia aceitar uma parte. E, de qualquer maneira, não seria uma pena vendê-las?

Freda reúne as frutas em um balde, dá de ombros.

— Cortei todos os novos projetos desde que você foi embora. Não é tão divertido como costumava ser. Eu precisava do seu jeito.

Julia se agacha e enterra os dedos nas lascas de madeira da base de uma árvore.

— Olha só, essa aqui tem uns parasitas infiltrados no porta-enxerto, bem aqui.

Freda lhe passa as tesouras de podar do cinto.

— Vá em frente, estou vendo que você está morrendo de vontade de fazer isso.

Julia segura o ramo verde-claro entre os dedos. As lâminas estão bem afiadas e, com um golpe, a rama do espinheiro original é removida. Freda se agacha ao seu lado, compactando a terra em torno de um cunquate vizinho.

— Eu realmente estou preocupada com Mira — diz Julia, devolvendo a tesoura. — Você acha que ela está bem?

Freda guarda a tesoura no bolso.

— Ela está absolutamente deslumbrante. As duas estão.

— Bem, eu gostaria que ela fosse um pouco mais robusta. Como Ruthie...

— Ah, você não deveria se preocupar. Elas têm biótipos diferentes. Quero dizer, olha para nós duas. — Freda pega um pneu de sua própria barriga coberta pelo tecido floral do vestido e ri. — Ruth é uma coisinha rechonchuda, mas pelo menos ela vai perder a gordura quando crescer, diferente de mim.

Julia balança a cabeça.

— Não é a magreza de Mira. Você entende? Ela parece ter perdido o apetite para tudo recentemente, não só para comida. Tudo que ela quer fazer é ouvir as fitas das mesmas velhas histórias que já ouviu cem vezes. Não quer ser abraçada, não quer brincar. Quase não falou uma palavra desde que chegou a Lamb's Conduit Street, exceto para brigar com a pobre Ruthie. Não faz o tipo dela ficar tão silenciosa. Sabe, eu não consigo parar de pensar no que pode estar preocupando Mira.

— Ah, querida. — Freda para o que está fazendo, coloca uma mão no braço da amiga. — Você acha que foi por voltar ao apartamento? Com o hospital ali tão perto? Suponho que você e Karl ainda não falaram com ela sobre Julian, não?

Julia balança a cabeça novamente.

— Acho que deixamos passar tempo demais.

— Diga — continua Freda quando estão saindo da estufa, mas ela volta correndo porque esqueceu de pegar o balde. — Você tem alguma coisa para fazer amanhã?

Julia não tem nada planejado.

— Provavelmente vou ter que levar as meninas para ver os primos, mas é só isso.

Os olhos de Freda brilham.

— É um espaço interessante, uma pirâmide de vidro com ventilação, de acordo com o arquiteto, janelas longas e estreitas com vista para o saguão dos escritórios, muita luz para as árvores.

— Freda, do que você está falando?

Ela sorri para Julia.

— Um lindo átrio de vidro no meio de um edifício na cidade, um espaço verde para interação dos funcionários. A reunião está marcada com o arquiteto na sexta-feira. Você gostaria de tentar projetar alguma coisa? Sim?

— Sim!

Julia mal consegue conter sua animação quando vai embora. Ela e Ruthie cantam junto com o rádio. O trânsito está ruim, então ela toma uma rota alternativa que já usou muitas vezes antes, seguindo ao longo de Holly Hill até os limites de Waterlow Park. É perigosamente próxima a Cromwell Gardens. Mira fica hipnotizada por um esquilo que passa por um galho quando param em um cruzamento.

Ela ainda está ouvindo uma história nos fones de ouvido, então sua voz sai alta.

— Eu tive um carrinho de bebê de brinquedo um dia, ele tinha uma roda que fazia barulho e pap... colocou um pouco de óleo nela e ela não fez mais ruído. E eu tinha uma boneca com um nome estranho...

Julia se lembra da boneca, e o carrinho de bebê foi presente da vovó Jenna em seu segundo aniversário. Mas, quando ela repassa a fala de Mira em sua mente, não consegue discernir se foi papai ou *papa* quem consertou a roda. No retrovisor ela vê Mira esfregando os olhos e depois, com algum alívio, se lembra de sua alergia.

Elas retornam para Lamb's Conduit Street com sacos abarrotados de laranjas e limões de Freda. Mira se sente indignada por ter que carregar um saco até a porta e o balança com raiva ao subir os degraus. O saco rasga, e as frutas caem e passam quicando pelos pés de Ruth, algumas laranjas rolando até a rua. Mira fica parada, pálida, com o saco rasgado nas mãos, mas não se oferece para ajudar.

Heino já está na cama, mas, através da porta, Julia ouve o rádio que ele deixará ligado a noite toda. Ruthie arruma as frutas com esmero em uma grande travessa de madeira sobre a mesa.

Depois que as meninas finalmente dormiram no andar de cima, Julia se serve de uma grande taça de vinho branco e espalha os desenhos do arquiteto na mesa da cozinha. Ela visualiza o fluxo de pessoas entre as árvores, caminhos, bancos de pedra, algumas plantas agrupadas para dar uma sensação de privacidade. Ela toma um gole de vinho, dá uma olhada no calendário de Heino ao lado do telefone. A sobrinha-neta, Claudine, deve voltar na parte da manhã. A moça já havia dito que gostaria de passar algum tempo com as meninas, a casa estava limpa e arrumada devido à insônia de Julia, e Claudine não precisaria fazer muitas tarefas domésticas... Freda sabia que ela não conseguiria resistir. "Eu estava pensando, talvez um pomar de limoeiros para criar uma atmosfera...", e Mira e Ruthie adoram Claudine.

Julia se serve de uma segunda taça, uma terceira, e seus pensamentos inevitavelmente se voltam para Karl em Connecticut. O telefone na parede zomba dela com seu silêncio. Ela dá uma olhada no relógio; ainda eram cinco da tarde lá, então ele estaria no laboratório. Julia raramente telefona para ele no trabalho, mas de fato, depois de um dia como aquele, precisava falar com o marido sobre Mira.

Não adiantava nada esperar; às vezes a família tinha que vir antes da equipe. Ela liga para a linha direta, mas chama e ninguém atende. Depois de algumas tentativas, ela disca o número da telefonista. "Sinto muito, Sra. Lieberman, mas Karl não está trabalhando esta tarde." Na mesa, ela esvazia o resto da garrafa em sua taça. Está começando a se sentir tonta, o suficiente para poder culpar a bebida pela paranoia de suas ações.

Tudo já está um pouco fora de foco quando ela se aproxima de novo do banco alto que Heino mantém ao lado do telefone. Apoia-se nele. Digita o número principal, esperando uma telefonista diferente, mas, infelizmente, parece ser a mesma, e Julia afunda ainda mais na lama, porque, embora seja ridículo, ela inventa um sotaque americano.

— Posso falar com a Srta. Sofie van der Zeller, por favor? — A linha faz um "bip" quando a recepcionista tenta completar a ligação, mas ela logo volta com a notícia aterradora de que "a Srta. van der Zeller não está no trabalho hoje". Julia deixa cair o telefone no gancho e sente repulsa, principalmente por si mesma, por ser tão desconfiada. Não há necessidade de associar as duas ausências de uma forma tão desagradável.

Julia verifica a porta da frente, a sala de estar, antes de caminhar com as pernas bambas para as escadas. Heino havia acendido a luminária de Ellie no canto, a tampa do piano erguida. Ele deve ter parado ali por um momento, desejando ao retrato dela um longo e silencioso boa-noite antes de subir para o quarto. É tão comovente, a constância de sua devoção. Heino vai sozinho a concertos e se senta com os olhos fechados para imaginar que ela está ali ao seu lado. Ele confessa que tem ido para a cama cada vez mais cedo porque sonha com Ellie todas as noites.

Julia se lembra de como Heino estava aflito quando ela começou a frequentar a casa. Ela o ouvia andando de um lado a outro no andar de cima. Agora ele deixa o rádio ligado a noite toda; as notícias do mundo parecem apaziguá-lo. O quarto abaixo do de Heino agora é de Claudine. Julia volta os olhos para lá. A porta está entreaberta, mas ela tem certeza de que estava fechada quando chegou. Ela capta um vislumbre do papel de parede violeta desbotado, o suave brilho de bronze do edredom de Ellie. Desde aquela noite vergonhosa, ela não consegue entrar naquele quarto, estremecendo só de tocar a maçaneta de porcelana. Ela o vê novamente, Julian, parado aos pés da cama, cinza como pedra, paralisado, os cabelos arrepiados como um espinheiro, fitando os três e movendo os lábios em silêncio.

Julia fecha a porta com um clique, mas as lembranças não ficam para trás. Um súbito impulso a leva de volta à cozinha e, antes que ela possa mudar de ideia, ao telefone. Sua respiração parece ecoar no bocal do telefone. Julia se obriga a conservar a calma ao discar o velho número de Firdaws em meio a ruídos da linha. Ela não faz a menor ideia do que dirá se ele atender.

Vinte e Três

Claudine chegou no meio da noite. Do alto da escada, Julia vê suas malas empilhadas no corredor, a jaqueta de couro pendurada no corrimão. A porta daquele quarto está fechada, e Julia torce para que Claudine não durma até tarde. Havia prometido a Freda que estaria com ela na hora do almoço e não poderia deixar as meninas com Heino naquele dia, pois ele teria que ir ao hospital. Ela sente um aperto no coração ao lembrar que Claudine dormira até muito tarde todos os dias durante aquela parte do ano sabático que passou com eles em Connecticut.

Ainda assim, Julia não se sente animada nem pronta para sair esta manhã; precisa de um tempo sozinha para curar a ressaca. Foi uma idiotice beber uma garrafa inteira de vinho; nunca conseguia fazer nada sob o efeito do álcool.

Julia se força a tomar um café e espreme quase um litro de suco das laranjas de Freda, o zumbido da máquina quase intolerável, seus dedos pegajosos com o sumo. Sente-se esgotada agora; uma lambida nos dedos e um gosto azedo começa a se propagar em sua boca. Não dormiu o suficiente — não conseguiu dormir, atormentada pelos telefonemas que deu e pelo medo de ter balbuciado algum recado na secretária eletrônica de Julian.

Agora o gosto azedo realmente toma conta de sua boca. Graças a Deus não há ninguém acordado para vê-la sair correndo da sala com um pano de prato junto à boca. Ela chega ao banheiro, consegue tirar a toalha e a escova de dentes de Claudine do caminho antes de vomitar. O vinho da noite sobe como puro ácido, queimando sua garganta. Ela se atreve a levantar a cabeça latejante para o espelho; sua pele pálida está coberta de suor, com aspecto doente. As manchas escuras em torno de suas pálpebras obrigam-na a desviar os olhos, e ela geme com as mãos no rosto.

Aquela noite.

Foi o choque de acordar e encontrá-lo ali com seu cheiro azedo de vômito que a fez correr para o banheiro. A respiração ofegante de Julian a seguiu, tão alta que parecia a de um monstro, não a de um homem. Ele fechou a porta no instante em que ela se agarrou ao vaso sanitário — este mesmo vaso sanitário, da mesma forma que se agarra a ele agora — e vomitou tão violentamente que pensou que o bebê sairia pela boca. Julian ficou parado, febril, puxando os cabelos. A camisola que ela estava usando era de Ellie, linho fino translúcido de tão usado. Ela colocou as mãos na barriga, e os olhos dele seguiram seu movimento, arregalando-se de incredulidade. "Você está grávida." Ela assentiu, e depois disso as palavras vieram com facilidade, como água que passa por uma represa. "Sshhhh, cala a boca...", disse ele. O calor que emanava de seu corpo doente a repelia, bem como as mãos, que Julian erguia como se fosse conter o desabamento de um muro: "Por favor. Não se aproxime. Estou gripado. Mira. Não acorde Mira." Ele lutou com a porta na pressa de fugir do que ela estava dizendo, meio cambaleando, meio correndo escada abaixo.

Agora Julia revira o armário da cozinha de Heino em busca de um antiácido e posiciona o coador para fazer mais café. Coca-Cola gelada, não dizem que é a melhor coisa para uma ressaca? Ela se pergunta que tipo de pessoa deixa uma lata aberta na geladeira com esse objetivo. No momento em que Heino aparece, Julia já engoliu alguns analgésicos e bebeu um litro de água morna. A dor de cabeça começa a diminuir, embora suas pálpebras continuem pesadas. Eram quatro da manhã quando ela conseguiu falar com Karl em

Connecticut. Eles conversaram, suspiraram e trocaram longos silêncios por mais de uma hora. As coisas que disseram um para o outro não foram nada doces, e Julia se pergunta quem pedirá desculpas primeiro. Ela serve suco de laranja para Heino, coloca pão na torradeira. Heino está bem-vestido como sempre, mas esta manhã usa seus sapatos de couro engraxado em vez de chinelos, e suas abotoaduras são de ouro, em formato oval, gravadas com o brasão do hospital. Ele chega carregando maços de formulários azuis.

Brandindo a garrafa vazia do Sauvignon da noite passada, Julia confessa:

— Eu não sei o que deu em mim, mas parece que bebi tudo. Estava na geladeira, espero que não tenha valor sentimental.

Heino pega a garrafa de suas mãos, ajusta os óculos e lê o rótulo.

— É de Claudine, acho. — Ele a devolve, a sobrancelha erguida. — Isso não é do seu feitio, minha querida.

Julia desmorona ao lado dele na mesa; eles se dão as mãos e ela apoia a testa nos nós de seus dedos.

— Vamos, vamos, diga o que há de errado. Ah, perdão, que velho tolo, claro. Sinto muito. É muito difícil perder o pai...

— Ah, não, Heino. Não acho que seja por ele. Não estou abalada. Quero dizer, eu gostaria que ele não estivesse morto... Sinceramente, ainda me sinto um pouco culpada. — Ela abaixa a cabeça de novo, gosta do cheiro da pele e do sabão dele.

Heino lhe dá um tapinha no ombro com a outra mão.

— Tenho certeza de que já a aborreci muitas vezes com minhas histórias e, portanto, você sabe que, depois que eu vim para a Inglaterra, nunca mais vi meu pai e meus avós, tudo muito triste. Segui com a minha vida aqui, cresci, fui para a faculdade de medicina. Só depois da guerra tivemos a confirmação oficial do que havia acontecido com eles, mas eu não me atirei no chão, chorando, desesperado. Todas as minhas lembranças de Hamburgo foram felizes, e ainda assim me senti mais triste com a morte do cachorro do vizinho na semana anterior. Eu me senti mal com isso, mas aquele cachorro era meu companheiro. Fazíamos longas caminhadas ao longo do

Heath todas as noites, e eu contava a ele todos os meus problemas. Eu me sentava no topo de uma colina com vista para o Cherry Tree Woods com ele ao meu lado, e quando ele foi atropelado, derramei muitas lágrimas. Era um velho amigo, muito querido, com patas grandes e um olhar inteligente. Tenho pensado nisso desde então, especialmente desde que Ellie morreu. Hoje em dia acho que a dor está ligada à perda de coisas tangíveis, de atividades do dia a dia, e não simplesmente às lembranças.

Ela se obriga a mastigar uma torrada seca. Engole com dificuldade. Heino lhe dirige um sorriso triste.

— Você fugiu de casa muito jovem, estou certo? Com 16 anos?

Julia assente.

— Bem, não foi exatamente uma fuga. Eu meio que fui expulsa de casa. Mas você está certo. Talvez a dor seja apenas do tamanho da ausência que ela precisa preencher, e meu pai não fez parte da minha vida depois que eu fui embora de casa. — A segunda torrada desce como cascalho, a garganta ainda ardendo por causa da anterior. Heino balança a cabeça enquanto ela brinca com o colar, o sol de ouro correndo de um lado a outro no cordão.

— Que pena para ele, perder uma filha como você. E, como eu sempre digo, que triste que minha Ellie nunca a tenha conhecido. — Julia tem que soltar o cordão para secar os olhos com o guardanapo.

Heino se encanta com o fato de que o suco que estão bebendo vem de árvores que ela enxertou e cultivou. Ele enxuga a boca com o guardanapo, declara-o doce e delicioso e aponta para o copo dela.

— E você precisa da vitamina C esta manhã, por isso, beba.

Julia começa a se sentir mais otimista; um dia de trabalho com Freda é tudo que ela precisa.

— A que horas você tem que chegar a Great Ormond Street? — pergunta Julia. — Se Claudine estiver acordada, eu posso deixar as meninas com ela e caminhar até lá com você.

— Eu adoraria que você me acompanhasse até lá, minha querida. — Ele pensa por um momento, olhando para o copo, antes de continuar. — Eu estava pensando se deveríamos sair meia hora mais cedo e levar Mira. Você acha que ela gostaria de ir? Eu sei que algumas enfermeiras adorariam vê-la tão saudável.

Julia dá outra mordida na torrada, hesitante.

— Ah, não sei, Heino...

— Algumas crianças acham isso muito fortalecedor, quero dizer, não que eu seja psiquiatra... — Ele examina o rosto dela, depois muda de assunto. — Há algumas perguntas muito difíceis aqui — comenta ele e bate com um dedo em seus arquivos. — Hoje estou com medo do Comitê de Ética. Às vezes é muito parecido com fazer papel de Deus. É pior a cada ano: bebês muito doentes que podem ser mantidos vivos, mas o financiamento para os tratamentos não segue o mesmo ritmo dos avanços médicos e da tecnologia. Tudo se resume a isso. Todas essas questões sobre o que pode e deve ser feito para se prolongar a vida precisam levar em conta apenas a criança, não o dinheiro. A criança em primeiro lugar, sempre.

Heino, assim como Karl, tem olhos castanho-claros salpicados de bronze em torno das pupilas, que cintilam quando ele fica animado, e as mesmas sobrancelhas grossas e expressivas, apesar da idade avançada.

— Então, podemos levar Mira para as enfermeiras ou não?

Antes que ela tenha a chance de responder, eles ouvem um tropel na escada.

— Aí vêm elas.

— Não me empurra, Miiiiiii-raaaa! — grita Ruth ao irromper na sala.

As meninas comemoram quando a mãe diz que vão passar o dia com Claudine e correm para acordá-la. Heino fica feliz em emprestar seu carro e, embora seja piegas, ela se vê mais uma vez em Burnt Oak no caminho para a casa de Freda. Quando chega à sua antiga rua, ela estica o pescoço para ter um vislumbre das janelas altas. Ela consegue ver as cortinas se movendo, a pálida lua de um rosto, e depois nada.

Talvez os dois tenham ficado presos ali para sempre naqueles dias tristes de dezembro. Julian, abatido pela perda, seus livros empilhados ao seu lado, curvado na única cadeira confortável. Ela, encolhida com uma bolsa de água quente na cama, cochilando e sonhando, incapaz de admitir para si mesma, muito menos para ele, que o que sentia pelo pobre bebê perdido era mais culpa do que tristeza. Ela sangrou em silêncio. "Vamos tentar de novo o mais rápido possível", decidiu Julian, embora tivesse apenas 21 anos. Ele a envolveu na colcha bordada, e o peso de seus sonhos parecia esmagá-la.

Apesar do desvio, Julia chega cedo à casa de Freda.

— Meu Deus, você parece péssima. — Freda segura seu queixo, puxa um banquinho e se senta ao seu lado. — O que há?

— Ah, você sabe, Mira...

— Ainda mal-humorada?

— E Karl não está aqui para decidirmos juntos o que fazer — responde Julia. — Ele tem um estudo para apresentar à FDA até sexta-feira, então nem adianta tentar falar com ele sobre qualquer outra coisa. E eu estou de ressaca. Você tem algum analgésico?

Freda gesticula para que Julia fique onde está, vai buscar paracetamol e solta dois comprimidos da cartela para ela.

— Ela tem dito algumas coisas... Na outra noite acho que Ruthie ficou sabendo que já fui casada...

— Ah sim, eu sempre me esqueço dele. O cara que ensinou tudo o que você sabe sobre jardinagem hidropônica; foi exatamente por isso que ofereci o trabalho a você. — Freda pisca e imita alguém enrolando um baseado. — Qual era o nome dele? Você quase nunca fala. Chris, não?

Julia se retrai.

— Sim, Chris. É melhor não falarmos dele.

— Sinto muito, eu interrompi você.

— Para ser sincera, Freda, só de pensar nele eu já sinto náuseas. Mas Mira me perguntou onde eu fui morar quando saí de casa e eu só respondi "com Chris". E Ruthie é muito intrometida, ela me pressionou para dar mais detalhes. Queria saber se ele era um cara legal e eu tive que admitir que não, não era. Mira estava rastejando atrás do sofá procurando seus sapatos, fingindo não ouvir a conversa, mas murmurou algo que eu não consegui entender. Ela não quis repetir, mas eu pensei ter ouvido a palavra *papa*. — Julia abre um sorriso triste para Freda. — Era assim que ela chamava Julian. Talvez eu tenha imaginado coisas... Mas vamos lá. — Julia afasta esses pensamentos e se levanta do banquinho. — Vamos continuar. Dei uma boa olhada nos desenhos do arquiteto e tive algumas ideias. Podemos fazer uma lista das árvores grandes e das espécies frutíferas que você acha que ficariam bem lá?

Freda esfrega as mãos.

— Assim está melhor. — Ela pega um caderno e rabisca em uma página para fazer a caneta funcionar.

No caminho para as estufas, Julia deixa escapar a confissão que tanto ansiava fazer.

— Liguei para ele ontem à noite.

— Para quem?

— Julian.

— Você ligou?

— Era a voz dele na secretária eletrônica em Firdaws, então acho que ele ainda está lá. Você sabe que não nos falamos desde... não depois de...

Freda coloca a mão no ombro da amiga, faz um afago.

— Você tem muitos nós na musculatura aí — diz ela. — Muitas vezes penso no quanto deve ter sido horrível para o pobre Julian naquela noite... Quero dizer, para todos vocês, ele simplesmente entrando daquele jeito...

Elas chegam à estufa. Freda apoia o caderno em uma prateleira e oferece aos músculos tensos de Julia os benefícios de sua mão de horticultora.

— Você lembra, não era para acontecer daquele jeito. Karl tinha chegado no voo da madrugada, e eu estava morta de cansaço. Mira havia acabado de sair do hospital. Karl desceu do banho em um roupão, bebemos chocolate quente e nos revezamos para ler histórias para ela. Estávamos aninhados na cama. Todos nós acabamos caindo no sono. — Mesmo agora, ela sente a necessidade de se explicar. — O estresse do hospital, e, você sabe, o tempo todo cansada por causa da gravidez. Nós pretendíamos contar a Julian naquele dia. Karl tinha viajado justamente para conversar com ele: seria péssimo de qualquer forma. Mas não daquele jeito. Não suporto pensar em quanto tempo Julian ficou ali ao pé da cama olhando para nós.

Freda tira as mãos dos ombros de Julia.

— Descobrir daquele jeito, coitado. E ele era uma alma tão boa.

Os olhos de Julia se enchem de lágrimas.

— Ah, Freda, não faça isso. Lembre-se de que ele estava transando com aquela Katie.

Freda volta a apertar os ombros de Julia.

— Estava mesmo? — pergunta ela. — Quero dizer, você tem certeza disso?

Julia suspira.

— Ah, Freda, era o que eu pensava na época.

Freda exercita os próprios ombros, alongando os músculos rígidos. Seu rosto ainda demonstra dúvida. Julia coloca uma mão no coração.

— Às vezes eu penso em Firdaws e me pergunto se poderíamos ter sido felizes lá. Se as coisas tivessem sido diferentes. Era um lugar tão bonito. Você nunca a visitou, não é?

Freda balança a cabeça.

— Nós tivemos que adiar minha visita várias vezes.

— Ah, sim, eu lembro agora. Mira estava doente nas duas vezes. Uma pena, eu gostaria que você tivesse conhecido Firdaws. Não sei se cheguei a apreciá-la de verdade, o quanto era pacífica, sem pessoas ou carros, nada além do canto dos pássaros e árvores. Lembro como Julian me mostrou todos os cantos da propriedade; seu amor era contagiante, cada canto, cada árvore tinha uma história de sua infância. De certa forma, o jardim se misturava aos campos, com capim e flores silvestres, macieiras e, em torno da casa, todo tipo de trepadeiras cobria os tijolos cor de damasco. À noite, o céu mais limpo: nunca vi tantas estrelas cadentes nem fiz tantos pedidos.

Freda sorri, incentivando-a a continuar.

— Quando ele me levou lá, fiquei muito impressionada — prossegue Julia. — Pela primeira vez eu entendi por que ele quis arriscar tudo o que tínhamos para comprá-la. Sabe, ele nunca conheceu o pai, e Firdaws o ligava a tudo aquilo. Tinha vigas de madeira e sofás junto às janelas, as paredes tão espessas e antigas que as portas pareciam grossas demais e você se sentia abraçada cada vez que entrava em um cômodo.

— Foi uma aposta — afirma Freda. — Ele apostou o futuro de todos vocês.

— Mas poderia ter funcionado. Havia uma escola pública no vilarejo para Mira, então não precisaríamos pagar mensalidades, e ela adorava ter um cachorro e correr por lá. Talvez eu devesse ter sido menos teimosa em continuar com você e a Arbour. — Julia dá de ombro triste. — Havia um celeiro velho no terreno, e ele me mostrou o lugar junto à parede onde tinha pensado em fazer minha estufa. Não podia ser um local mais perfeito, com sol pleno e aquele celeiro velho e maravilhoso para os vasos. Ele pesquisou sobre o assunto.

"Mal entramos lá e a mãe — lembra-se da temível Jenna? — chegou com toda uma equipe e um caminhão de mudança repleto de móveis. Era tudo que tinham antes, tapetes, cortinas, móveis, quadros, tudo. Julian estava alucinado de felicidade de rever tudo aquilo. Ele não parava de me perguntar 'Tem certeza de que está tudo bem?', e eu disse a mim mesma que seria sacanagem me opor depois de eles terem começado a descarregar as coisas, desenrolar tapetes, carregar enormes sofás cobertos de tecido porta adentro. A mãe estava recriando seu lar, até com os tapetes e panos mordidos pelos cães. Nossos poucos pertences de Cromwell Gardens foram esquecidos. Os homens não reclamavam, eram jovens, australianos. Jenna colocou tudo em seu devido lugar."

— Aposto que sim — completa Freda.

— Comecei a me sentir um pouco hesitante e perdida quando Julian me levou para o sótão que ele reservara como minha sala de trabalho. Ele me mostrou onde meu quadro negro ficaria, meus painéis de cortiças; ele já tinha pensado em tudo. E enquanto ele espanava um monte de moscas mortas da cama, Jenna enfiou a cabeça pela porta. "Julian tem razão", sussurrou. "Este é o lugar perfeito para trabalhar. Posso falar isso por experiência própria." Ela apontou para o basculante. "A luz é boa. Eu fazia todos os meus esboços aqui..."Ao sair, ela deixou escapar que o celeiro que ele queria transformar no meu galpão de mudas tinha sido sua oficina de cerâmica, que o forno ainda estava lá... — Julia se distrai enquanto Freda abre o computador e começa a catalogar as plantas.

— Você sempre ficava muito alterada depois que Jenna passava uns dias com vocês. É estranho pensar em como nossa vida poderia ter sido. Muitas vezes me pergunto o que teria acontecido se eu não tivesse deixado os meus maridos.

— Ah, Freda. Você pensa nisso mesmo?

— Penso. Todas as minhas sogras me odiavam. Eu me imagino em todos os tipos de situações deprimentes, envelhecendo naquela casa enorme em Dublin, ou enchendo a cara com Monty até morrer, ou, pior de tudo, tendo que criar os meninos com Eddie. Aff. Não. Prefiro mil vezes as coisas do jeito que estão. Só eu e o gato e quem quiser aparecer por aqui.

Julia ri.

— Acho que fico propensa a imaginar meus futuros alternativos sempre que Karl me irrita.

— Não é nenhuma surpresa que você esteja decepcionada. Ele deveria estar aqui, seria a coisa certa a se fazer.

— Sim, bem, mas ele nem sempre faz a coisa certa, não é? — Julia morde o lábio por um momento, se arrepende. — Argh, Freda. Sinceramente, acho que estou tendo um ataque de ciúme.

Freda se vira para ela, alarmada.

— Você? Como assim?

— Ele está trabalhando com uma mulher, ela é muito atraente, holandesa, solteira... Ontem Karl não estava no laboratório, e eu liguei de novo e descobri que ela também não estava. — Julia deixa escapar um gemido autodepreciativo antes de continuar. — Karl acha que estou ficando maluca por questionar seus movimentos; ele anda terrivelmente irritado. Nunca fui assim. Não antes de Julian. Você sabe, antes de toda aquela história com Katie, eu era muito segura. Quer dizer, eu não achava o máximo ela morar no vilarejo, mas, você sabe, nunca pensei que ele faria aquilo. E depois, com Mira no hospital, tudo ficou muito pior...

Julia vinha pensando com carinho em Julian nos últimos dias, mas agora ela se convence a sair dessa. Ela se obriga a recordar o momento em que a ficha caiu com relação a Katie, o aperto que sentiu no coração. Passava muito das três da manhã quando ele finalmente chegou à UTI Pediátrica fedendo a Katie, àquele perfume de jacintos que ela sempre usava. Quando enterrou o rosto no casaco dele, Julia disse a si mesma que estava imaginando coisas, que precisava demais dele, uma necessidade que se tornava mais esmagadora a cada telefonema desesperado para Julian. Mira parecia tão inerte quanto uma boneca de cera; seu fígado falhava e ninguém dizia "sim, sim, é claro que ela vai viver". Ele era a única pessoa que podia abraçá-la. Não havia mais ninguém.

Nas grades do lado de fora do hospital havia avisos pedindo às pessoas para não fumar. Ambos encontravam-se em estado de choque, parados ali. Julian tinha bebido uísque, o que nunca era uma boa ideia. Ele passou a língua pelo papel do cigarro, a mão trêmula, seu cigarro desajeitado, com o tabaco caindo para fora. Ele pegou uma cartela de fósforos do bolso e dobrou um deles de forma que continuasse preso à cartela. Seu lábio se comprimia no ponto em que segurava o cigarro. A cartela de fósforos estava de cabeça para baixo, e ela tentava ler o nome gravado em letras douradas cafonas. Os olhos de Julian seguiram seu olhar. Ambos sabiam onde Katie estava hospedada. Ela tinha se gabado a respeito disso na sala de jogos do hospital, dizendo que faria um "rombo na carteira de Adrian". Julian parecia surpreso por segurar a cartela de fósforos. Julia esperava o momento certo para perguntar onde ele esteve toda aquela noite, mas então ele acendeu o fósforo e isso não foi mais necessário.

Vinte e quatro

Julia faz o primeiro esboço para o átrio em papel vegetal preso com fita sobre o desenho do arquiteto. Ela desenha círculos nos pontos em que poderão cavar buracos para as plantas ao longo dos caminhos sinuosos. Isso corresponde perfeitamente ao briefing — *um surpreendente espaço verde dentro de um edifício geometricamente perfeito* — e, à medida que ela e Freda trabalham lado a lado, a empolgação de ambas aumenta.

— Acho que isso vai dar certo — diz Freda ao se inclinar para marcar os pontos de junção do sistema de irrigação subterrânea. — Então, você acha que Julian estava com Katie enquanto você estava no hospital? — pergunta.

Julia franze o cenho.

— Se eu quisesse ser compreensiva, diria que ele não teve a menor chance. Eu já lhe contei sobre a carta que ela me enviou, quando Julian e eu nos conhecemos? Ela era incrivelmente manipuladora, sabe?

— Uma carta? Que tipo de carta?

— Por acaso foi do tipo bastante eficaz.

— Certo, vá em frente...

— Eu não recebia muitas cartas na Sra. Briggs. Oficialmente eu não morava lá, então todo envelope que chegava era uma surpresa. No começo eu pensei que era algo legal. Lá estava ele, a única correspondência no escaninho de Julian no corredor, um envelope azul endereçado a mim, caligrafia atraente e muito grande, cheia de floreios.

"Fiz menção de abri-la, mas alguns inquilinos começaram a falar em voz alta em um dos quartos do corredor; alguém pedia aos berros um rolo de papel higiênico do banheiro no andar de cima. Eu vestia apenas o roupão de Julian, com uma de suas gravatas amarradas na cintura servindo de cinto. Não tinha que trabalhar naquele dia, mas precisava tomar cuidado para não ser pega lá pela senhoria de Julian. A Sra. Briggs era uma vaca velha e assustadora. Deus, era tenebrosa.

"A chaleira estava fervendo quando corri escada acima até o quarto de Julian, a carta escondida nas dobras do roupão. Ele estava de costas para mim, mexendo no pote de café, misturando três grãos diferentes: para um estudante sem grana, ele era bem exigente com essas coisas. Eu me sentei na cama, desdobrei três folhas de papel azul grosso: a assinatura dela estava na parte inferior da última página, sem despedidas ou cumprimentos.

"Ela começava declarando que provavelmente não era a primeira namorada rejeitada que queria deixar as coisas bem claras com a usurpadora."

— Usurpadora? — repete Freda.

— Ah, não sei, talvez fosse "novo amor", não me lembro agora — continuou Julia. — Ela alegou que não estava escrevendo por maldade, mas por preocupação genuína com Julian, que ela chamou de "Jude" na carta inteira. Disse que era pouco provável que sua carta chegasse à nossa caixa de correio. Eu gostaria que não tivesse chegado.

"Ela continuou falando sobre a minha idade: sinceramente, qualquer um que lesse aquilo pensaria que eu era uma velha bruxa que havia enfeitiçado um pobre menino. E pensar que eu não tinha nem 30 anos. Na segunda página, ela até mencionou a mãe dele, alegando que Jenna, 'que , aliás, eu amo muito', estava inconsolável. 'Quero que você saiba o que está destruindo.' Ela descreveu como eles se conheceram no primeiro dia de provas, como cresceram, como deixaram de ser crianças que apostavam corrida de bicicleta e se transformaram em adultos, e deu inúmeros detalhes da noite em que 'chegaram com ternura à idade adulta'. Ao pôr do sol em um bosque de jacintos, aparentemente. De acordo com Katie, eles comemoravam a data a cada ano visitando a mesma colina gramada, onde ela se deitava entre as flores e ele acendia uma fogueira. Ela era inteligente, escolheu suas palavras com muito cuidado. Como Julian, ela estava estudando inglês, tinha o sonho de se tornar escritora. Preencheu cada folha frente e verso com aquela caligrafia falsa e graciosa, nem uma única rasura ou frase mal-escrita. Ela deve ter se esforçado para escrever direito, deve ter feito muitos rascunhos até aquela versão final.

"Muito esperta, Katie. Eu só li a carta uma vez antes de queimá-la, mas a imagem dos dois entrelaçados e nus no bosque de jacintos nunca deixou minha mente. Li a carta uma só vez, e ela ficou enraizada, pronta para crescer e florescer junto com minha relação com Julian. Tenho certeza de que era isso que ela pretendia."

— Vaca — diz Freda.

— É — concorda Julia. — Vaca. Quando Julian se juntou a mim na cama, a carta já era um monte de cinzas no cinzeiro. Ele me puxou para perto, me perguntou o que ela tinha escrito. Não consegui dizer. A preocupação dele era muito fofa. Eu me sentia tão mal: velha, grávida e desempregada. Não havia nenhum bosque de jacintos para nós, apenas um mar de reprovação até o quartinho sujo de Burnt Oak. Eu era uma fugitiva. Chris era muito habilidoso com seus punhos.

Freda leva as mãos ao rosto.

— Ah, eu nunca contei a você? — pergunta Julia. — Bem, não vamos falar sobre isso agora. Não acha melhor continuarmos?

Julia está um pouco sem fôlego. Freda pousa a mão em seu ombro.

— Julia, você ficou casada com esse Chris por quanto tempo? Doze, treze anos, e ao longo de toda nossa amizade eu só soube duas coisas a respeito dele. Um: ele tinha um falcão; e dois: ele plantava maconha no sótão.

Julia morde o lábio, pega um lápis.

— O falcão era a melhor coisa a respeito de Chris, mas até isso eu passei a odiar.

Freda propõe uma pausa antes que Julia se detenha em sua parte favorita de qualquer trabalho: as impressões do artista. Ela acha extremamente interessante colocar no papel o que vê em sua imaginação. Julia sempre ficava surpresa quando as pessoas não sabiam desenhar: era uma daquelas coisas que ela cresceu acreditando que qualquer um podia fazer. No começo de seu casamento com Chris, ela fez um curso preparatório de artes para entrar na universidade. Mas, em seguida, as noites se tornaram mais longas e de repente ele teve que trabalhar em outra cidade; havia o novo falcão para treinar, e o animal comia oito horas por dia. Foi mais fácil para ela não voltar para a faculdade após o verão.

Julia o vê novamente, aquele ex-marido: ele grita ordens, seu cabelo move-se ao vento, suas cores se misturando, um pouco como as penas do falcão. A saliva sempre acumulada no canto rachado da boca. O peso do falcão no braço dela torna impossível correr atrás dele, a traseira da van de Chris saltando, um acesso de raiva porque ela não conseguiu fazer o falcão pousar na luva e eles tiveram que puxá-lo das árvores pelo cordame ligado à sua perna. Ele a abandonou lá com o falcão em meio a uma ventania, em um campo a quilômetros de distância de casa. Julia nunca estará longe o suficiente dele, nem mesmo agora.

Freda vasculha um armário para encontrar os lápis Caran d'Ache, e Julia põe a chaleira no fogo. Relutante, ela se recorda da leve depressão do esterno de Chris; eles batiam as cinzas de seus baseados nela, afundados em pilhas de travesseiros no quarto de Wychwood, tão saciados e fracos que era impossível levantar e procurar o cinzeiro. Ela se encolhe agora ao pensar em sua cumplicidade. Era muito jovem quando o relacionamento começou; Chris sabia como mantê-la sob seu controle. Ele comprou roupas de motoqueira para ela e um capacete prateado que combinava com o seu, e fazia curvas com tanta velocidade que seus joelhos quase tocavam o chão. Fez algemas de pelica, que usava para amarrá-la na cama, ensinou-lhe como fazer coelho ensopado, a tirar a pele e as vísceras. Julia sabia fazer bolos, e por algum tempo ficou bastante rechonchuda. Ele a adestrava como faria com um falcão, ganhando sua confiança ao tocá-la, recompensando-a somente quando ela se curvava à sua vontade. Julia engravidou e teve um aborto. A maconha ajudava a passar os anos na medida em que ela tentava se convencer do que havia de bom nele: seus olhos de âmbar, seus braços musculosos, a maioria dos discos que ele comprava. Seu talento com o truque de virar e pegar porta-copos em menos de um segundo lhe parecia uma coisa incrível.

Freda passa a lata de biscoitos.

— Como você consegue continuar tão magra?

Julia dá de ombros, pega alguns biscoitos recheados, mostra um para Freda antes de molhá-lo.

— Estes eram os favoritos de Julian, uma vez eu o vi comer um pacote inteiro de uma só vez.

Freda procura alguns petiscos; em seguida, vira-se com um pote de geleia na mão e sorri para Julia.

— Você está sendo monotemática!

— Na verdade, eu ainda estava pensando no desgraçado do Chris, mas... — Ela faz uma pausa. — Sim, Julian *não sai* da minha cabeça. Realmente preciso encontrar uma maneira de falar com ele. Eu achava que Karl estaria aqui para me ajudar a resolver esse problema com Mira, mas não. — Ela faz uma pausa e brinca com seu cordão. — Quero dizer, nós não tínhamos a ilusão de que voltar aqui não seria confuso para Mira. Não tenho nem palavras para dizer o quanto me arrependo de tê-lo deixado para trás.

Freda desiste de passar uma fina camada de geleia diet nos biscoitos de água e sal e pega os recheados.

— Você e Karl nunca acharam que deveriam contar tudo a ela? Deixar que ela decida o que pensar?

O sol de ouro de Julia vai de um lado a outro do cordão.

— Logo depois que chegamos a Connecticut, nós consultamos um psiquiatra infantil. Parecia estranho ela nunca mencionar Julian e ter aceitado Karl tão imediatamente. Quero dizer, eu estaria mentindo se não admitisse que isso também foi um alívio, ainda mais com a chegada de Ruthie.

— Qual foi o conselho?

— Ah, você sabe, responder a qualquer pergunta que ela fizesse da forma mais honesta possível.

— Mas você disse ao psiquiatra que Julian recusava qualquer contato?

— Eu não achava que isso duraria para sempre. Nenhum de nós esperava que ele fosse desaparecer. Para resumir o falatório do psiquiatra, ele disse que toda informação deveria ser fragmentada, e que não contássemos tudo em um grande momento sente-aqui-e-escute. O processo deveria ser conduzido por Mira; ela poderia começar a fazer perguntas mais tarde. Segundo ele, o que ela tinha passado no hospital e o novo bebê já eram informações suficientes para ela, e seu conselho foi de que esperássemos até Mira abordar o assunto. — Julia pega um lápis e começa a desenhar sombras nas bases das árvores, junto a um pequeno grupo de pessoas que bebia café sob o dossel de folhas. — Ela chegou a perguntar por ele por algum tempo, e depois parou.

Mas e se Mira tivesse insistido em suas perguntas? Parecia impensável que Julian fosse tão cruel. Em Lamb's Conduit Street, Karl havia tentado ligar para ele constantemente, mas todas as vezes caía na secretária eletrônica. Quando a fita do aparelho chegou ao fim, ele pegou o carro de Heino emprestado e dirigiu até Firdaws. Não obteve resposta quando bateu na porta, e todas as cortinas estavam fechadas, embora ele jurasse que podia ouvir o cachorro.

Julia se mudou do quarto de Ellie. Ela e Karl passaram a dormir no andar de cima, separados. Ela dormia, ou melhor, tentava dormir, ao lado de Mira sob a colcha de prímulas do quarto de hóspedes, e Karl ficava no quarto ao lado, o quarto que ocupara na infância, com seus aviões Airfix. Durante vários dias, ela não suportara que ele a tocasse; o único lugar em que ela encontrava alguma paz era na banheira. Julia achou que o sofrimento nunca fosse acabar na noite em que Mira chorou e chamou seu *papa*. Ela se deitou na escuridão com lágrimas grandes como pérolas rolando em direção a seus ouvidos.

Passaram-se dois dias até ela conseguir falar com Jenna, que finalmente retornou às ligações, mas recusou-se com frieza a dizer o que estava acontecendo com Julian. Ela falou apenas que queria que ela retirasse suas coisas de Firdaws: "Todos os mínimos vestígios, está me ouvindo? Seus e da criança." Pelo tom de sua voz, parecia que ela estava falando de uma infestação de ratos. Julia conseguia imaginá-la mandando exorcizar o lugar depois, queimando sálvia nos cantos da casa.

O que a deixou mais perplexa foi ouvir Mira sendo chamada de "a criança". Ela mal soube o que dizer.

— Mas Jenna, você não gostaria de ver Mira? Você sempre será...

Jenna a interrompeu antes que ela pudesse dizer a palavra "avó".

— Meu coração não suporta isso, Julia. Então, não, obrigada. Quanto tempo você levará para sair de Firdaws?

Eles alugaram um furgão, e seu irmão, Howie, concordou em levá-la até lá. Eles partiram para Firdaws; Karl permanecera em Lamb's Conduit Street com Heino e Mira, telefonando para todos os números possíveis atrás de Julian, e acabou chegando a Michael em seu escritório. O marido de Jenna o informou que Julian estava com suspeita de meningite no hospital, mas, com grande civilidade, recusou-se a dizer onde e qual.

Julia se sentia exausta demais para pensar naquilo e dormiu um sono intranquilo no furgão. Howie dirigira em silêncio, apenas sacudindo a irmã horas depois, quando precisou perguntar qual caminho tomar no cruzamento junto à estação Horton.

Ao abrir os olhos, deparou-se com um espetáculo tão admirável quanto o momento em que *O mágico de Oz* é filmado em tecnicolor. Na última vez que passou por ali, as árvores estavam bastante desfolhadas, e os campos ainda enlameados. Mas agora, sob um céu sem nuvens, a pista era margeada por gramíneas altas repletas de folhas e flores. O asfalto dançava sob a luz solar intensa, atravessando os galhos que formavam um túnel verde na estrada. Eles desceram a ladeira e entraram na primeira à esquerda. Flores passavam num clarão entre as sebes: silenes rosadas, ranúnculos, frondosas flores de cenoura silvestre e rosas-caninas. Quando atravessaram a ponte arqueada, a longa curva do rio entrou no campo de visão, espalhando-se como mercúrio pelo vale.

Firdaws surgia sozinha em um mar de flores silvestres. As rosas estavam em plena floração; rosas cor de pêssego dominavam os tijolos, contornando as janelas e a porta da frente, derramando pétalas do mais suave rosa claro, algumas em tons mais escuros e intensos por causa da chuva. Os tijolos eram um excelente terreno para o brocado de folhas, de rosas — algumas desbotadas, quase brancas — e de clemátis entrelaçadas que derramavam estrelas lilases dos parapeitos. Tudo ainda estava ligeiramente vaporoso e cintilante pela chuva forte daquela manhã. Atrás da casa, os campos se desdobravam a perder de vista, ondulando verdes e frondosos ao sabor do vento, dourados por ranúnculos. Era de tirar o fôlego ver a casa à luz do sol, sentir o cheiro da chuva recente e da poeira quente. Ela baixou o vidro de sua janela assim que eles estacionaram, já tinha esquecido como o ar podia ser doce. O canto dos pássaros era quase ensurdecedor quando ela saiu do furgão, o irmão já descarregando os caixotes vazios para a mudança. O cheiro de terra quente e molhada fez seu coração doer; camomila e centáureas roçavam suas pernas. Andorinhas e martins dardejavam pelo céu, ela podia ouvir os piados dos filhotes nos beirais. Olhou para as janelas, os velhos batentes em suas camadas descascadas de tinta azul-amor-perfeito. Uma chuva de pétalas caiu no carrinho de brinquedo de Mira. Julia parou na porta e desdobrou as mantas de tricô que o envolviam para verificar se não estavam úmidas. Ela imaginou Julian empurrando o pequeno carrinho de bebê para fora da casa, lavando as cobertas de lã perolada, o cuidado que ele teria tomado para fazer parecer a Mira que ela nunca havia partido. Era insuportável, tudo isso.

Ela desviou os olhos do carrinho de bebê quando ouviu a porta abrindo. Katie saiu da casa, gritando seu nome como se fossem velhas amigas. Ela usava um vestido branco de verão, e seu rabo de cavalo parecia especialmente louro e macio quando Julia tentou passar por ela para entrar. Katie tentou segui-la.

— Eu só vim para trocar os lençóis, tudo bem?

— Me deixa em paz — retrucou Julia, tentando conter as lágrimas.

Embalar as fotografias foi o pior de tudo. Julia não teria coragem de levá-las, mas Jenna tinha sido bastante específica. Howie estava do lado de fora, esforçando-se para prender algumas peças de mobília no teto do furgão já cheio de caixas. A cadeirinha de Mira foi equilibrada acima das cadeiras verde-ervilha e de uma pequena cômoda de Cromwell Gardens que ela havia restaurado com folha de ouro. No fim das contas, ela não tinha muita coisa.

Apática, Julia se sentiu dominada pela infelicidade quando reviu todas as fotos na sala de Julian. Só as fotos tiradas poucos meses após o nascimento de Mira estavam organizadas em um álbum; todo o restante permanecia em envelopes plásticos, motivo de risos e suspiros, deixado de lado até o dia em que um deles tivesse um tempo livre. Nunca tiveram. Nunca teriam. As fotos ficaram enfurnadas em duas caixas de sapato abarrotadas, dispostas em vaga ordem cronológica. Os álbuns vazios esperavam pacientemente ao lado delas, meia dúzia, bonitos e com capas de couro, presentes de Michael quando Mira nasceu. Julia pegou um dos álbuns com fotos, virando rapidamente as páginas. A chegada de Mira — tinha sido muito doloroso vê-la nos braços de Julian daquele jeito —; várias pessoas da família reunidas em torno da cama; o primeiro sorriso dela; Mira brincando de esconder com uma fralda grande e pernas arqueadas como salsichas; sentada, escorada pelas almofadas em Cromwell Gardens; girando em seu andador, a testa enrugada de concentração. Julia recolheu todas elas, verificou gavetas e armários em busca de fotos perdidas e achou algumas de quando eles tiveram uma Polaroid. Mas nada superou a dor de tirar as fotos emolduradas de Mira da mesa de Julian e da mesa de cabeceira dele na cama.

Julia não teve muito tempo para nostalgia. Ao dar uma última olhada em torno, foi interrompida por vozes. Através de uma abertura nas cortinas, viu Howie seguindo Katie pelo gramado. O vestido branco de Katie balançava. Ela parou na porta da frente aberta, as dobras de musselina branca repousando em torno de suas pernas.

Mais uma vez Katie tentou emboscá-la: "Não acredito que você está fazendo isso." Julia passou por ela até o furgão, Howie se apressou em pegar as caixas de seus braços. Ao se afastarem, viram Katie parada na frente da casa, mãos nos quadris, e Julia pensou nos cinco álbuns que deixara para trás, suas páginas cor de creme vazias.

As pessoas podem pensar que é difícil apagar todos os seus vestígios de uma vida, mas na verdade, não é.

Vinte e cinco

Claudine esperou Julia, embora já passasse de meia-noite quando ela voltou da casa de Freda. Está usando um vestido amarelo, *vintage*, com um cinto de margaridas. Seu cabelo espetado é tingido de branco nas pontas; ela parece um pequeno porco-espinho quando se espreguiça e boceja. Seu rosto, despido da habitual maquiagem escura nos olhos, é tão delicado quanto o de uma boneca. Não há nada desagradável em Claudine, exceto, talvez, o grande piercing prateado na língua que faz com que ela fale com a língua presa.

— Tivemos um dia fantástico — diz ela. — Mas caso as meninas toquem no assunto, a culpa por quase termos sido expulsas do museu foi minha.

Julia está despejando leite em uma panela.

— O quê? Por quê? Você quer chocolate quente? Estou fazendo um pouco para mim.

— Sim, por favor — responde Claudine. — Ah, o segurança exagerou. Havia um pedestal vazio extremamente tentador na escadaria principal. Era meio que como um palco, sabe? A luz da janela recaía sobre ele. E eu estava com minha câmera nova.

— Ah, Claudi. Você não fez isso!

Claudine ri.

— As meninas seguiram direitinho as instruções. Encenamos *O beijo* e *Rômulo e Remo* antes que o segurança chegasse correndo pelos degraus. Pensei que elas ficariam chateadas por serem repreendidas, mas nem um pouco. Passamos o resto do tempo fingindo que éramos fugitivas da justiça.

— Odeio dizer isso, mas você é uma péssima influência para elas. — Julia finge censurá-la.

— Eu tenho as fotos que tiramos no térreo, e elas estão gargalhando. Temos que encontrar uma forma de mandar por e-mail para Karl. Ah, por falar nisso, ele ligou. Eu disse para ele tentar encontrar você na casa da Freda.

Julia se senta com Claudine à mesa, soprando em sua caneca.

— Meu telefone inútil não funciona no Reino Unido, e eu ainda não tive tempo de resolver isso. — Julia tem certeza de que o telefone não tocou nenhuma vez na casa de Freda. Bem, que ele fique em banho-maria por mais algum tempo. Ela decide não retornar a ligação. — Alguém mais telefonou? — pergunta Julia, permitindo-se sentir esperança. Claudine balança a cabeça, e ela tenta não parecer cabisbaixa. Vira-se para o relógio e dá uma olhada nas horas. Tarde demais. Vai ter que esperar até o café da manhã para tentar ligar para Firdaws de novo. Ela bebe o restante de seu chocolate quente.

No andar de cima, as meninas dormem pacificamente, protegidas pela frota de aviões de Karl. Julia se inclina para beijar o rosto de Ruth; ela tem cheiro de doce e leite morno. Afasta o cabelo do rosto de Mira, que ressona e vira para o outro lado. Ruthie sorri em seu sono. Julia sente uma onda de ternura ao admirar a filha mais nova. Ela se sente inquieta ao se inclinar mais uma vez para Ruth, pousa a mão em sua testa e sussurra: amo você.

Julia estava completamente fora de si, dominada pela ansiedade e pelo cansaço, na noite em que Ruth foi concebida — naquela mesmíssima cama, aliás. Ela mal havia dormido nas duas primeiras noites que Mira passara sedada na Terapia Intensiva. Julian ficou ao seu lado; os dois tiravam apenas cochilos, jogados em cadeiras ao lado da cama de Mira. Ela precisava demais dele, temia tanto pela vida de Mira que nem conseguia pensar no que estava acontecendo entre Julian e Katie. Na terceira noite, as enfermeiras insistiram para que ela voltasse a Lamb's Conduit Street para uma boa noite de sono, e Julia se viu feliz em deixá-lo para trás. Não esperava ver o casaco de Karl pendurado no hall quando chegou lá, não fazia ideia de que Heino ligara para ele em Connecticut para alertá-lo sobre o estado de saúde de Mira. Julia cheirou o colarinho para confirmar, embora já soubesse que era dele. Ficou ali por algum tempo, ouvindo apenas o tique-taque do relógio e pressionando o tecido contra o rosto, o cheiro dele quase doloroso.

Julia pensa em Karl naquela noite, seu olhar de surpresa quando ela chegou nua ao quarto, a corrente de ar da porta fazendo girar as hélices de seus aeromodelos. Depois, eles fitavam os aviões, balançando a cabeça, incrédulos, um frenesi absoluto.

Ela sente aquela dor profunda e familiar só de pensar nele. Às vezes seu estado de espírito parece ter pouco a ver com seu desejo por Karl; nas noites em que ele a deixa furiosa, Julia se pergunta se tudo se resume apenas a uma peculiaridade anatômica, como ele certa vez argumentou: "Apenas um encontro perfeito das terminações nervosas do ponto de Gräfenberg com a rafe do pênis." O que quer que fosse, eles sempre terminavam encharcados de suor e com as pernas trêmulas.

Vinte e seis

Pilhas! Julia corre até a loja da esquina, deixando as meninas na cozinha vestidas com coletes e calças, comendo croissants. Mira está furiosa, indignada por ter que fazer uma viagem de cinco horas de carro até Vernow sem seu walkman e as histórias que ela sabe recitar de cor.

Elas já estão atrasadas; Julia percebe que o tráfego aumentou ao atravessar a rua no caminho de volta ao apartamento, o ar espesso pela fumaça dos carros. Ela tem que se lembrar de pendurar os vestidos novos das meninas no guarda-roupa. As roupas delas são de linho preto perfeitamente liso, com gola alta e saias rodadas, uma fileira de botões subindo nas costas. Na loja chique onde Julia os escolheu pouco depois de saber que seu pai tinha morrido, ela riu com prazer ao pensar que suas filhas iam parecer duas amish. Os vestidos foram caros e nunca seriam usados novamente. Ela se pergunta se Claudine poderia emprestar sua câmera, mas pensa que talvez seja de mau gosto tirar fotografias em um funeral. Ela já consegue ouvir sua mãe reclamando disso.

Uma pena. Julia imagina suas filhas ao lado da sepultura, seus adoráveis rostos em forma de coração, pálidos e sérios acima do linho preto, o cabelo de Ruth escapando de suas tranças grossas, a pele delicada de Mira refletindo um único lírio branco que ela atou junto ao peito...

Ainda é muito cedo para comprar as flores, mas Julia é arrancada de seu devaneio pelo tilintar das sinetas da porta da floricultura. Por um momento ela pensa que a florista loura leu seus pensamentos e veio lhe oferecer lírios.

— Tenho algo para você — diz ela.

— Hã?

— Espera aí um minuto. Você é Julia, certo? Que está na casa de Heino, não?

Julia assente e espera na porta enquanto ela se vira e grita algo em direção aos fundos da loja.

— Tem uma caixa lá nos fundos para você. Alguém a largou aqui com uma de nossas entregas da Holanda. É muito pesada; se você esperar um pouco eu peço ao Ken para trazê-la para você.

Ken traz a caixa. É de papelão velho, a parte de cima abaulada sob o vaivém de fita adesiva, a fita enrolada tantas vezes em volta que é impossível dizer qual era seu conteúdo original. Um forno de micro-ondas ou, possivelmente, uma televisão, tem uma caixa desse tamanho. Ela se vira e acaba bloqueando o caminho de Ken no meio da escada, impaciente para ver a letra do remetente. Ela estende os braços para tirá-la dele.

— Sinceramente, Ken, eu posso carregá-la. — Ele continua segurando a caixa e, embora esteja escuro nas escadas, ela vê as conhecidas maiúsculas quadradas e espaçadas. Seu coração começa a pular como um coelho.

— Você já vai abri-la, meu anjo, só me diga onde colocá-la.

De alguma forma, ela destranca a porta e conduz Ken até o hall, onde ele deixa a caixa. O relógio de pêndulo a assusta quando bate a hora. Suas unhas surtem pouco efeito sobre a fita. Droga, elas já estão muito atrasadas para sair — e agora *isso*.

Na cozinha, ela dá um beijo de bom-dia em Heino e lança a sacola frágil com as pilhas para Mira, implorando às meninas que se apressem e terminem de se arrumar.

Claudine estende as mãos para o walkman.

— Aqui, Mira. Deixa eu resolver isso para você.

Heino lhe oferece uma xícara de café, e ela a aceita antes que a mão dela trema demais.

Julia ainda precisa colocar algumas coisas na mala, além de encarar o inferno dos nós do cabelo de Ruth. Mira está dando o habitual chilique ao tomar suas vitaminas, Heino pergunta se Julia anotou seus dados de cadastro da locadora de carros. Ela se livra deles por alguns instantes e vai até a gaveta em busca da tesoura, ciente de que sua única opção é abandonar todos à própria sorte para ver o que há dentro da caixa.

Julia fica alguns minutos sozinha com a caixa na penumbra do hall. O papelão está se deteriorando, salpicado em certos locais com cocô de pombo — ele claramente deixou a caixa jogada por um bom tempo. Seu velho suéter sai primeiro, meio comido por bolor, mais malhado de cinza que lilás. Lança uma nuvem de poeira quando ela o sacode. Há livros: um monte de livros de bolso mofados e os livros de arte de Andy Goldsworthy que Julian comprara para ela, com sua dedicatória grosseiramente arrancada, deixando apenas margens rasgadas. Pilhas vazadas caem de um rádio quebrado, alguns velhos cadernos de desenho que ela esqueceu estão manchados em todas as páginas. Ela revira tudo, com o coração apertado, tossindo com a poeira, em busca de um bilhete entre os emaranhados de roupa suja, mas não há nada ali além das quinquilharias que qualquer pessoa poderia encontrar debaixo da cama: meias sem par, creme facial ressecado em um pote sem tampa, uma velha luva de jardinagem endurecida e calejada como uma mão, pedaços de cerâmica quebrada, um tampão estufado que rasgou a embalagem, flores de seda amassadas que ele um dia comprou para o cabelo dela, o cadeado de bronze que ela lhe deu em Paris. Não havia mais nada; nenhum bilhete, nenhuma explicação a mais. Isso era tudo.

Julia reúne suas coisas, chama as meninas e viaja num silêncio febril, engolindo as lágrimas, furiosa consigo mesma por se deixar abalar por uma caixa de lixo. A estrada está repleta de carros sob um céu cinzento abafado, não há nada no rádio para distraí-la, apenas ruídos.

Julia manda um beijo para Mira pelo retrovisor, e a filha instantaneamente baixa os olhos. Ela começa a fazer ultrapassagens, tem que se controlar para não correr demais, sente-se injustiçada ao recordar a mensagem que deixara na secretária de Julian. Ela não teve tempo de pensar no que dizer antes de começar a falar. O que falou? Que, mesmo após cinco anos, ainda pensava nele com ternura, com lembranças felizes, e Mira também. Foi realmente maravilhoso ouvir a voz dele na secretária eletrônica e foi fácil se lembrar dele com carinho enquanto escolhia as palavras. E a resposta dele? Mandar para ela uma caixa de lixo.

Julia seca uma lágrima, verifica no espelho que as meninas não notaram que ela está chorando. Por mais que tente, não consegue imaginar Julian sendo tão terrível. Por que ele simplesmente não jogou aquelas coisas fora? Será que ele reuniu aquilo tudo em uma faxina de proporções gigantescas? Sente um nó na garganta ao pensar em Julian sacudindo seu velho suéter, segurando-o na ponta dos dedos ao levá-lo para a caixa, com o mesmo asco de quem limpa o cocô do cachorro.

Surpreendentemente as meninas estão tranquilas no banco de trás, sem brigas, o que é um milagre. Mira está prostrada com suas histórias, e Ruth cochilou com um pacote de doces tamanho família junto ao peito, dado por Claudine para a viagem.

Julia tem bastante tempo para pensar quando chega à autoestrada; conta apenas com sua imaginação para preencher o espaço entre o banco vazio de Karl e a estrada. Ela lembra a noite de verão em que Karl os visitou em Cromwell Gardens. Julian estava em Paris, e ela não esperava por Karl. Desde o jardim zoológico, eles vinham tomando muito cuidado para nunca estarem juntos e sozinhos.

Julia só ficou sabendo da viagem de Julian a Paris na manhã em que ele partiria. Ao vir da estufa, ela o encontrou correndo em pequenos círculos, suas palavras irrompendo sem sentido, e levou algum tempo para entender do que ele estava falando. Julian ia de uma parede cor de morango à outra com um sorriso contagiante, estendendo as mãos para ela.

— Vamos, Julia, venha comigo. Uma semana inteira em Paris às custas da produtora — disse ele.

E Julia queria ir com ele, realmente queria, mas ela e Freda estavam instalando um projeto, o momento não poderia ser pior.

Ela nunca tinha visto Julian tão animado.

— Uau, e eu sempre quis trabalhar com Claude De'Ath. Ao que parece, ele demitiu um cara e mencionou o meu nome. Mandou que me procurassem.

Julian queria que ela largasse tudo; ele a ergueu do chão, rindo e protestando, e sentou-a no balcão da cozinha para convencê-la, mas, embora fosse quase insuportável pensar em ficar longe dele, ela prometeu que viajaria para encontrá-lo na manhã de seu aniversário. Julian lhe deu um soquinho no braço, chamando-a de *workaholic* e *yuppie*. Ela deu outro soquinho de volta: lunático irresponsável. Mal houve tempo para uma rapidinha antes que ele corresse para pegar o voo.

A banheira em Cromwell Gardens se sustentava em quatro pés dourados, semelhantes a garras cruéis. Tinha apoio duplo e era tão grande que precisava de uma caldeira cheia de água quente para enchê-la. As rachaduras e manchas esverdeadas no esmalte davam a entender que certamente era original. Era raro que Julia mergulhasse nela sem Julian, e ela tinha que apoiar os joelhos contra as laterais íngremes para não afundar. Colocou a água bem quente. Quando saiu para buscar uma toalha, um calor agradável avermelhava sua pele. Acrescentou um pouco de óleo de tangerina à água, cheirou o delicioso vapor e acrescentou uma segunda dose, um pouco maior. Com o cabelo enrolado e preso no alto da cabeça, apoiou a nuca na borda da banheira e tentou relaxar. Pensou em colocar um pouco de música, mas isso significaria sair novamente, e decidiu tentar desfrutar do silêncio absoluto de se ver só. Ela se perguntava o que Julian estaria fazendo no jantar em Paris. Esticou uma perna, apoiando-a na borda da banheira e, embora nunca se desse esse trabalho normalmente, achou um grande luxo ensaboá-la e passar a navalha de Julian. Fez o mesmo com a outra, até que ambas ficassem lisas e deslizantes.

Julia começava a relaxar em meio às ondulações da água e ao vapor quando a campainha tocou. O quarto toque veio acompanhado de batidas. A única coisa à mão era o roupão velho de Julian; ela se envolveu nele e lamentou a falta de um cinto.

Abriu a porta e encontrou Karl parado ali.

— Desculpa — disse ele, desviando os olhos rapidamente. — Pensei que a campainha não estava funcionando. — Seus cabelos se enroscavam em volta da gola, um pouco mais longos e desgrenhados que da última vez que se viram, mas ele estava tão bem barbeado que sua pele brilhava. Estava amarrotado e acalorado pela viagem e segurava duas garrafas de vinho pelo gargalo, uma em cada mão.

— Eu não lembrava se você e Julian gostam de claret ou borgonha. — Karl mostrou os rótulos. — Então trouxe os dois. — Ele se inclinou e beijou-a no rosto. Os lábios foram a única parte dele a tocá-la, por causa das garrafas em suas mãos. Julia segurava o roupão em um emaranhado junto ao corpo. Ele tinha um cheiro ligeiramente canino. Ela sentia o rosto suando pelo vapor. Karl olhou com expectativa para o corredor atrás dela.

— Ele está em Paris — disse ela, dando um passo para trás.

As sobrancelhas de Karl se ergueram acima da armação de arame de seus óculos.

— Ele não está aqui? Como assim, sério? Paris?

Julia assentiu; queria poder afastar-se dele, pelo menos para se secar e colocar uma roupa. Ela passou um dos pés pelo tornozelo, fechando ainda mais o roupão de Julian.

— Por que ele não ligou para mim? — Karl deu um suspiro profundo. — Francamente, Julia, ele é impossível. Levei séculos para chegar até aqui, o metrô está uma merda esta noite. Ah, desculpe... — Ele notou as pegadas molhadas, os pés nus.

— Espera um minuto — disse ela, convidando-o a entrar. O corredor estava tomado pelo vapor do banho. — Você sabe onde tudo fica. — Ela gesticulou na direção da cozinha e escapou. — Já volto.

No quarto, vestiu um suéter e jeans, sentou-se brevemente diante do espelho e passou creme no rosto, soltou o cabelo e tirou os nós com a escova. *Isso foi tudo.*

Vinte e sete

Julia faz uma parada para que as meninas possam fazer xixi. Mira começa a brigar com Ruth assim que elas saem do carro. Seu fone se enroscou no pé da irmã de alguma forma — o walkman cai no asfalto, e o calcanhar de Ruth acaba pisando nele. Mira corre até ela, empurra-a, e Julia se apressa em confortar Ruth e esfregar seu joelho, tentando consolar uma e repreender a outra ao mesmo tempo. Ela fica de pé e entrelaça a mão de Mira na de Ruth com firmeza. Ambas notam a expressão em seu rosto e não soltam a mão.

Julia pensa nelas no verão anterior, tão amigas, sem camisa e bronzeadas, de mãos dadas por livre e espontânea vontade, saias coloridas com cós de elástico, o brilho do sol refletido em seus cabelos, Mira aponta para algo ao longe, e... Julia percebe que essa é uma fotografia que repousa sobre um aparador em sua casa, e se desespera com a facilidade e a frequência com que suas memórias parecem ser substituídas por fotos.

As meninas se alegram quando Julia compra batatas fritas e permite que elas tomem uma Coca-Cola. O cadeado de bronze de Julian pesa em sua bolsa, o verdete preenchendo o relevo dos dois Js curvilíneos e a borda da fechadura; a chave preto-esverdeada. Mira e Ruth perambulam pela loja de conveniência implorando à mãe que compre doces e acabam parando na sessão de quadrinhos. Todos são berrantes, cada um com seu próprio brinde colado com fita na capa, plástico rosa, glitter. As meninas os examinam, dando notas para os brinquedos. Julia reprime o desejo de dizer que elas deveriam fazer a escolha com base no conteúdo. Em vez disso, manda que as duas fiquem bem ali, e, num tom severo, acrescenta que não soltem as mãos uma da outra.

Ela se dirige à cabine telefônica, de onde consegue ver o interior da loja, e liga para casa. São onze horas, seis da manhã em Connecticut. Ela pensa em sua casa, nas escadas polidas que levam ao seu quarto. A luz do estuário movendo-se no teto, as paredes branco-giz, o aterrorizante espectro da cama em que ninguém dormiu.

O telefone segue tocando. Incrédula, ela olha para o bocal, com sua sujeira cor de cera. Disca o número de novo, segurando o fone a um centímetro do ouvido, mas Karl ainda não atende. Tenta o celular dele, mas parece estar desligado. Coloca o fone de volta, vê as meninas se deitando no chão da loja diante dos quadrinhos, tenta tirar da cabeça suas suspeitas, mas elas voltam galopando e lhe dão um coice.

As meninas ficam contentes por algum tempo ao folhearem seus quadrinhos no banco de trás, o que é uma sorte, porque o tráfego fica lento na travessia dos vales, a garoa se transformando em um espesso nevoeiro. Julia se força a se concentrar nas luzes traseiras do carro da frente. Essa viagem de fato lhe dá tempo demais para pensar.

Quando ela voltou do quarto, Karl a esperava no sofá cor de ameixa, o telefone junto ao ouvido.

— Esse maluco do Julian. Não consigo nem ligar para ele agora.

— Acho que não há sinal no lugar onde ele está trabalhando. O estúdio de Claude De'Ath fica no subsolo. Provavelmente ele ainda está lá — explicou, passando por ele para abrir as cortinas.

A luz entrou, vinda da rua. Alguns ramos de flor de laranjeira que ela havia trazido da estufa espalhavam um profundo aroma na sala. Julia pegou o vaso e o colocou em frente à lareira, acendeu algumas lâmpadas, virou-se para a prateleira e brincou com um macaquinho de marfim que pertencia a Julian. Segurou o macaco junto aos lábios e fechou os olhos. Se desejasse com bastante força, talvez Karl simplesmente desaparecesse. Quando ela o devolveu à prateleira, a luz fez os olhos negros do animal brilharem, travessos. Karl pigarreou.

— Tudo bem se eu abrir o vinho? — Ele levantou a garrafa para mostrá-lo a Julia. Ela se virou e assentiu, vislumbrou o sorriso hesitante que aqueles que não conheciam Karl tomavam por timidez. Ele já tinha encontrado o saca-rolhas e um par de taças. Julia tentou se lembrar da última vez que haviam se encontrado e se viu aborrecida ao pensar que provavelmente tinha sido quando ele chegou à cidade exibindo aquelas gêmeas holandesas para Julian.

Karl notou seu rosto fechado.

— Não podemos tentar ser amigos? — Suas sobrancelhas grossas conferiram a ele a expressão suplicante de um palhaço triste. Ela ficou instantaneamente envergonhada. Ele lhe entregou uma taça e ela tomou um gole, tentando demonstrar indiferença e sorrir, como se não ser amigos fosse uma acusação chocante e falsa.

Karl afundou ainda mais no sofá e ergueu a taça na direção dela. Quando seus olhos se encontraram, ambos tiveram que desviá-los.

— Meu Deus, eu preciso disso. — Ele passou a mão pelo colarinho como se afrouxasse uma gravata, e uma súbita fagulha de desejo fez Julia se sentir culpada por estar a sós com ele.

— O que foi? — perguntou ela. — Por que está respirando fundo? Ela ainda estava de pé, e ele indicou a cadeira, a mão trêmula.

— Sabe, seria muito bom se você se sentasse. Não vou tomar muito do seu tempo porque posso ver que está ocupada, mas eu tive um dia infernal, e agora chegar aqui e ver que Julian nem lembrou que eu vinha, bem...

Ela se sentou longe dele em sua cadeira verde-ervilha, as pernas cruzadas. Karl se inclinou em sua direção, as mãos nos joelhos. Ela sabia que não deveria olhar para ele e fixou os olhos no vaso de flor de laranjeira. Quando Karl começou a falar, ela compreendeu a intensidade de sua decepção por não encontrar Julian em casa.

— Minha mãe está morrendo e não há nada que eu possa fazer. Julian a conheceu, sabe? Causou uma ótima impressão nela. Ela me disse esta noite para mandar lembranças ao meu amigo, "aquele Adonis". — As lentes dos óculos de armação de metal começavam a embaçar. — Levei um baita choque quando cheguei de viagem ontem. Meu pai não me preparou para o avanço da doença. Tudo que ele quer é que ela possa permanecer em casa. Ela está muito fraca agora; há uma enfermeira com ela.

— Não há nenhuma esperança?

— Não, nenhuma. — Ele estava debruçado no braço do sofá. Julia pensou que o normal a se fazer seria abraçá-lo. Ele estendeu a mão como se fosse apertar a dela, mas recuou quase imediatamente.

— A negação só é uma boa opção para uma família de não médicos; ou seja, terapeutas de cristais, curandeiros, herboristas. Mas *nós* sabemos muito bem em que estágio ela está. É na iminência da morte que a divisão entre o cérebro racional e o primitivo se torna mais visível. O intelecto sabe que é preciso comer, mas fica mais difícil sobrepujar o resto do corpo. Logo minha querida mãe estará reduzida a tomar *crème fraîche* de caramelo e fórmulas por um canudinho.

Ele encheu de novo a taça de Julia e, quando ela se esticou para pegá-la, seus dedos roçaram o braço dele. Julia recuou, estática, e quase derramou o vinho. Ele tomou um gole do seu, outro logo em seguida, e aproximou-se de modo que seus joelhos quase se tocaram.

— Para mim, é muito difícil continuar a trabalhar, mas tenho que ir a Brighton amanhã; não consigo ver nenhuma maneira de escapar. Tenho três estudos para entregar.

— Quanto tempo de conferência? Você não poderia voltar a Londres depois?

— Tenho que estar em Roterdã até o fim de semana. Por favor, Julia, não fique tão chocada. Ela ainda tem algum tempo pela frente. É maravilhoso passar tempo com ela. Minha mãe é muito elegante, até mesmo na hora da morte. Sua pele sempre foi bonita, mas agora está quase luminosa. Ela é pequena, leve como uma mariposa. Uma mariposa pálida e glamorosa, engolida por uma camisola branca. Pouco antes que eu saísse hoje à noite, meu pai e Jeanette, a enfermeira, conseguiram levá-la até o piano na sala de estar. Meu pai se sentou no banquinho para apoiá-la, e ela tocou prelúdios e noturnos como se estivesse bem, com a nuca apoiada no ombro dele e os olhos fechados, viajando com as fadas da morfina. — Karl se recostou, tirou os óculos, secou os olhos com a barra da camisa e assoou o nariz em um lenço de papel da caixa sobre a mesa. Julia se sentiu menos tensa quando ele se afastou.

Karl fez um gesto para abranger a sala, observando as frutas vibrantes da cornija, as paredes cor de amora, o vaso oriental com as flores perfumadas. Ele as aspirou para apreciar o aroma.

— Meu Deus, Julia, é muito bom estar aqui. Você tornou este lugar lindo.

— Sério? — perguntou ela, fingindo indignação. — Na última vez que você nos visitou, disse que precisaria de óculos de sol ou ficaria com enxaqueca. — Ela não conseguiu se conter.

Ele riu, e seu rosto assumiu uma expressão tímida.

— Eu disse isso? Tem certeza de que fui eu? Se sim, provavelmente só estava com ciúmes por você e Julian terem uma casa adorável quando eu não consigo me fixar em lugar nenhum.

Provocá-lo tornava o ambiente mais leve.

— Sim, e você trouxe não uma, mas duas garotas bem gostosas com você. Bom, isso não foi muito legal, foi? — Ela colocou uma mão no quadril, censurando-o.

O sorriso dele tornou-se hesitante novamente.

— Ah, Julia. Eu só estava mostrando Londres a elas.

Ela teve que se conter para não levantar e cutucá-lo nas costelas, fazer cócegas, beliscá-lo. Chegou a erguer-se ligeiramente da cadeira, mas fez um esforço para permanecer sentada, porque quem sabia como aquilo poderia terminar?

Ele respirou fundo.

— Esse cheiro celestial... é daqueles ramos?

Ela assentiu

— Sim, são de uma laranjeira que eu estava podando mais cedo.

— Se você tiver outra dessa, eu adoraria levar para minha mãe.

— É claro. Pode levar essa, vou embrulhá-la para você. — Julia se levantou, mas Karl estendeu a mão para detê-la. Seus dedos agarraram seu braço apenas brevemente, mas ela ainda os sentia muito tempo depois que ele o soltou.

— Você já vai me colocar para fora tão cedo? Será que não podemos pedir alguma coisa para comer? Ou você já comeu?

Ela arrumou algumas coisas em uma bandeja na cozinha enquanto ele tirava a rolha da segunda garrafa. Suas mãos tremiam ao cortar rodelas lustrosas de salame. Karl escolheu uma música, colocou Neil Young e perguntou da sala se estava ok para ela. Julia ressuscitou uma baguete passando leite nela e colocando-a no forno quente. Serviu pepinos em conserva em uma tigela; o camembert escorreu quando ela o tirou de sua embalagem encerada.

Karl partiu a baguete com a mão e entregou o pedaço a Julia. Ela se concentrava na comida, mas era difícil engolir qualquer coisa além do vinho que ele servia. Ele perguntava sobre Julian, sobre o que ele chamou de "seus negócios" em Paris. A boca de Julia estava cheia de pão. Ela engoliu com o vinho. Sabia que tinha que comer para não ficar muito bêbada, mas algo anulava seu habitual bom senso. Seus instintos primitivos estavam vencendo. Julia não resistia muito quando Karl voltava a encher sua taça. Sua cabeça começou a girar, e ela se recolheu à poltrona junto à lareira para ficar longe dele, dirigindo a conversa para Julian.

— Ele está obcecado com os filmes de Claude De'Ath — disse ela. — Você já viu algum? Não? Nem eu. — E começou a rir. — Mas ele está tão animado que só ligou uma vez desde que chegou lá. Até esqueceu que nós deveríamos estar fazendo um bebê. — Ela colocou a mão na barriga e pensou: "Por que estou contando isso a ele?" Mas continuou a falar.

O rosto de Karl ficou pálido. Ele baixou o copo, levantou-se e voltou a se sentar.

Ela sentiu que estava enrubescendo.

— Quero dizer, é o momento certo do mês...

Karl enterrou a cabeça nas mãos.

— Meu Deus, Karl, qual é o problema?

Os ombros dele tremiam.

— Não posso continuar com isso — disse ele. — Meu Deus, Julia. Eu vim conversar com Julian exatamente sobre isso essa noite. — Ele mal conseguia sussurrar. Ela se levantou e deu um passo na direção dele para ouvi-lo. Karl estendeu a mão, detendo-a. Ela voltou a afundar na poltrona.

— Karl, qual é o problema? — Ela sentiu o gosto salgado das lágrimas, mas não fazia ideia de por que estava chorando ou do motivo de seu coração bater tão forte.

Ele ofegava. A princípio, Julia não entendeu o que Karl estava dizendo. Ele teve que repetir, olhando diretamente para ela.

— Julian não pode ter filhos — afirmou Karl. Pronto, era isso. — O esperma dele tem motilidade zero. Eu vi. Na verdade eu o analisei várias vezes. — Karl conseguiu sustentar o olhar de Julia. — Zero — repetiu, fazendo um zero perfeito ao unir o indicador e o polegar.

Ela começou a rir.

— Isso não é verdade, Karl. É algo terrível de se dizer. — Julia estalou os dedos. — Eu engravidei rápido assim da primeira vez. É só a minha idade que está fazendo demorar tanto agora.

Karl se levantou.

— Sim, quase quatro anos. Esse é o tempo que vocês vêm tentando?

Ela pensou que deveria esbofeteá-lo, ou pelo menos pedir a ele que se retirasse.

— É tempo demais, Julia. É o que eu estava tentando dizer a você no zoológico. — Ele apontou para a barriga dela. — Aquele bebê não era de Julian.

Vinte e oito

A paz se deflagrou na parte de trás do carro: Mira deixa Ruth muito contente ao permitir que ela use um pouco o walkman. O rosto de Mira está virado para a janela, embora não seja possível ver muita coisa através da névoa. Julia passa pelas estações de rádio. Não há nada para distraí-la de seus pensamentos.

No momento em que chegou ao Charles de Gaulle, Julia se sentia sufocada por tantos segredos. Não se lembrava de ter chorado tanto quanto naquele voo. Ela se examinou no espelho do banheiro do avião, veias que mais pareciam aranhas vermelhas cruzando o branco rosado de seus olhos, e ainda assim as lágrimas não paravam. Ela tirou o lenço azul que havia enrolado na cabeça. Ainda estava úmido. Lavara o cabelo antes de sair, não tivera escolha: a mecha que colocou na boca tinha gosto de mar. Não houve tempo de secá-lo, ela fora idiota de não ter voltado antes para casa. Ela embrulhou e acrescentou o cadeado à bolsa arrumada às pressas apenas na última hora. Esquecera completamente o que quer que pretendesse comprar para o aniversário dele. Enrolara o cachecol em torno de seu cabelo molhado como um turbante e, se não tivesse corrido para o metrô, teria perdido o voo. Sua camiseta marrom estava frouxa na gola; seu cabelo parecia uma massa incontrolável de serpentes emoldurando o rosto. Ela rearrumou o lenço azul, desesperada por não ter pensado em vestir algo bonito para o aniversário dele. Não houve tempo para pensar: quase não a deixaram passar pelo portão de embarque. Julia lavou o rosto com água no banheiro fétido, sem a menor ideia do que fazer com seu coração disparado.

Julian estava numa empolgação impossível; veio correndo até ela do outro lado do saguão com seu enorme sorriso. Foi surpreendente ele não ter notado seus olhos inchados. Ele agarrou Julia, esquecendo-se de pegar a sacola de viagem que machucava seu ombro, e a cobriu de beijos.

— Graças a Deus você está aqui — disse Julian, saltitando. Se ele tivesse um rabo, estaria abanando-a agora. — Hummm. Você tem um cheiro delicioso.

Ela colocou a sacola de viagem em seu ombro menos castigado; sentiu-se enrubescer de culpa quando ele cheirou seu pescoço, pensando no banho que havia tomado naquela manhã, no cuidado com que havia retirado o sal de sua pele e de seu cabelo. Ele não percebeu nenhuma mudança nela ao se dirigir à fila do táxi, olhando para trás algumas vezes para abraçá-la. Julian não tinha motivo para sentir nada além de felicidade.

Ela aliviou o peso da mala feita às pressas de seu ombro cansado.

— Então, 25 anos, como se sente? — Sua voz soou frágil e falsa, mas Julian não percebeu. Ele colocou os lábios no ouvido dela.

— Com tesão, é como me sinto agora. Vamos direto para o hotel. — Ela se sentiu congelar, fechou os dedos ao redor do cadeado embrulhado para presente em seu bolso, agarrando-o para criar coragem. Embora Paris estivesse quente, quase abafada, ela percebeu com um arrepio que, naquele momento, sexo com Julian era algo que só seria capaz de fazer se estivesse muito, muito bêbada.

A fila para pegar o táxi parou. Ela sugeriu que ficassem perto da Pont des Arts. Ainda havia sol para uma caminhada, mas dava chuva na previsão do tempo para mais tarde. Ele deslizou as mãos para o traseiro dela e a puxou para perto.

Na Pont des Arts, Julia pediu que ele deixasse o cadeado nas grades. No avião, tinha feito um pacto com sabe-se lá quem. Para que o amor deles permanecesse em segurança ali na ponte, algo desse tipo. Idiotice.

Julia teve que se forçar a parar de morder o lábio, pois o machucou ao insistir que Julian jogasse a chave para as águas amareladas do Sena. Ele deu uma desculpa. Queria ficar com o cadeado um pouco mais, disse. Continuaram caminhando, ficando bêbados ao sol quente parisiense. Ela bebeu até as pernas ficarem bambas; precisou se apoiar no braço dele e deixá-lo levar sua sacola pesada. Tentava se perder no *pastis* e no vinho. O olhar dele nunca a abandonava.

Às vezes era irritante, aquela sensação de ser observada, de erguer os olhos de um livro e encontrá-lo fitando-a do outro lado do quarto. Quando tomava banho, ele estava sempre lá. Ela ficara satisfeita com a banheira oval em Firdaws porque ela ficava no único banheiro com tranca. Na hora das refeições, os olhos dele seguiam a comida do prato até os lábios dela. Julian colocava a culpa nos livros com personagens caninos que ele escrevia, dizia que ela deveria se sentir aliviada por ele não se agarrar à sua perna quando ela entrava pela porta. Julia nunca venceu a timidez quando ele a assistia despindo-se.

O hotel em Paris era o lugar mais sofisticado em que ela já havia se hospedado; Julian também. Paredes revestidas de madeira escura desde o elevador até o bar exibiam pinturas de meninos sedutores em suas golas de renda, condes com olhos sonhadores e papas aristocráticos com bigodes cruéis e honras militares. Os rostos e suas molduras douradas brilhavam iluminados apenas pela luz das velas. Em vários pontos, vasos do tamanho de baldes continham rosas com pétalas abertas em cores de lingerie: rosa, pêssego e creme. Espelhos ornamentados estavam manchados de mercúrio, transformando transeuntes em fantasmas. O hotel era tão mal-iluminado que era preciso um esforço para não ir tropeçando como um cego até o elevador na penumbra, de modo que Julia não conseguia divisar os números sem os óculos. Julian riu e disse que talvez fosse dessa forma que o lugar se mantinha estiloso e na moda, pois era impossível para coroas como ela. Julia lhe deu um chute.

No bar do hotel, *trance music* alta o suficiente para uma academia de ginástica. As imagens dos duques do saguão davam lugar a nus eróticos. Uma ninfeta arqueava as costas junto a uma das extremidades da parede dos fundos, em sépia de bom gosto e sob esmalte craquelado, exibindo a pálida *pâtisserie* de suas nádegas. Em outra parte da parede, ela mostra seus seios com mamilos cor de caramelo. A luz vacilava com velas cor de canela e um dourado suave; as gotas do candelabro eram da cor do açúcar queimado. Havia um homem de terno de veludo cotelê marrom cujo hálito cheirava a carne podre. Julia apreciou a presença dele ali.

O rosto de Julian surge em sua mente. "Você queria transar com ele, não é?" Os faróis surgem da névoa em sua direção. O caminhão está do lado errado da estrada. Ela tenta desviar, ouve o grito de Ruthie quando o para-brisas explode e o mundo se torna vermelho. "Eu queria. Eu queria. Eu queria."

Vinte e nove

Brighton estava nublada, um branco enevoado, as gaivotas mergulhando e batendo as asas como se tivessem sido destacadas do céu. O mar estava cinza-pérola. Mal havia ondas, e seu movimento confundia-o com o céu, de modo que era impossível dizer onde a água terminava e o ar começava.

Julia deixou seu furgão em Hove Lawns, temendo não conseguir encontrar outro lugar mais perto para estacionar, e parou em um café para pedir informações para chegar ao hotel de Karl.

— O Ida Heights.

O homem apontou para leste.

— Alguns quilômetros naquela direção.

O tráfego foi favorável desde o norte de Londres, e ela estava tão inquieta quanto adiantada. Uma caminhada ao longo da orla poderia ajudar a acalmar os nervos.

Ela não conseguia decidir se a maré estava alta ou baixa. Karl ficaria na conferência durante todo o dia; não havia razão para chegar mais cedo, ele dissera. Julia passou no Centro de Conferências: um edifício que monopolizava a vista para o mar. Ele voltaria ao hotel em um intervalo às seis horas. Depois teria um jantar ao qual não podia faltar, com alguns bioquímicos franceses, às oito. *Um intervalo.*

Julia usou um vestido para encontrar Karl em Brighton. Não gostaria que Julian soubesse disso, nem dos cuidados que tomara com sua aparência antes de sair de casa. Nada disso poderia ser usado a seu favor.

O vestido era bordado com rosas *vintage*, sem mangas, e balançava em torno de suas pernas quando ela andava; seus muitos e minúsculos botões de madrepérola brilhavam. O cabelo estava solto e reluzia. As sandálias eram de couro macio com um trançado dourado pálido, confortáveis. Antes de se vestir, ela massageou sua pele até lustrá-la com um creme inebriante que ela encontrara nos fundos de uma gaveta.

O ar estava quente sob o manto branco do céu, a mais suave das brisas roçando seu rosto. Ela foi tirando as camadas de roupa ao caminhar: balança o casaco no ombro, amarra o cardigã em volta da cintura. Manteve-se junto às grades e baixou o olhar para a praia de pedrinhas e um grupo de jovens gaivotas encolhidas com suas plumas desgrenhadas, recebendo instruções de uma adulta altiva com suas penas esplêndidas, com desenho semelhante a um fraque. Um canoísta chegava à praia com movimentos lentos, deliberados, a cabeça baixa como um barqueiro triste, e ela passou a observá-lo, os cotovelos apoiados nas grades de ferro. Pedras iam e vinham na beira de um mar estranhamente monótono, com nuvens volumosas em tons de cinza no local em que deveria estar o horizonte.

Ela só pensava em Julian quando se aproximou do Ida Heights. Não que ele um dia fosse saber.

Julia o imaginava absorto diante do microscópio no quarto de estudante de Karl. Ela sentia uma pontada de inveja a cada vez que pensava na garota que estava com ele naquela noite da amostra.

— Azoospermia. — Karl tinha sido bastante explícito em sua explicação. — Isso significa que não há nenhum espermatozoide no sêmen. — Ele baixou a cabeça e balançou-a, apoiando-a nas mãos. — Fui um idiota. Troquei a lâmina — explicou ele, cobrindo o rosto. — Eu gostaria de não ter feito isso. Testei de novo, várias vezes. Não foi difícil convencê-lo, Julian precisava do dinheiro. Ele fez doações ao laboratório. Foi para a pesquisa, não para reprodução, então ele não se preocupou. E era muito natural que eu lhe pedisse exames de sangue.

Julia estendeu as mãos para silenciá-lo. Continuava dizendo "não" enquanto ele jogava os fatos em cima dela; agora que Karl havia começado, nada poderia fazê-lo parar.

— Sinto muito, mas a condição de Julian não é um bloqueio. Eu desejava que fosse, apesar de todas as evidências. Consultei um professor: em todas as amostras, seu FSH foi elevado, inibina ausente. Havia frutose no sêmen, o que indica que o canal do epidídimo está aberto. Receio que o problema esteja na produção, e o professor confirmou meu diagnóstico. Zero é zero, e isso provavelmente não vai mudar.

Ele olhava diretamente para ela no silêncio que se seguiu, estendeu a mão para a poltrona onde ela agora parecia inerte. Suas sobrancelhas estavam arqueadas, o semblante triste.

— Meu Deus, Julia. Sinto muito, e agora piorei tudo contando para você e não para ele.

— Bem, é verdade. Mas pelo menos você me contou. — Julia sentiu uma onda de fúria. — Você contou justamente à mulher que quer ter um bebê de Julian.

Karl baixou a cabeça, de modo que ela pôde ver os cachos cada dia mais esparsos no alto.

— Estive prestes a confessar isso muitas vezes, mas alguma coisa sempre me fazia amarelar. Quando o problema foi confirmado, lutei com minha consciência, noite após noite. Na verdade, foi a minha desprezível covardia moral com relação a esse assunto que me fez ver que eu jamais poderia me tornar um médico. — Karl ergueu os olhos. Eles se fixaram flamejantes nos dela quando ele relatou a noite em que finalmente tomou coragem e seguiu para o alojamento de Julian. Sua boca se torceu num minúsculo sorriso de desprezo. — Quando eu cheguei lá, ele me disse que você estava grávida.

Karl se inclinou na direção dela, que continuava imóvel na cadeira verde-ervilha. Em meio àquela revelação chocante, uma súbita visão: Wychwood, sua camisa vermelha em frangalhos, Chris em cima dela, cuspindo na mão.

— Ouça, Julia — disse Karl. — Não é o fim do mundo. Posso dar a você alguns números de telefone. Não é difícil ter o que você precisa.

Ela balançou a cabeça.

— Ah, sim, é fácil falar.

— Escuta. Ao longo do primeiro e do segundo ano dos meus estudos, pude pagar por bons jantares todo sábado à noite com o que ganhava no banco de esperma... Desculpa, é desagradável, eu sei. Nós estudantes de medicina somos cooptados assim que chegamos ao campus. Era vinte libras por uma gozada, e na época eu não me importava muito com isso. Agora, claro, não posso deixar de pensar em como espalhei meu DNA por aí.

Julia usou as costas da mão para enxugar uma lágrima de seu rosto, e sua voz se antecipou aos seus pensamentos, interrompendo-os, formando as palavras irrefreáveis.

— Prefiro que seja você em vez de um estranho.

Agora ela se apoiava nas grades e fechava os olhos. O som do mar batendo nas pedrinhas era apaziguador, como um sonho do qual ela poderia acordar. *Silêncio, não diga uma palavra.*

Estava tranquilo ao longo da orla: ela era tirada de seus pensamentos apenas pela ocasional respiração ofegante de um corredor ou por um cão vindo em busca de uma pedra. Um homem e uma mulher pintavam lado a lado a porta de sua casa de praia, tocando-se afetuosamente, Blur no rádio aos seus pés. O sussurro do mar batendo no cascalho quase acalmava Julia. Ela balançava um pouco os braços ao caminhar e, em determinado momento, lambeu as costas da mão, notando que estava salgada. Passou por estudantes debruçados em mesas do lado de fora de um bar, alguns skatistas, os dois píeres, o píer destruído cintilando com vidro quebrado, sua passarela enferrujada e com avisos de "Proibido ultrapassar". Além dela, as torres branco-gelo do Palace Pier atraíam clientes com luzes e bandeiras do Reino Unido, uma confusão de vermelhos, brancos e azuis apontando um dedo para o céu.

Julia se afastou da orla, chegando em uma ladeira vagamente sinistra onde uma treliça de ferro margeava a calçada. Ela subiu um lance íngreme de degraus de concreto. Tufos de goivos amarelos cresciam nas rachaduras, e ela parou por um momento, buscando se acalmar, respirando sua doçura uma ou duas vezes. Havia uma passarela elevada, que a princípio parecia deserta. Ela ouviu alguns grunhidos e um farfalhar nos arbustos e disparou pelo segundo lance da escada, chegando a uma rua com fumaça de ônibus e ciclistas furiosos. Julia serpenteou pelo tráfego até um local onde as casas eram graciosas, mesmo as casas em ruínas, com janelas com vista para o mar, e passou por uma praça onde uma gangue de crianças felizes brincava em um jardim, pendurando-se de uma árvore e gritando como macacos.

Chegou ao hotel de Karl na hora combinada. Ele havia avisado ao recepcionista, e Julia foi conduzida direto para seu quarto no primeiro andar. Enquanto era escoltada até o elevador, teve tempo apenas de endireitar o vestido e passar a mão pelo cabelo. Julia esperou um pouco do lado de fora antes de bater na porta; ficou vermelha de vergonha quando ele a abriu e a surpreendeu hidratando os lábios com um protetor.

Karl não demorou muito a sair do chuveiro; havia vapor quente e essência de banho, um toque de madeira, cedro talvez. Ele se vestiu para o jantar com uma bela camisa de seda azul-escura para fora da calça. Os punhos ainda tinham sido abotoados, seus braços de pelos escuros. A calça social de lã preto-carvão ressaltava seu traseiro. Fazia parte de um terno, o paletó jogado nas costas de uma cadeira com sua gravata.

Eles não se tocaram. Karl parecia tão nervoso quanto ela quando a convidou para entrar. Estava bem barbeado. Sua testa brilhava de suor. Julia atravessou o quarto segurando sua cesta e parou junto à janela, olhando para o mar.

— Encontrou a lista que deixei para você? — perguntou ele quando o silêncio se tornou intolerável. — Devo pedir algumas bebidas? Algum drinque para você se sentir melhor?

Julia assentiu para ambas as perguntas, mas não se virou. Ela encontrara a lista assim que ele saiu de Cromwell Gardens, cuidadosamente selada em um envelope que ele roubara da gaveta da cozinha. Karl deve ter prendido a carta na moldura do espelho do banheiro enquanto ela chamava um táxi para ele. A segunda garrafa de vinho estava vazia, a mesa era uma confusão de farelo de pão, manchas de queijo e cascas de salame em espirais gordurosas.

Julia continuou olhando para o mar. Ali estavam eles, como estranhos, as palavras escassas e engasgadas, entremeadas de risos nervosos. Do mar vinha uma névoa espessa que nem mesmo o raio de sol mais penetrante poderia atravessar. Ela tirou o casaco da cintura para pendurá-lo nos ombros. Seu estômago deu um nó ao pensar em como havia pronunciado aquilo: "Prefiro que seja você, em vez de um estranho."

Continuou na janela enquanto ele se sentava na beirada da cama com o telefone junto ao ouvido. Ele não perguntou de que ela gostaria: martínis, batatas fritas, azeitonas. Julia pegou uma sacola de sua cesta, caminhou até a cama e a estendeu a ele.

— Está tudo aqui. Você estava certo sobre Wigmore Street.

Karl pegou a sacola e deu um tapinha na cama para que ela se sentasse a seu lado, começou a abri-la.

— Ok, vamos dar uma olhada no que precisa ser feito.

Houve uma batida na porta.

— Ah, por favor, deixa isso aí. — Ela já estava enrubescendo em pensar no conteúdo da sacola. — Nossas bebidas chegaram.

Os martínis estavam fortes e tinham um toque de limão. Ela se sentou perto da janela para beber o seu. Karl continuou na cama.

Finalmente, ele olhou para o relógio, voltou ao saco plástico.

— Julia, se você ainda tem certeza disso, é melhor começarmos.

Ela se sentou ao lado de Karl, as mãos no colo, e ele esvaziou o conteúdo sobre a colcha imaculada. Julia ficou contente por ele não acender a luz ao examinar os pacotes cirurgicamente lacrados; sob a embalagem de celofane lustrosa e crepitante, a curva evidente de um cateter, uma seringa, um copo com tampa de rosca, um espéculo de plástico semelhante ao bico de um pato, que ela estremecia só de olhar.

— Estão todos esterilizados, ótimo. — Karl colocou o material de volta na sacola, e Julia se sentiu aliviada por ele não ter deixado tudo ali, exposto aos seus olhos. — Preciso lavar minhas mãos, mas primeiro vamos deixá-la confortável. — Ela ficou imediatamente perturbada. Ele fez um gesto para que ela se deitasse na cama. Havia almofadas e travesseiros; ele as agrupou, uma para a cabeça, as outras para as pernas.

— Você tem certeza de que está ovulando?

— A linha na fita de papel era indiscutível esta manhã. Eu tomei como um sinal... de que isso é, você sabe... — Ela parou, sem saber o que havia tomado como sinal de quê. Julia sempre sentia uma leve dor e inchaço ao ovular; o teste apenas confirmava uma vez por mês. Uma bênção talvez?

Um dossel caía do teto e se abria como um véu de noiva na cabeceira da cama. Os olhos de Julia passearam pelas dobras de seda até o anel do qual o tecido pendia. As cornijas da sala estavam repletas de romãs e lírios de gesso. Exceto pela respiração de ambos, havia silêncio, um crepúsculo cinzento visível pela janela.

Ela se deitou na cama, um travesseiro sob a cabeça, uma sensação de irrealidade, como se entrasse e saísse de um sonho. Karl se sentou a seu lado, inspecionando as costas das mãos, sentando-se na beirada da cama de forma tão delicada que mal afundou o colchão.

— Vai ser melhor se você ficar aqui deitada com as pernas erguidas por mais ou menos meia hora depois. — Ele empurrava as cutículas da unha para baixo, uma de cada vez. Mostrou como organizar as almofadas, uma embaixo do traseiro. Julia sentia uma histeria vibrante, o tremor de uma lembrança de infância, médicos e enfermeiros, o deslizar de um estetoscópio frio. Ele ergueu os olhos de suas unhas com um sorriso hesitante, e a histeria se tornou uma urgência pulsante.

— Bem, vou lavar minhas mãos agora — disse ele, erguendo-se para ir. Outro sorriso, ligeiramente constrangido. — E você terá que tirar sua calcinha, claro.

Karl voltou com os punhos da camisa enrolados até os cotovelos, esfregando e sacudindo as mãos para secá-las. Julia sentia o quarto trepidar com as batidas de seu coração. Belas gotas d'água caíam das mãos dele.

Ela se deitou sobre a almofada com seu vestido erguido até as coxas. Ele se sentou de costas para ela e esvaziou o conteúdo do saco plástico, voltando-se para mostrar cada item como se fosse um feirante exibindo as frutas da estação. Karl não olhava para ela enquanto falava. Karl não era um feirante simpático; parecia um médico que havia sido incomodado em seu plantão.

— Vou explicando à medida que avançamos, ok? Deveríamos repetir esse procedimento amanhã, se você puder vir aqui; precisamos otimizar suas chances. Eu estarei com tudo pronto quando você voltar. Conhece o espéculo? — Ele o ergueu em sua embalagem.

— Sim, terrível. Tenho medo dele em todos os preventivos. — Julia tentou repetir uma piada de alguma velha comediante que descreveu o espéculo como se um Ford Cortina fosse enfiado em sua xoxota. Uma imagem que nunca a ajudou.

Ele a ignorou, voltando sua atenção para os itens restantes.

— Quando eu colocar esse espéculo no lugar, será fácil levar o cateter até o colo do útero e depois eu irei ao banheiro com este recipiente...

Houve uma batida na porta. Karl baixou o pacote contendo o copo de plástico e se levantou rápido da cama. Ela ouviu uma mulher com voz rascante exclamando o nome dele, viu o bico fino de um sapato, um tornozelo. Ele bloqueou a visão da porta; no final chegou a sair do quarto. Ainda assim, Julia podia ouvi-los.

— Não, Sofie, eu disse que encontraria você no restaurante. Não posso vê-la agora, tenho algo para fazer.

A mulher objetou com uma explosão de risos sarcásticos.

— Estou vendo a outra ali na cama atrás de você, você deve achar mesmo que sou idiota.

Karl tornou a pedir silêncio.

— É sério, Sofie. Você tem que ir. Estou com uma velha amiga aqui que passou por um trauma recentemente.

Quando voltou para a cama, Karl parecia tão alegre quanto um homem que caminha para sua própria execução. Antes que ele voltasse a pegar o copo, ela o viu olhando mais uma vez para o relógio, e a fúria a arrebatou com tanta rapidez quanto o estalar de dedos de um hipnólogo. Julia se sentou imediatamente, chutando as almofadas. Procurou a calcinha sob o travesseiro. Ele parou de abrir a embalagem.

— Julia, espera. Qual é o problema?

Ela sequer se importou com o que ele estava vendo quando puxou a calcinha para cima e deu meia volta, afastando o cabelo do rosto.

— Não quero atrasá-lo para... — Ela não conseguiu deixar de soar infantil ao dizer o nome. — Sofie. — Julia lutava para vestir seu cardigã, os dedos trêmulos, o que não a ajudava a abotoá-lo. Ele afundou a cabeça entre as mãos. Ela esperou que Karl falasse alguma coisa, mas, diante do silêncio, passou direto por ele até a porta. Virou-se para olhá-lo, os detritos de seu projeto espalhados por toda a cama.

— Não posso fazer isso, Karl. Não desse jeito.

Seus olhos ardiam quando ela se lançou à rua enevoada, o mar obscurecido por nuvens.

Ela desceu as escadas em meio à névoa, deslizando a mão pelas grades de ferro dos degraus íngremes, os pés estranhamente silenciosos no concreto, a névoa se aproximando para cumprimentá-la. Ela não conseguia ver nada à distância, mas havia a luz dos postes. Eles surgiam um após o outro, faróis em uma névoa sulfurosa. O som do mar estava abafado; ela mal o ouvia batendo na costa, e por isso não conseguia saber se caminhava perto ou longe dele. Uma sirene soou em algum lugar distante para alertar as embarcações sobre a neblina, o ruído mais lamentoso que ela já tinha ouvido. O lado de seu rosto e de seu cabelo que estava voltado para o mar logo ficou molhado. Estava frio, e ela percebeu, com um palavrão, que deixara seu casaco impermeável no quarto de Karl.

Tentou se obrigar a pensar no futuro, a se sentir alegre e empolgada. Ela estaria em Paris com Julian a tempo do aniversário dele. Dali a apenas dois dias. Julia lembrou-se de que deveria telefonar para alguns sebos para ver se havia alguma edição interessante de *Paraíso perdido* que pudesse comprar. Ela pensou em lingerie, na voz dele ao telefone dizendo que a cama do hotel tinha lençóis pretos.

Julia pensou também na primeira vez que se encontraram: Julian era um garoto que corria em sua direção em meio à ventania de Downs, a perna da calça enfiada na meia. De perto, seu hálito traía a festa de ontem: não era um menino, afinal. Era alto e magro com o maior sorriso que ela já tinha visto — não parecia possível que um rosto pudesse sorrir daquela forma. Sua pele, seu cabelo e seus olhos tinham um brilho metálico, como se alguém tivesse soprado pó de ouro neles, seus olhos mais dourados que castanhos, suas pupilas pontilhadas pelo sol. Nem a ressaca estragava sua aparência. Seus cílios eram um presente do deserto, longos como os de uma menina e tão espessos que ele parecia ter usado rímel.

Julia não conseguia imaginar que um garoto tão bonito se apaixonaria por alguém como ela, nem que nos braços daquele "menino" ela se sentiria segura e confortada pela única vez na vida.

Ela colocou a mão no alto da cabeça, lembrando o toque de seus dedos quando ele separou seu cabelo para limpar a parte do couro cabeludo que Chris deixara careca e ensanguentado. Ela havia enterrado o rosto no travesseiro dele — até mesmo seu cheiro era gentil —, e Julian tirou sua camisa reduzida a trapos, seu jeans imundo, a calcinha rasgada. Ele tinha uma bacia de água morna, uma esponja, enxugou-a com uma toalha limpa, passou creme de calêndula nos hematomas. Manteve o aquecimento a gás funcionando, ofereceu leite quente com conhaque, envolveu-a com seu casaco mais macio para que ela parasse de bater os dentes.

No rádio, Billie Holiday partia seu coração, e Julian a conduziu em uma dança lenta. *What do I care how much it may storm. I've got my love to keep me warm.* Ela com a cabeça em seu ombro, sentindo sua respiração no lugar onde o cabelo voltaria a crescer.

Na calçada, pessoas surgiam da névoa, vozes abafadas e repentinas; algumas andavam de bicicleta, vagarosas, outras seguravam garrafas de cerveja, todas um pouco alarmadas quando se deparavam de repente com alguém vindo em sua direção, emergindo como uma silhueta, o rosto visível apenas por um momento. Um pastor alemão surgiu e desapareceu, como um espectro, e voltou a emergir com o dono, um homem com uma barriga protuberante e a pele embaixo de seu capuz cintilando pela umidade.

Após algum tempo, a sirene se tornou o único ruído; ela não ouvia nem mesmo os passos de seus próprios pés. Não havia mais pessoas, e ela não tinha mais noção da distância até seu carro. Sentiu tanta saudade de Julian que lágrimas desceram por seu rosto. Isso é algo que ela gostaria que ele soubesse.

Julia ouve passos correndo; alguém diz o seu nome. Karl está vindo em sua direção. Para ao seu lado, curva-se, apoiando as mãos nas coxas para recuperar o fôlego. Ele se levanta e coloca o casaco impermeável sobre os ombros dela, usando as lapelas para puxá-la para si, e ela sente o rápido sobe e desce de seu peito, os braços que a embalam como se jamais fossem soltá-la. Ele se inclina para beijá-la.

— Eu amo Julian — diz Julia, retribuindo o beijo.

— Eu também — retruca Karl, interrompendo o beijo e fazendo-a dar meia-volta. Um patinador solitário emerge da névoa numa curva, gracioso como uma agulha que deixa seu rastro pela seda preta, e desaparece. Eles o seguem, vislumbrando-o mais uma vez ao fazer outra curva, e em seguida desaparecem na névoa como nas páginas de um livro, os braços entrelaçados.

FIRDAWS

Agosto de 2012

E la chegou a Firdaws num dia de agosto sob um céu azul-claro. Coincidentemente era aniversário de Jenna, o único dia do ano em que o sol não se atrevia a não brilhar.

Estava vestida com muitas camadas de roupas, seu cabelo comprido era fino, nem preso nem solto. Um colete cinza solto sobre uma camiseta, e por cima de tudo um suéter leve com as mangas arregaçadas. Seus braços eram finos como gravetos, seus olhos do mesmo azul surpreendente da mãe e rodeados pelas manchas negras de sua maquiagem, o nariz empinado sardento. Unhas roídas e muitos anéis de prata, colares de contas em torno do pescoço, âmbar, turquesa, o sol de ouro de Eliana em seu cordão fino. Sob a saia jeans curta, suas pernas ficavam engraçadas com as *leggings* listradas de preto e branco. Levava suas coisas em uma mochila marrom, mexendo constantemente nas fivelas enquanto permanecia ali, no fim da estrada, onde o táxi a deixara.

O sol ia alto no céu, ofuscante, e ela semicerrou os olhos até ver, no meio do campo, uma casa de cálidos tijolos de terracota. As margaridas brancas, macelas e ervas do campo estavam esmagadas numa trilha, que aparentemente era usada para atravessar o portão torto da frente. Era estranho para ela, como um sonho: sem cercas, apenas aquela vista ampla. As árvores e arbustos e pequenas flores robustas ao redor da casa simplesmente se dissolviam na paisagem, e, embora não tivesse nenhuma lembrança de ter estado ali antes, ela achava que havia água ali por perto.

Fechou os olhos: a visão de um rio cintilante, extasiante, um céu enevoado zumbindo de insetos. Parece um sonho. Ela pensou no livro dele, quase batendo o pé de raiva. A água escura e seus lírios flutuantes de porcelana japonesa haviam sido postos em sua memória por ele.

O Dr. Wiseman, o primeiro psicanalista que consultaram, olhava para o lado de fora de sua janela, mordendo os óculos enquanto ela respondia suas perguntas. Ele dizia que era incomum não ter nenhuma lembrança de uma longa estadia no hospital ou de algo tão traumático quanto uma batida de carro. Ela respondeu que, ao contrário de Ruth, não se lembrava dos severos vestidos de linho preto que sua mãe as forçou a usar no dia do acidente.

Ruth conseguia lembrar de tudo em detalhes, sussurrando seus horrores ao travesseiro: os pneus guinchando e bum, explosão de vidro, o cheiro de borracha queimada e o último giro nauseante que durou uma eternidade. Sua mãe sendo retirada dos destroços com sangue por todo o rosto, os cortes no linho preto, até os nomes dos homens da ambulância. Sua mãe chamando: "Ruthie, Ruthie..."

Foi Ruth quem lhe contou que a companhia aérea tinha perdido a mala com todos os seus brinquedos quando elas deixaram Connecticut. Quando parecia que suas lágrimas nunca cessariam, vovô Heino as levou à Hamley's. "Você se lembra de Heino? Com sua corcunda e a bengala com a serpente esculpida?" Ruth tece suas memórias com outras informações: um gato chamado Marcel, que só gostava de Ruth e rosnava quando Mira chegava perto, uma Mira de mau humor que fazia xixi nas calças na escola e tomava as coisas de Ruth. Mira contou ao Dr. Wiseman que às vezes tinha a impressão de que vivia apenas com as lembranças dos outros. Em compensação, a vida onírica de Mira era excepcionalmente vívida. Ela flutuava de um lado para outro na enorme maré, sempre demorando a se levantar e atrasada para a escola. Ruth desistia de esperar por ela, mesmo quando ainda era tão pequena que tinha medo de fazer a longa viagem de ônibus sozinha.

Nada foi escondido de Mira. Na verdade, com toda aquela conversa de amnésia infantil, as pessoas à sua volta pareciam ansiosas por preencher as lacunas: o hospital, o rim, o apartamento pintado em cores vivas no norte de Londres. Tudo foi descrito com detalhes, mas ela não se lembrava de nada. Achou as histórias sobre Julian levemente intrigantes na primeira vez que lhe contaram, mas não tão importantes, e estranhava o fato de lhe falarem tanto a respeito dele. A foto de Julian apareceu na resenha de um de seus livros no *Guardian*. Ele era bronzeado e afável, com cabelos escuros e olhos sombreados. Não se parecia com ninguém que ela conhecia.

Sua amnésia era a raiz do problema, disse o Dr. Wiseman, qualquer que fosse o tal problema. Algumas sessões com um psicoterapeuta infantil poderiam ajudar a desbloquear a memória. Sofie organizava tudo, eficiente como água sanitária, embora sempre ficasse de lado para deixar Karl falar.

Mira não se incomodava de ver o Sr. Gabriel Rubin, Gabriel, Gabe. Na verdade, ele era muito legal. Seu consultório era tranquilo, o divã em que ela se deitava toda sexta-feira às quatro da tarde tinha uma almofada de veludo muito confortável. Ele não fazia exigências, ela não precisava nem olhar para ele. Era chato que ele não lhe permitisse fumar, mas não se pode ter tudo. Em geral, eles apenas conversavam sobre o que ela vinha lendo no ônibus a caminho do consultório.

Além de ficar em Lamb's Conduit Street para abrir a porta para os decoradores de Sofie, Mira não tinha nada para fazer. Até Gabe havia cancelado sua sessão. Seu pai e Sofie poderiam muito bem ter deixado que ela fosse junto com eles para Marrakech.

Ela deveria estar estudando para os exames de admissão da universidade. "Veja se você vai se interessar por algum curso", dissera o pai. "Se não, pode tratar de arrumar um emprego." E fim de papo. Mira só acreditou que o pai de fato viajaria sem ela no dia em que partiram, e chorou como um bebê no quarto enquanto eles arrumavam as malas. Ela foi salva por seus irmãos menores brigando no quarto; ela ouvia as batidas contra a parede, os gritos e insultos, e naquele momento foi tomada de uma súbita alegria: ah, que Ruth seja a babá sem salário dessa vez. Ela até pensava em escolher alguns livros para colocar nas mochilas dos meninos quando ouviu Sofie murmurar nas escadas. "Que bom que você manteve o pulso firme e mandou que ela ficasse aqui. Muito melhor que ela compareça às sessões com Gabriel Rubin", dizia ela. Como de costume, Karl não fez absolutamente nada para defender a filha, quase nem emitiu um suspiro. "Eu não vou levar alguém com um transtorno alimentar em nossas férias de novo, e ponto final", sussurrou Sofie, e o estômago de Mira se contraiu de raiva.

Mira já estava parada ali há algum tempo quando Dolly chegou. A garotinha era bonita, o sol lançava pontos luminosos em seu rosto através dos orifícios na aba de seu chapéu, e ela tinha a mesma covinha dupla da mãe quando sorria. Um cão com pelo branco e quadris ágeis corria em círculos em torno dela. Ela segurava um saca-rolhas em uma mão e na outra um graveto, que jogou para o cachorro. Seu lançamento não foi bom, e o graveto não foi longe. O cão pegou e saltitou pela grama até Mira, largando o graveto nos pés dela. Sentou-se, balançando o rabo, olhando ansiosamente do pedaço de pau para o rosto dela e vice-versa. A menina veio correndo pelo campo, irritada com o cachorro por ele não ter ido até ela quando o chamou.

— Esse é o nome dela? Muriel? — Mira devolveu o graveto.

— Não, *Muriel* não, ele é menino. — Ela deu uma risadinha. — O nome dele é Uriel, mas eu chamo de Uri e Uri-urso, mas não quando do ele se comporta mal.

Mira estendeu a mão.

— Eu sou Mira. Qual é o seu nome?

A menina hesitou por um momento.

— Dolly. — Por seu tom, Mira percebeu que ela estava avaliando os perigos de falar com uma estranha e sentiu uma pontada de culpa imerecida.

— Dolly. Olá. — Mira sorriu para tranquilizá-la, e Dolly deixou cair o graveto na boca do cachorro. — Eu gosto do seu vestido — comentou, e Dolly decidiu confiar nela o suficiente para um rodopio.

— É novo — respondeu. — Papai comprou para mim, e agora que cresci já posso usar.

Dolly saiu saltitando, o cachorro trotando ao seu lado. Mira os seguiu em um tour mágico e misterioso, atravessando o portão de Horseman e o longo gramado dourado e bem-aparado até chegar ao rio e aos celeiros onde os figos cresciam — lugares que Mira conhecia apenas pelo livro. Depois seguiram em direção ao pasto. Mira desejava que os animais que pastavam ali fossem vacas, mas à medida que se aproximava, viu que não tinham úberes.

— Não corra deles — alertou Dolly com autoridade. — Só tem que sacudir os braços e dizer "Não". Isso é o que meu pai faz. Veja, assim.

Dentro de alguns instantes as duas meninas estavam fazendo o que nunca deve ser feito em um pasto cheio de jovens touros. Lá embaixo no rio, eles ouviram o estouro da manada. Mira surgiu correndo e segurando Dolly pela mão; o chapéu de palha voou para longe, tornando-se uma distração antes de ser esmagado.

Para Julian, tudo aconteceu em lampejos fragmentados, como um folioscópio ou uma luz estroboscópica. Seus joelhos já estavam dobrados para mergulhar atrás de Jenna, que saltou da margem em um arco perfeito. O grito de Dolly cortou o ar, e ele se virou. Dolly berrou "Papai!". Katie largou a lenha e correu, os cabelos louros voando, William gritou, Michael ficou paralisado, o cachorro latiu, e em uma parte obscurecida por um arbusto de angélicas brancas, uma garota. Julian tentou interromper o salto, mas já estava caindo na água quando gritou o nome.

Só que não foi o nome dela, foi o de Julia. Ele voltou à superfície, praguejando e tossindo por ter engolido água. Julian sabia que era Mira, não Julia. A corrente era forte, arrastando-o consigo, e ele não teve opção a não ser nadar mais de um quilômetro até a Margem do Cisne; não havia modo de sair do rio entre os espinheiros e urtigas. Ele disparou pela água, deixando Jenna para trás, combatendo sozinha suas cobras imaginárias.

A cada braçada, Julian temia que ela já estivesse morta. Resfolegou e ralou as canelas ao se arrastar para fora do rio, mas mesmo assim conseguiu gritar o nome dela. O nome correto.

— Mira! — Ele correu pelos campos de feno, as pernas sangrando, o restolho doloroso sob os pés descalços. — Mira!

Ela o aguardava à sombra de um carvalho, sentada de costas para o tronco, roendo a unha do polegar, a mochila ao lado. Seus olhos se destacavam em seu rosto e, embora ela os erguesse com ousadia, Julian teve medo de que ela fugisse. Parou antes de chegar nela.

— Mira?

Ela assentiu. Com um movimento, levantou as camadas de roupa de seu lado esquerdo, revelando a saliência triangular de sua bacia por baixo da saia jeans e a cicatriz em sua cintura como um fio de seda rosa. Ela soltou a roupa, mas manteve o rosto voltado para baixo, e ele se perguntou se ela estava chorando. Seus braços e seu peito ansiavam por abraçá-la, e ele deu um passo para frente. Ela se virou e o deteve.

— Não me lembro de você — disse Mira, e seus olhos exprimiam desafio, não pareciam ter chorado. Ele buscou as mãos dela, subitamente ciente de que parecia ridículo no meio de um campo vestindo apenas calções de banho. Julian olhou para os dedos dela. Estava apavorado demais para apertá-los. Seus braços eram puro osso.

De volta à casa, Mira se encolheu no sofá junto à janela e Julian puxou uma cadeira para perto, tentando não encará-la. Katie entrou e a abraçou, e Mira fez um gesto para ele indicando que Katie *não* tinha cheiro de jacintos, como dizia em seu livro. Ele piscou e inclinou a cabeça para William.

— O cheiro dá dor de cabeça no marido dela.

Jenna olhava de Mira para Michael como se buscasse incentivo, estendendo e retraindo os braços várias vezes antes de finalmente abraçá-la.

— Mas minha menina querida, você está muito magra. — E Jenna começou a chorar. Dolly observava tudo de olhos arregalados e sem compreender, até que William a sentou em seu colo e disse que Mira era sua afilhada.

— Então, papai, nós somos irmãs de batizado? — Ela quis saber, e William riu. Finalmente todos seguiram Jenna até a cozinha. Os joelhos de Mira estavam dobrados sob o queixo.

Ele se inclinou na direção dela.

— Por que agora, Mira?

Ela puxava um cordão em volta do pescoço, e ele viu que ela usava a pequena chave de bronze do fecho do cadeado que Julia lhe dera em Paris.

— Fiz 18 anos em fevereiro...

— Ah, eu sei — interrompeu ele, e novamente o olhar dela era desafiador.

— E obviamente você sabe de onde era essa chave, não? — pergunta Mira, e ele fez um gesto para que ela continuasse.

Mira guardou a chave sob a roupa; sua voz tinha certa aspereza, exatamente como na infância.

— Eu já tinha a chave da casa, então suponho que não fosse tão estranho ter a chave do cadeado. Nunca tivemos nenhum segredo. Aquele cadeado bonito de bronze ficava numa caixa no guarda-roupa da minha mãe desde que consigo lembrar. — Ela riu com tristeza, acrescentando: — O que, na verdade, não é muito tempo. — E Julian ficou confuso com essa última afirmação.

Mira descreveu para ele o conteúdo da caixa: as fotos, os presentes, os cartões que ela não se lembrava de ter desenhado, mas que fizeram Julian rir ao se recordar deles, as linhas onduladas a lápis seguindo os pontos para formar letras. *Eu amo meu papa.* Ela olhou para ele e fez um bico antes de continuar. Havia fotografias que as enfermeiras tiraram dela em Great Ormond Street. Uma criança emaciada e de olhos vazios na qual ela não conseguia se reconhecer, enfeitada com tubos e fios. E ao lado de sua cama, um homem que ela não se lembrava de ter conhecido até poucos minutos antes.

— Sinto muito — disse ela, mexendo nas mangas frouxas de seu suéter. — Mas eu não me lembro nem um pouco de você. É feio da minha parte dizer isso?

Ela desviou os olhos, e ele se sentiu esmagado pela tristeza.

— Ah, Mira. Sinto muito. Eu pensei que estava fazendo a coisa certa... — Ele começou a se desculpar. — Achei que vocês estavam todos vivendo em Connecticut... Eu tive meningite... Não estava nem consciente... Achei que estava fazendo a coisa certa para você. Uma ruptura limpa. — Ele baixou a cabeça. — Me perdoe.

Katie irrompeu da cozinha correndo atrás de Dolly, que esguichava água de uma garrafinha. O vestido floral de Katie tinha uma grande faixa molhada no local em que a menina havia surpreendido a mãe, junto à pia. Katie parou derrapando, notando Julian absorto na beirada da cadeira, os olhos enormes e ansiosos de Mira.

— Meu Deus, acho que vocês dois precisam de uma xícara de chá. — Ela voltou para a cozinha para colocar a chaleira no fogo, levando Dolly consigo.

— Todos os seus livros também estavam na caixa da mamãe. Eu li primeiro os dos cachorros. São engraçados. — Mira mudou de posição, os pés dobrados embaixo do corpo, quase sem amassar as almofadas. Seus dedos brincavam no assento, que ainda tinha uma mancha no meio. O tecido era duro ali, a marca de seu sorvete tinha ficado mais evidente depois que o veludo papal de Julia desbotara e se transformara em um lilás mais claro. — E eu li seu outro livro, que também estava lá. Aquele que você dedicou a mim. — Mais uma vez seus olhos brilharam, e ele abaixou a cabeça.

— Fico feliz em saber que ela o recebeu. O endereço de Freda foi o melhor em que eu pude pensar.

— Foi estranho ler aquilo. E quando fui conversar com minha mãe a respeito, ela me disse que nunca tinha lido o livro.

Ele sentiu o sangue latejar em sua cabeça. Julia não tinha lido o livro? Ele havia sido generoso ao retratar a traição dela, certo de que ela o leria.

— No começo não acreditei nela. Mas ela jurou que estava dizendo a verdade. Ela disse que não tinha coragem de enfrentar uma página sequer dele.

— É mesmo? — Ele se inclinou ainda mais para a frente, quase caía da cadeira.

Mira começou a rir.

— Mas provavelmente ela o está lendo agora. Ruth foi viajar com o papai e Sofie e nossos irmãos para Marrakesh, então ela vai poder dedicar atenção exclusiva a ele. — Mira dirigia um olhar bem-humorado a Julian, de soslaio; ele se lembrava daquele olhar e sentia o coração transbordar.

Julian tentava manter a calma, reunir aqueles fragmentos de informação.

— Que irmãos? Quantos? — perguntou ele.

— Meu pai e Sofie têm três meninos. Diabinhos: 10, 8 e 6 anos, Max, Sam e Lucien. Nada mau para um casal que se conheceu pesquisando contracepção masculina, não? — comentou ela, e Julian se sentiu um pouco tonto. Teve a súbita vontade de rodopiar com ela em uma valsa ao redor da sala.

Ele engoliu em seco e perguntou:

— E ela está bem? Sua mãe?

— Bom, ela estava muito bem da última vez que a vi, mas isso foi antes de eu convencê-la a ler seu livro. Só Deus sabe como ela está agora. — Aquele olhar inconfundivelmente travesso. — Talvez você devesse se encontrar com ela e descobrir por si mesmo.

Julian gesticulou para que Mira se aproximasse e assumiu exatamente a mesma posição que ela, tão perto que seus ombros se tocaram.

— Então ela nunca leu meu livro. Você tem certeza disso?

Mira balançou a cabeça.

— Não até agora — respondeu. Mais uma vez o sorriso travesso. Da porta da cozinha vinham os deliciosos aromas do cordeiro que Jenna tirava do Rayburn. Ele permaneceu em fogo baixo no forno durante toda a noite. Os estômagos roncaram em uníssono. — Cara, estou com fome. — E Mira riu ao dizer aquilo. Ele estendeu um braço e puxou a cabeça dela para o peito, onde ela apoiou o rosto e fechou os olhos. — Você ainda tem o mesmo cheiro — murmurou ela. — Cigarros, chicletes, algo como pão torrado. — Ela levantou a cabeça para encará-lo. — E sorvete de baunilha. — E apontou para a mancha no assento. — Você estava aqui na janela, e eu tentei subir e sentar aqui com você com o sorvete na mão. As almofadas eram roxo-escuro naquela época.

Jenna assomou a cabeça para fora da cozinha para dizer que comeriam o cordeiro do lado de fora da casa, ao pôr do sol. A luz da tarde já os banhava de ouro.

— Vem — disse ele, levando Mira pela mão. — Há algo que quero lhe mostrar.

O quarto se tornou âmbar. Na janela, o jasmim em guirlandas sobre o vidro jateado, as trepadeiras se retorcendo, formando estampas por toda a superfície da mesa. A sandalinha era vermelha, rosa no lugar onde estava gasta, sob os dedos dos pés. Ela se sentou na cadeira e moveu a tira de couro para a frente e para trás pela fivela de prata, fechou-a no buraco de costume, ergueu os olhos para ele e sorriu.

AGRADECIMENTOS

Tive a sorte de ter Cressida Connolly como minha primeira revisora e Damian Barr como meu primeiro editor. Sou imensamente grata a ambos, assim como sou a David Gilmour por seu apoio inabalável e sua visão.

Obrigada a Claire Singers, Louise Allen-Jones, Justine Picardie e Charlie Gilmour por terem lido e comentado as versões iniciais, e a Clare Conville por ter feito sugestões inestimáveis. Obrigada a Gabriel Gilmour por ter me salvado de um anacronismo.

Sou grata a Tony Wolff por partilhar seu conhecimento médico e suas ideias. A Ghislaine Stephenson, Emma Sturgess, Renate Tulloh, Charlotte Jenkins e todos os funcionários incríveis do Great Ormond Street Hospital. A professora Kathy Pritchard-Jones me fez sentir que Mira estava nas melhores mãos, e ela, junto com as generosas lembranças de Brian e Susan Hickey, me ajudaram a construir os capítulos do hospital.

Sinceros agradecimentos a todos os Blooms — é uma alegria ser publicada pela Bloomsbury. Alexandra Pringle é uma excelente editora e grande amiga. Sou grata a Robin Jack pelos tutoriais sobre Milton e a Hugh Lillingston pelas belas resenhas. Obrigada a Esther Samson, Romany Gilmour, Joe Gilmour, Cassandra Jardine, Mike Moran, Gala Wright, Adam Phillips, Victoria Angell e Jaz Rowland. E também a Amanda e Chris Dennis, do Citrus Centre, Pulborough, pelas aulas sobre enxertia.

Minha gratidão a Lisa Allardice, do *Guardian*, por ter encomendado a história *The Man Who Fell*, que lançou a base para este livro. A Joe Winnington que me enviou o sapatinho de Berlim Oriental que me deixou tão empolgada e a meu pai, Lance Samson, que me deu as duas histórias que repousam em seu coração.

Este livro foi composto na tipologia Palatino LT Std,
em corpo 11/15,6, e impresso em papel off-white,
no Sistema Cameron da Divisão Gráfica
da Distribuidora Record.